ちくま文庫

石の文学館

鉱物の眠り、砂の思考

和田博文 編

筑摩書房

もくじ

石の文学館　鉱物の眠り、砂の思考

・本書は文庫オリジナル・アンソロジーです。
・各作品の文字づかいは底本の表記に従いましたが、正字は新字にしています。
・また、ところどころルビを補ったり、割愛しました。
・一部に今日の人権意識に照らして不適切と思われる語句や表現がありますが、作者（故人を含む）が差別を助長する意図で使用していないこと、時代背景、作品の歴史的価値を考慮し、底本のままとしました。
・掲載にあたり、著作権者の方と連絡が取れなかったものがありました。お心当たりの方は恐れ入りますが、編集部までご一報いただきますようお願いいたします。

1　われら鉱物愛好倶楽部！

水晶物語

ボール紙の馬に跨《また》がって寂光の都へ逃げて行きああ鉱物になりたいと白状する——逸名氏

稲垣足穂

一

友達が学校鞄《かばん》の中へ入れて持ってきたのです。私はそんなものは初めて見たので、びっくりしました。これより先に、やはり友達が学校へ持ってきて見せてくれたものに、上下に抜き差しできる水白粉《みずおしろい》の空箱を利用した暗箱がありました。

箱のふたには、小さなレンズを名刺で筒捲《つつま》きにしたものが差し込まれ、他方の箱は底を抜いて、そこに四角の磨硝子《すりガラス》がきわめて不器用に嵌《は》められていました。ところで、仄暗《ほのぐら》い廊下の隅から運動場に向かって、レンズを差し向けると、こちら側の小さい磨硝子のおもてに、向うで動いている人影が、キモノや帯の色どりもそのままに、小さく、逆さに映っているのでした。桃色の顔々が次第に大きくなって、ぼやけてしまったと思ったら、私どもの前には肩を組み合った少女たちが笑っていました。それは、現実よりいっそう美しい、愛らしい、色の付いた、生きて動いている別世界でした。とりわけて背景の空の碧《あお》い色！　ありとあらゆる物象に対して与えられた色彩の神秘性を、私ども幼き者らにいまさらに啓示してくれた、最も簡単な実験道具であったと云うべきでした。

しかも、この魔法の小匣《こばこ》には別に仕掛はありません。先に云ったように、お粗末なレンズと磨硝子の一片のほかは、その内側が一様に墨汁でもって塗りつぶされて、空気ばかりがはいっています。あの大小の神社や神棚の核心部は、鏡か剣か石かでなかったら、申しわけだけの紙きれでしょう。そのあっけなさにおいて、ぬきさしのできる、内部を黒く塗っただけの小箱は、ヤシロや神棚と共通していました。

――同様な驚異が、いま友に示された、先の尖《とが》った透明な六角柱がごちゃごちゃと寄り合っているかたまりによっても、齎《もたら》されました。しかもこちらは誰が作ったのでもない、ただ自然に、そんな妙なものが出来上ったというのです。

「東の方のカイバラという所で採れる」と友達は云いました。「とてもでっかいのもある。紫色のもある。草入り水晶というのはこの中に草がはいっている。……きれいだよ。あした持ってきて見せてあげよう。こんなのはみんな六方石というんだ」

五、六箇あった中から、私は一等小さなかけらを貰いました。それにつけても、こんな槍形が数多く集合して、或る箇所は互いに格闘しているかのように入りまじり、纏《もつ》れて、その根元にきらきらと金色の斑点《はんてん》が光っている……そんな大きなかたまりが欲しくてなりません。

草入り水晶は翌日見せられました。いかにも！　煙ったような色でした。しかしその内部に窺《うかが》われるものは、草というより虫でした。もし大昔に地球の底から湧き出した恐ろしく熱いものが固まって、こんな結晶を形作ったのならば、草や虫がはいっている道理はない。なにかほかの混合物が草か虫のように見えるのだろう、と私は暫《しばら》くしてから考え直しました。私は、三色菫《すみれ》や、サフランや、青いすじがついた蝶や、蜥蜴色《とかげいろ》の甲虫が好きでしたが、この日以来、一般鉱物への愛着が急にわき上ってきたのです。私はまた貝類をも蒐《あつ》めていました。こんな貝よりも鉱物の方が堂々としていました。何故《なぜ》なら、ニシやサザエや、ハマグリや、虹色の内側を持ったアワビは、その殻はよいにしても、その中には曾《かつ》てぐにゃぐにゃした、えたいの知れぬ生物がはいっていたではありませんか。鉱物はそうでない。最初からあんな硬い、がっちりしたものです。それに熔鉱炉へほうり込まれなかったならば、今後何千年も何万年も彼らは同じ形を持ち続けることでしょう。海岸の松林の向うの貝類館、あそこの陳列棚に収まっているもの、また少年雑誌のページで、牧野富太郎博士が作り方を教えている植物標本は、いずれはぼろぼろに風化する。けれどもおおむねの鉱物はそうはならない。たといそうなったところで、貝類や腊葉《さくよう》の上に見られる惨めさでは、決してないのだ。

二

郊外の高台への入口に、赤土の崖《がけ》に挟まれた坂道がありました。上方には大根の青や菜種の白や黄が覗《のぞ》いていましたが、そんなものに注意しなければ、ここはいつか着色フィルムで見た西洋の海賊連が通る小径《こみち》とそっくりでした。或る土曜日の午後、その坂の近辺に洞窟を見つけたからと云って、私は友達を唆《そそのか》しました。二人の足は高台の方へ向いていました。私自身にもこんな道を登って行くと、本当に「開け胡麻《ごま》！」の門があるように思えてくるのでした。左右からおいかぶさった樹々のために、径は急に薄暗くなりました。私はセリフもどきに口に出しました。「もうすぐそこに秘密の扉が見える――」友達は立ち止ってしまいました。「帰ろう、ねえ、もうこの辺で帰ろうよ」崖の地肌についている横縞が彼に怖れを募らせたのです。両側には怪しいほどにくっきりした地層が露出していました。宝庫の幻想はけし飛んで、私は、ざらざらと砂や小石が零《こぼ》れ落ちる段々に、さわってみます。

こういう所に化石が見つかるんだな、と私は思ってみました。――その化石は何十万年も昔のものだろう。いや、いま剝《は》がし取った小石だって、ここが以前に海だったとすれば、何十万年、それ以上の大昔にこの通りであったものに相違ない。しかも路ばたに転がっている石に較べて、別に差異は無い。そうすると路ばたの石も、海岸の石も、共に永い永い歴史を持っているのだと云わなければならない。ひょっとして、木賊《とくさ》のお化けや、翼手竜や恐竜や大蜻蛉《おおとんぼ》のことも、これらの石は知っているかも知れない。さて地球の表皮が現今の地図にあるような形に変り始めて、人間が発生し、それからいったいどんな事実が起ってきたのであろう？　無量の植物が生えては枯死し、朽ちては生まれ代り、同様に無数の人間も生まれては死に、死んでは新生した。それなのに、或る時期の樹はその以前の樹ではないし、現在生活している人は過去に生きていた人とは異《ちが》う。同じ樹木、同じ人間なのか知れないけれど、その間に連絡が付けられない。ただひとり石や砂だけがずっと続けて昔通りだ——これは何故であろう。おしまいのそのおしまいに石はどうなるのか。この同じ場所に再び埋まってしまうならば、その次に自分のような者によって拾い上げられるまでには、きっと何万年かが経過している。それでも石は目立つほどに小さくなっているわけであるまい。更に次回の何万年が続く……とうとう粉微塵《こなみじん》になる時がきたところで、その粒の一つ一つには永い歴史の記憶が含まっている。石がガス体になるのなら、それは地球が他の星と衝突する折であろう。しかし他の天体とぶっつかるなんて誰が考えた？　人間でないか。その人間はその遠い未来にはどうなっているのか？　いやそんなことより先に、あと百年も経たぬうちに、この自分がどこにもいなくなっていることは確実だが、これはまたどういう理由か？　いらいらしてくる私は、何にしても人間よりは樹木の方が偉い。樹木よりも鉱物、それも水晶のようなものがいっそう偉いのだ。人間も早く鉱物のようになってしまったらよかろう。いや、いっそのこと遠い星になって、いついつまでもひとりぼっちで輝いていたら素敵だなあ……。

　もし結晶物がものを考えるとしたならば、と私はその先を追いました。――人間という奴はほんの一分間くらいしか生きられないくせに、因幡《いなば》の白兎《しろうさぎ》に似た毛無しで、おまけに気味の悪い生白さで、俺たちのようなマンガンやクロームや加里《カリ》などの香り……そうだ、石油ほどの気の利いたにおいもしなくて、総体にゴミっぽく、膠《にかわ》臭い。してみれば、教会の鐘が十二時を打つと同時に、空気を吸いに出てくる骸骨《がいこつ》共の方がよっぽど洒落《しゃれ》ている。そのスケルトン氏だって、おいらから見ればまるで隙間だらけの蜘蛛《くも》の巣だ。それはじきに乾いて砕けてしまう。犬や猫の方が遥かにきれいだ。人間は云わば魚臭い一夜《ひとよ》茸《だけ》でないか！　――鉱物らはきっとこのように考えるだろう。こんな私の思想は、しかしまた一つの根拠を持っていました。

　生まれて十六年目に、初めて視覚が与えられたという人の感想です。私が聞かされたところによると、みんなが、きまり切ったことだと信じているひろがり、即ち「空間」も、初めから現在通りのものでないのでした。例えば、窓枠の上に鉢植が載って、その向うに森が見える。こんな室内からの展望にしても、植木鉢と森と、この二者のいずれが先方にあるかを識別するまでには、数週間の訓練を要したとのことでした。さてこの生まれつき盲目だった人が、初めて世界を自分の眼によって認めて、いったい何物に最も驚いたかと云うと、それは――キリストに癒《いや》された盲人が見たように、「樹の如きものが歩いている」ではなく――人間の顔の醜怪さにあったのです。なるほど！　私は感心せずにおられません。なるほど人間の顔は、他の動物のそれに較べたらまるで皮を剝《む》いたバナナである。しかもてっぺんには、黒い、無気味な髪をくっつけている。物の影とかテーブルの下とか、すべて黒い箇所が何よりも怕《こわ》かった、とその人は述べていました。人間はまさに白いお化けでなくて何者か？　人間の手足だってかおと同様にずるむけだから、猫の足の方がずっと美しい。

三

高台とは反対の港内掘割の岸に、いつも馬や荷車がごたごたしている所がありました。この傍《かた》えに、白灰色の軟らかい石や、青い粘土、また時には、真赤な、あるいは緑青《ろくしょう》がふき出した金いろの石がうず高く積上げられていました。私はしかし、石筆の代用品としても、粘土細工の原料としても、本箱の上の飾り物としても、もはやそれらを考えませんでした。地層中の小石と同様に、これら鉱石がどんなふうに始末されるのであろうか、と思うてみるのでした。むろんそれぞれの用途の下に熔かされるか、砕かれるかはするのだろうが、原形は壊されても、細粉は決して消滅してしまうわけでない。やはりどこかには残っているのだ、と考えられました。じゃそれら鉱石たちは最初どこからやってきたのであろう？　――山からだ。山は地球の皺《しわ》である。地球はどこからきたのか？　太陽からだ。その太陽はどこからきたのか？　――おそらく天の河方面から。それも夏の晩方、自分には「ヘロデ王」という言葉が喚び起される……そんなふうな印象を与えて、大ぼし小ぼしが怪しげに群がっている南方の一郭《いっかく》から太陽は出てきたものに相違ない。銀河系はそれじゃ一等初めにはどうなっていたのか？　――このように考え出すと、お茶碗のかけらに対しても、同様の質問が差し挟まれるのでした。ペン先や釘についてもその通りでした。鉄は錆びてしまうが、錆の粒子は決して無くならない。すると形あるもの、無形のもの、宇宙間に存在する一切のものの上に、同じことが云えそうなのでした。――ついでに、こんなことを思っている自分だって、決して消滅するわけでない、と気が付いたなら……人間は無数にいるのでなく、世界の初めも終りも知っているただ一人がいるだけであると気付いたとすれば、大した話です。が、未だそこまで行きません。鉱物に較べると、大方の生物はまるで泡《あぶく》だ、と私は思ったのです。

　だから、長命な鉱物共が人類社会を観察しているとすれば、それはどんなに彼らに映じるだろうか、とその次に考えました。例えば富士山、ピラミッド、スフィンクス、公園の銅像……動かないものなら何でもよい。富士山やスフィンクスはいったい何事をそこに見るであろう？　春には木々の芽が出て枝が伸び、秋には果実が熟して葉と共に落ちる。この経過が一瞬のことだと云えば、ただむくむくと盛り上った青い焔が爆発し、赤、褐色、黄色の火花となって飛び散る。太陽や月の運行は光のすじになってしまう。いやそんなすじさえ見分けられるかどうかは疑問だ。昼夜が恐ろしい速さで交替するから、天空はピカリピカリする絶え間ない稲妻の綾として感じられる。まして汽車だの汽船だの人間だのの動きは、極端なシャッターの写真機をもってしても捉えられない。それらは風に似て、全然認められることはないであろう。魔法のように町々が拡がり、原野が切り拓《ひら》かれ、河流は大蛇のようにのたうちまわっていることに、富士山は気付くだけであろう。

四

メーテルリンク夫人が書き直した『子供達のための青い鳥』を読んだことがあります。その中に出てくる妖婆の棲《すま》いは、月の世界へ行く途中の高い山の頂にあって、そこからは月の中の山々や湖水や谿谷《けいこく》が手に取るように眺められた、とありました。遠足の日、向うに赤ちゃけた尖端を並べた山を見ると、私にはきっといま云った妖精の住いが頭に浮かびました。そして大理石の円柱や幅広の階段がある大広間で、金箔のついた赤い衣裳を着て、多くの悪魔仲間と酒宴や音楽を奏して遊んでいる自分が、想像されるのでした。――こんな幻想は、いまはいつしか、錆付いた索道を繞《めぐ》らした見知らぬ廃坑の光景と入れ替っていました。そしてこんどは、私は、鉱物標本採集のために、絶壁の縄梯子《なわばしご》を降《くだ》って行くのでした。

私は松の木が嫌いでした。好きなのは、痛い棘《とげ》のあるクリスマスの常磐木《ときわぎ》、鉛筆の軸になる香り高い南ドイツの木々などです。雲のゆききが劇《はげ》しい空を背景にした禿山《はげやま》は聖書物語を喚び起しましたし、バワリア地方は、鋸《のこぎり》の歯のように地平を劃した国境山脈と、かなたの森際に見える人喰《ひとく》い男爵の館とを、私の脳裡に浮かべるのでした。けれども近頃は、松の生えていない山であったら、なにか鉱石を匿《かく》しているのでないか、と私をして思わせていました。いったい山自身が一つの巨《おお》きな鉱物ですが、しかしそれを云うのではなく、標本向きの鉱石がそこに見付かりはしないかと、私は云うのです。

麓は松に囲まれ、上部はずんべら坊主の、丸いカブト形の山がありました。その山肌にごろごろ転がっている灰黒色の石片が「安山岩」であることを、私は知っていました。その不規則なかけらを手に取って、鼻先にあてがって嗅いでみると、おそらくマンモス族がのそのそしていた頃に盛んに噴煙を上げていたであろうこの山容が髣髴《ほうふつ》とするのでした。死火山！　むくむくと地中からせり上ったまま活動を停止してしまった甲山《かぶとやま》！　そこには、富士山や浅間山や駒ケ嶽とはまた違った、悠久とした地球の夢が滞っていました。

甲山に似た、しかしいっそう小形の丸い丘が、私の住む町の西方にありました。全山はくすんだ橙《だいだい》色をしていました。ここに見付かる石片は、不規則的三角形の八面から成り立って、いくらか艶がありました。私の姉に赤ん坊が生まれかけた時、私はその丘上にある神社へ安産のお詣《まい》りに出かけました。寒い一月の午前で、帰りの俥上で父は小鼓の手拍子を取りながら謡《うたい》を唸り、彼の膝のあいだに挟まれた私は、折から透き徹った青空のまんなかで、ゴム製の尾を器用にたわめて廻っている一羽の鳶《とび》を見上げながら、自分の懐にはいっている三斜晶形の石が、望み通りの「長石」であらんことを祈っていました。

五

私は、植物に対するのと同様に、鉱物についても、研究手引書を用意していました。その本の口絵には宝石族の三色版が付いていて、ページには八面体、菱面体、樹枝状、柱状、塊状などの図解が出ていました。また、焔色《えんしょく》反応、劈開《へきかい》、条痕《じょうこん》板、モース氏硬度計等々についても述べられていました。というのも、本の終りに付いていた標本採集心得の昔の鉱物案内書を思い出します。私は秩父宮の名を新聞で見ると、きっとこの中に、「東京近郊には先《ま》ず秩父がある」という文句があったからです。この一事に限らず、樹木に被われていない山々、その他辺鄙《へんぴ》にある鉱石産地は、特に、私に懐かしさをそそり立てました。そもそも私の家は、外べは家族という星座を形作っていたものの、内部では各員がめいめいに他者から離れようとしていました。ですから、よその子供らでは犬や草花や昆虫や魚類に心を惹《ひ》かれるのが、私の場合は――そんな小うるさいことを抜きにした――非情の水晶だの、黄銅鉱だの無煙炭だのに置き換えられていたわけです。けれどもそんな感傷排撃の私をして、なお一種の憂愁に導く題目がありました。それは、地理教科書の挿絵に見られる、崖、大煙突、起重機、トロッコなどに、水の乏しい流れや侘《わび》しげな雲のたたずまいを配した荒涼とした風物です。たとい新聞紙上に見るメタン爆発の現状写真ですら、そこが鉱産地である限り、恋人の住所にも似た慕わしさが身に覚えられました。時には順序が逆になって、現に自分が嗅いでいる石片が、およそスイートホームとはうらはらの、冷たい、荒くれた景色を、なお故里《ふるさと》の硝子絵にまで変えるのでした。

　Ｙ字形の枝について、先の鉱物学案内書は書いていました。そんな短い枝の二股の部分を両手に捧げて、Ｙ字形をあべこべに前方へ差上げて歩いて行くと、もしもそこに鉱床があったなら、枝の先がおのずと地面を指すと云うのでした。これはまるで縁日の易者に自分の運命を托するようなことです。でも、運勢判断と同日に扱ってなりません。何故なら、自分だって鉱床を探して山めぐりをしているのだったら、この方法を借りるかも知れないからです。しかもこのような艱難辛苦《かんなんしんく》も、なにも鉱脈を発見して財産を作るためでありません。私はただ鉱石のひとかけらが欲しいだけです。裸山の尾根を辿《たど》っている時、私の両手には仮想のY字状探索器がかざされていました。

私の雑嚢中に蒐《あつ》められていたのは、おおむね硅石や頁岩《けつがん》や滑石でした。これらの破片には、水や風に浸蝕された丸味があってはなりません。大自然の只中からたったいま抉《えぐ》り取ってきたことを想わせる、ゴツゴツしたかけらでなければならないのです。

私の家へ出入していた按摩《あんま》さんが母の肩を揉んでいる時に、床の間に私の蒐集品の二、三を認めました。「石と云えばすばらしい石を持っている人がいましてね、なんならお世話してもよろしいが」と彼は口を切りましたが、後刻、袱紗《ふくさ》に包んだものを両手に捧げてやってきて、それの値段なのでしょう、片手の指を拡げて、「先方ではこれなら手離してもよいと云うのですがね……」しかし当の代物《しろもの》は少しも私を惹きつけません。何故なら、どこかの隠居さんが、ただその形とか色合いとかによって、出鱈目《でたらめ》な名をつけて置物にしているような青石でしかなかったからです。そんな濁った、粗悪な瑪瑙《めのう》のかたまりでした。しかも人間の手の脂《あぶら》ですべすべになっていたのでしたから、何をか云いましょう。人々は金魚や菊やシャボテンにも、馬鹿げた、思いつきの名前をつけて得々としているものです。

もしも或る石の上に、自然力乃至《ないし》人工による琢磨《たくま》の痕《あと》があったならば、まずその部分を削り取る必要がありました。花崗《かこう》岩、凝灰《ぎょうかい》岩、片麻《へんま》岩、これらは河岸の石屋さんへ出向いたら、手頃なかけらが選び取られました。石墨や石灰岩も、同じ場所の倉庫の傍に積み上げてありました。砂岩及び粘板《ねんばん》岩としては、私は砥石《といし》を叩き毀《こわ》します。ところで石英類はたいてい角が取れて、すべっこい丸石になっていましたから、一等苦労しました。金槌《かなづち》で打っても、却《かえ》ってこちらの道具を弾き飛ばすくらい手剛《てごわ》いからです。けれどもこんな破壊工作に成功すると、その大理石の一片は、もはや硯《すずり》や文鎮がたねだとは受取れないのでした。私は、母の金盥《かなだらい》の中に見付けた軽石《かるいし》の上にも同様な手段を施して、どこかの火山の麓から取ってきたもののように、友だちに見せかけることができました。

六

国語読本の課目に、火山の章がありました。最初に朗読を命じられた級友は、私のひそかな要望に反して、「花崗岩」とあるのをみかげ石と読み上げました。私は手を上げてすぐに訂正を求めましたが、先生は、「喧《やかま》しい！」と呶鳴《どな》ったのです。

先生自身が読み直した時にも、わざとらしくみかげ石と発音しました。ただ授業の終りに、彼は申し訳のように、一同に向かって云いました。「みかげ石と云ってもかこうがんと読んでも、結局同じことだ」——しかしそれでは、そこいらの家の石垣や門柱ばかりでなく、橋梁《きょうりょう》のアーチになったり、公会堂の玄関階段に使われたりする、黒雲母《くろうんも》火成岩の品位が損われるのでないでしょうか？　第一、読本中に「御影」などいう字はありません。

　いま一つ別な不服がありました。私のコレクションを見ていたお客様の前で、私の姉が、そんなものばかりに気を取られないで、こちらをお向きなさいとでもいうふうに、差出がましく口を入れたのでした。「まあ云ってみれば見本ですわ。石屋さんの見本だと思えば間違いはありません」

　私はでも、本当の「御影」は別に嫌いでありませんでした。いつでもその土地を汽車か郊外電車で通過する折には、北方に、西から東へ連なっている峻嶮《しゅんけん》な山並を窓から眺めて、石切場はどの方角だろうなと思いを走らせるからでした。この山々の一つに曾て鳴動が始まって、噴火だと云って大騒ぎされたことがあります。しかし実は、山の底部にある空洞へ間をおいて岩塊が落下しているのだということが、判りました。——そんな話を耳にしていたせいか、それとも頂上附近には高山植物が生え、玩具《おもちゃ》の国のような外人村があったからでしょうか、雲の多い午後、こちらから打ち眺める……雲の影が落ちている天鵞絨《ビロード》めく芝地や、雪のように白く風化した素地が、私にはつるつるした外国製絵葉書の風景として映じるのでした。で、いつかステーションで、発車を待って車窓から首を出していた時、フォームをやってきて、「どちらへ」と声をかけた人に対して、私はつい「六甲山」と答えてしまったのでした。

　もう一ぺん私は嘘をつきました。或る夜、父の謡仲間で、昆虫採集家として知られている紳士が、電燈の下で、私の標本函を感心したふうに眺めていました。彼は、細かな方形が集合した青白く光ったかけらを指して、「これは何と申しますか」と質問したのでした。それは例の掘割ぎわの累積の中から先日取ってきたもので、まだ名前は知りません。けれども塩酸をぶっかけると白い泡が立つことが判っていましたから、咄嗟《とっさ》に、方解石と大理石とをつきまぜた新奇の名称をでっち上げて、私は答えました。「ふうん、これがね」と相手は相変らず電燈の下に、青白くピカつく石片をかざしていました。

　更に或る晩、擦り減った実写フィルムが、隙間風にゆらめく白幕に映っていた時です。私の周囲に、何だろう何だろうという声が起っていました。つづら折の岩山を登って行く一群についてでしたが、弁士はかたえの暗がりの中から「かくしてマイカ採集隊の一行は、なおも山奥山奥へとどんどんと進むのであります」

　というようなことばかり繰返しています。

「何のことだ！」と呶鳴るほど元気な観客もいません。そのまま要領を得ずに、雨だらけの画面は終ってしまいました。

「何を採りに行ったんだろう」

「イカよ、イカさ」

「へーえ、イカは海のものでないか。山にイカがいるとは初耳だね」

このとたん、画面の連中が鶴嘴《つるはし》様のものを担いで、袋を持っていたことに私は気がつきました。マイカ？　あ、そうだ！「きららである」と私は人々に教えたのでした。

――「名称という字を君は好いているらしいが」と、私の模型工作を時々手つだってくれる、器用でかつ理窟好きの人が、云いかけました。「これは普通の名前を指すのではなかろう。何と云うかな、つまり現代にあって、人類文化の間において常に進歩しつつあるもの……いや常に正当なる方向及び解釈に向かって誘導されつつある事物……まさにそのような対象に向かって賦与される呼び名を以《もっ》て、即ち名称と呼ぶのだ。どうだ、さすがに余輩は頭がよろしかろう」彼は首を振って、自身の考えに頻《しき》りに感心していました。私にもそれはどうやら中《あた》っていると、思われるのでした。

七

よく博覧会の陳列場などで、火山の模型だの鉱山のジオラマだのが作ってあり、傍えに鶏冠石や亜鉛鉱や孔雀石《くじやく》の大塊が並べられています。——また、それら出品物と同じくらい見事な、縞瑪瑙《しまめのう》や、葡萄《ぶどう》状玉髄《ぎよくずい》や、暗緑色の蛇紋岩や、眼を奪う単斜晶の角閃石《かくせん》などが、私の姉が住んでいる大都会のまんなかでも、見付かることがありました。そこには何々商会標本部とか理科材料店とか看板が出ていましたが、店の内部はいつだってひっそりして、人影が見えませんでした。不思議な気がする傍に、なんと良い商売なのだろうと私は思い、自分も大きくなってからやってみてもいいなと考えるのでした。こんな店の窓の中でなく、その前の路面に、折からの道普請用に積み上げてあった砂利の中に、濃緑色のへんな恰好《かつこう》の石を見付けたことがありました。いつか按摩《あんま》さんが見せたのと同じ瑪瑙の一種でした。別に人手になぶられたもののようでなかったので、自分の蒐集中に加えましたが、どこか訝《いぶか》しいのでした。とうとうこのものが太古の住民の石斧《いしおの》だと判明したのは、もう十年も経ってからのことです。なるほど気がついてみると、人工によってこんな楔形《くさび》になったのだということは、疑われませんでした。即ち、他のいっそう硬い石片でもって、丹念に隅々から斲《か》いで、こんな石鑿《いしのみ》が出来上ったのだと解釈される凹面の集合から、それは成り立っていました。

　もし頒《わ》けて貰えるものならば、穹窿《きゆうりゆう》の破片みたいな、金の斑点がついた瑠璃《るり》色のかたまりや、奇妙な塔のようなアンチモン鉱や、どこかの山懐に在る立体派の部落を想わせる黄銅鉱や、竜宮城の雛型《ひながた》のような紫水晶の群団や、そのどれでもいい、自分のために虧《か》き取ってもらいたいものだ、と私は思うのです。しかし、申し込んだところで、店の人は大切な看板に手をつけるようなことはしないでしょう。その代りに、クロース張りの平べったい紙函を勧めることに相違ありません。その小さな、薄っぺらな函の内部は碁盤目に区切られて、おのおのの区郭に、指先くらいの、蛋白《たんぱく》石だの、蛍石だの、雲母だの、輝石だの、緑泥岩だの、電気石だの、方鉛鉱だの、蒼鉛だの、氷洲石だの、橄欖《かんらん》石だの、ボーキサイトだのがはいっていました。しかしこんな代物こそ、その辺の洟《はな》たらしが持っている見本でないか！

私どもは二人組になって、学校の玄関わきの応接間掃除をすることを仰せつかっていました。当番の日が待ち遠しいのでした。応接間の片隅には、硝子函に納まった人体模型と隣合って、抽斗《ひきだし》が上下に並列した戸棚が置いてありました。その抽斗の金具に指をかけてそろそろ引いてみると……私はその時どんなに自分の胸が高鳴っていたか、更にそれぞれに重たげな、しかし比較的少量の品物がそこにぎっしり詰っていることを思わせる感触をこちらに伝えて、抽斗が少しずつ内部を見せ始める瞬間の感動と恍惚《こうこつ》を、今日もよく憶《おぼ》えています……するともうそこには、胆消《たまけ》すばかりの結晶と光沢と粗面とを持った鉱物たちが、それは硫化物であり酸化物であり、あるいは炭酸塩類であることを示しているところの、輝安鉱や、閃亜鉛鉱や、磁鉄鉱や、錫石や、孔雀石が、それぞれに火山臭い、粘土くさい臭いを伴わせて、あたかも微かな息遣いをしているかのように窺われて、この声無き非情の合唱を前に、私は危く仰向けにぶっ倒れそうになるのでした。——分けても金属酸化物が醸《かも》し出す臭いは、あの両側に送り孔《あな》をそなえた35ミリフィルムの一片に接した時のように、私の胸をときめかせました。でも、思い切っていま少し抽斗をあけることは出来ません。先生がはいってきたら……という気遣いがあるからです。先生が立ち現われたところで、別に大したことでなかったでしょう。けれどもそれは今日になって云えることで、当時の私には、眼前の品物に余りにも自分がうっとりさせられたから、なにか悪い事をしているのだという気持を追いやることが困難なのでした。で、一分間も経過しないうちに、元通りに抽斗を締めます。が、もう一ぺん覗いてみようという誘惑に打ち克《か》つことは不可能です。こんどはいっそう思い切って抽斗をあけます。その奥の方には、硝子のふたが付いた小函に入れた模造品のルビーやサファイア、これは本物だと思われるトパーズ、金箔、さては石油から採れることを示すためでしょう、赤い封蠟《ふうろう》の栓をした壜にはいった濃紫色のかけらや、赤い粉や、パラフィンやワセリンまでが見えるのでした。——こんな品々が、硝子管に詰めた土瀝青《アスファルト》や石脳油と共に選び取られ、餅箱のような容器に載せられて、先生の手によって教室へ運ばれてくる時、そこにフラスコやビーカや天秤《てんびん》を見る場合よりも、私の心はときめきました。そして容器から出されて、小函にはいっている石油族標本が、机から机へ回覧され始めると、私は、指先にきらきらした細片を残すタングステン鉱やクローム鉱に対してするように、いち早く接吻《せっぷん》しないではおられないのでした。

　こんなにまで好ましいもの、しかもそれら一つ一つには番号が付いていたのですから、同様なものは我手によっても作らるべきでした。級友らはしかし未だに、地球儀だの張抜きの軍艦だの、七色回転盤だの、緑色のコイルがついた電気実験具が入れてある職員室の戸棚の方に気を惹かれていました。女の子らは、剝製《はくせい》の鳥類やピン止めの蝶々に好意を寄せていました。私には、応接間が、自分の聖地なのでした。ここにある鉱物標本は格子などで区切られていません。一つ宛《ずつ》に無蓋の小函に入れられて、底には名称と産地を印刷したカードが敷かれていました。

　私はまずボール紙を買って、大小幾通りもの小函を作りました。学校にあるのは、紙函に見えて実は折箱らしく、がっちりしたものでしたが、私にも追々、そんなきっぱりした工作ができるようになりました。函の外側に張る青ペーパーは原物通りには行かないので、なるべく似かよった紙を、紙屋さんが何回も奥から持ち出した巻紙の中に探し当てました。次に活版屋にカードを注文しました。真鍮煙管《しんちゅうぎせる》を咥《くわ》えた主人に、こちらの意向はなかなか徹底しませんでしたが、彼はともかく刷上げてくれました。名札の下方には「何某標本部選集」と横に置かれるわけですが、私は念のために、先生に問うてみたものです。「手偏だろう、えらび集めると云うのだからな」との返事でしたが、私は、宝文館標本部のカードに倣《なら》って、「選集」としないではおさまりません。名称及び産地は、活字体を真似て書き入れるより他はありませんでした。番号《ナンバー》に最も苦心が払われました。鉱石に貼付《てんぷ》する小さな円内の数字はどうしても活字でないと、感じが出ないからです。このために、算術教科書のページが切り抜かれました。鋏では機械的小円になりませんから、ブリキ屋さんに依頼して、真鍮パイプのきれはしで打抜き道具を作って貰いました。

次は小型硝子管です。町で一等古い硝子商へ出向くと、「それなら以前、師範学校の先生に頼まれて取寄せた分が残っているかも知れぬ」主人は云って、薄暗い隅から、大小いろんな壜やレトルトや試験管類がごちゃごちゃはいっている箱を抱えてきました。その中から、コルク栓と合わして、私は十五、六箇を探し出しました。これらの容器には、電燈会社構内で拾ってきたアスファルト及び硫黄《いおう》、また薬種店から買った紫の染料を入れました。――石炭から採れるものに、赤い粉がありましたが、これには赤色のコッピー鉛筆の芯を削って、間に合わすつもりでした。しかし五、六本の鉛筆では足りそうにもなく、且《か》つ蠟が雑《まじ》っているために、どうしても削り屑になって、完全な粒状だとは云えませんでした。やはり正銘品を購《か》うことにしました。金剛砂には、夜店で見付けた軽便砥石《けいべんといし》を砕き……宝石類は、祭日の出店の、指環に付いているものを……。

八

夕飯の時に口に出したことが、早速に容《い》れられました。

私はお父さんといっしょに、掘割ぎわの家具商がならんでいる区廓《くかく》へ出かけ、三軒目にやっと目的通りの戸棚を見付けたのでした。それは自分の肩ほどの高さしかありません。けれども、抽斗の配置も、ニッケル鍍金《めっき》した金具も、学校の応接間にあるものとそっくりでした。私はお昼には、学校からそんなに隔たっていない自宅へ食事に帰るのが例でしたが、そんな折には何より先に、玄関を上った所の脇に置いた、自分《し》の標本戸棚の抽斗をあけます。その最下段には、毛氈苔《もうせんごけ》や虫取菫《むしとりすみれ》や狸藻《たぬきも》や、その他羊歯《だ》類の押葉、緑や褐や紅の海草を貼りつけた紙片もはいっています。その上段が貝類、更に上段が、フォルマリン漬のモロコやイカや竜《たつ》の落し子など……ですから、更に上段全部の抽斗を埋めている鉱石類は、あたかも学校備品のそれのように——応接間の戸棚は、鉱物の他は腊葉がはいっているだけでした——自分の戸棚にもある植物の区域から発散されるナフタリンの臭いが、鉱物たちから放射する加里やナトリウムや満《マン》俺《ガン》やチタンの香と、ちょうどいい具合に雑り合って、そこに、学校にあるものと同様な、目覚ましい、人をして世俗を離脱したすがすがしい学的操作に赴かしめるところの、博物標本の雰囲気を醸成するのでした。

先生が家庭訪問をして、忙しいからと云って上り框《がまち》に腰かけてお父さんと話をしていた時に、私の標本箱が紹介されたのでした。彼は月曜日の午前、教室でみんなに披露しました。

「こんなに――」ひたいの禿上ったトルキスタン型の先生は、大きく両腕を拡げ、「こんなにいっぱい、植物も鉱物も貝類も、みんなきちんと整理して棚の中に入れられている……」友だちは一様に呆気《あつけ》に取られたかおをしていましたが、私は頭をできるだけ低く下げて、机の表面にある一つの節穴を見つめていました。先生はあとで私の傍へきた時、「あんなことはお父さんがお好きなのかね」と訊《たず》ねましたが、「そうでない」と答えると、もう一ぺん感心して、煙草臭い息をふーっと吐きました。――毎朝誘ってくれる友だちは、きまったように私の抽斗をあけて、「器用やなあ！」と嘆声を発するのでした。「これも応接間の標本の中にあったから」と云って、彼が先日、猫の皿の中へ食べものにまぜて入れてやったと云う、美しい青藍《せいらん》色の硫酸銅のかけらを持ってきてくれました。また、河べりから通学している別の級友は、自分の近所に極上の無煙炭が置いてあることを、知らせました。

或る朝、私は運動場の隅のポプラの下で、そこに積み上げてあるセメント袋を見ました。その中に、茶褐色の、非常に軽っぽい粉がはいっているのがありました。お午《ひる》頃、職人らの姿が見えなくなるなり、私はその袋の中へ片手を突っこみました。こうして火山灰のひと握りが、小さな硝子管に収まるために、私の手に帰したのでした。

九

受持先生は休みの時間になっても、教員室へは戻らないで、両手をうしろに組んだまま、片頬に幾分わざとらしい笑をたたえて、長い廊下をあっちに行ったり、こっちに帰ったりしていました。

次の休み時間にも、その次の休み時間にもその通りでしたから、私は、なにか先生の上に不幸が生じたのだと思わないわけに行きません。彼はしばしば私に辛く当りましたが、さてこんどのような始末になると、なんだか気の毒になるのでした。お昼休みに用事があって職員室へ出向くと、われわれの先生の椅子に、私にはどうしてだか西瓜《すいか》の種に見えて仕方のない真黒な鼻の孔をした校長が、威張り返って腰を下していました。彼は、私の先生の書類棚から紙片の束を引き出して、ぱらぱら繰りながら、辺《あたり》かまわぬ大声を出していました。

「何だ、こりゃ、ふうん、こんな目茶なことをやっているんじゃもの！」

こう云うと、あちらこちらの席から同意するかのような笑声が、どっと起りました。

この晩遅く、私の標本戸棚にある方解石どもが寄り合っていました。

半透明の方解石らは円陣を作って、椅子にかけていました。最初はただの一箇のようでしたが、それがあたかも天から降りて来るように……その階段はしかし見えませんでした……そんな段梯子を降りてくる時に、二箇に分れ、四箇になり、更に八箇、十六箇というふうに分裂したもののようでした。それらのいびつな平行六面体は、当初にはトランクに見え、その次に、実はそれぞれに小生意気な手足をそなえた当体そのものであることが、判明したのです。彼らの顔付は色鉛筆のマークのお月様とそっくりでした。しかしよく見ると、顰《しか》めつらや、取澄したのや、皮肉なのや、狡《ずる》そうなのや、さまざまあって、そんな男か女かいっこうに見当が付かない厭味たらしい陰気な面々が、円卓会議を開いているのでした。一等大きな歪形《わいけい》が喋《しゃべ》っています。

「可哀相《かわいそう》だと云えば可哀相だがね。あの職員も悪いくじを引いたものさ。何しろわれわれとは違って、人間社会はいがみ合いばかりだからな、そうでなかったらむしろ可《お》笑《か》しいよ」

傾聴者らはめいめいに何事か呟《つぶや》き合いましたが、その中からひねくれた声が出ました。

「われわれとても同様でなかろうか」

「さよう」と、親分はややまごつきながら、「われわれとても互いに他者を排斥しようとしている。それで結局、醜悪なる学閥と同じく、ごらんの如きひん曲げられた無数の立方形に分れるんじゃ」

ピチン！　と音がして、とたん校長めく声を出す親分は真二つに分離しました。

「いったい全体、どこまでこんな形に分れるのであろう」

と、隅の方で悲しそうな別の声がしました。

「分れる所までさ。これが方解石の宿命だ」

投げやりな声がしました。

「玄武岩というものがある」と、向かい側にいたのがあとを続けました。「黒い亀という名が示しているように、六角形だが——これなんかどうした筋合いであろう」

「同じことよ」と、先刻まで親分だったうちの一方のかけらが、尊大ぶって答えました。「もともと云えばやはり喧嘩さ。むろん初めは一つの大きなかたまりだった。ところが、いつのまにかその各部分に不平が生じて、互いにせり合った。めいめい勝手に衝突した。これがそれぞれに六角柱に成った。この家のそばかす君なんか、玄武岩の形態にひどく感心しているらしいが、何でもありゃしない。正六角形とは、よろしいかね、最も多く領地を獲《え》ようとするおのおのの勢力が均等な場合には、当然そうならなければならぬ唯一の形式なんだ。正六角柱はその体積が一定で、その面積が最小の場合なんだ。つまり、なんと云ってもそんな傾向つまり癖なんだから、これは致し方があるまい。wie ではなく、das なんだ！　これを以て不可思議だと見るならば、不思議でないものとは何を指すのか？　方解石や水晶や玄武岩に較べて、そう云うお手前こそよっぽど不思議なのではないかね」

「そうだそうだ。そのことは蜂の巣によっても証明される」

「あれは材料と労力を出来るだけ節約しようという魂胆なのさ」

次の朝、学校へ出かける前に、私は裏の納屋の方へ行って、屋根の庇《ひさし》の所を見上げました。——が、そこに在った蜂の巣は、いつのまに誰が捥《も》ぎ取ったのやら、ただ短い柄だけが残って、ピンク色の朝日に光っているばかりでした。


稲垣足穂（いながき・たるほ）　一九〇〇〜七七（明治三三〜昭和五二）年。小説家。大阪生まれ。飛行機・光学機械・天体に関心を抱き、デビュー当時に未来派美術協会展に入選した。『一千一秒物語』『星を売る店』『第三半球物語』『天体嗜好症』をまとめ、モダニズム文学の一人として注目を集める。『少年愛の美学』で第一回日本文学大賞を受賞。「水晶物語」は一九四一年一一月と翌年四月の『月刊文章』に、「非情物語」という題で発表された。底本は『稲垣足穂全集』第一巻（二〇〇〇年、筑摩書房）を使用している。石に関連する他の作品に、「宝石を見詰める女」などがある。

水晶の靴

桑原武夫

フランスのマリオンとよぶ村にあったお話です。その村はローヌ河の上流、アルプス山のふもとにあって、ブドウをさいばいし、それからおいしいブドウ酒をこしらえて、町へ売り出すのを、主な仕事としておりました。みどりの毛せんをしいたような草原のあちこちに二つ三つ、三つ四つかたまって立っている村人の家の赤いえんとつから、夕げをかしぐうすずみ色のけむりが静かに立ち上るころ、夕もやをとおして、コバルトの空に白くそびゆるアルプスの山をのぞむ景色は、えもいわれぬ美しいものでした。こんな美しいところに住んでいるので、この村の人々はたいてい親切な美しい心をもっておりました。

ある年のこと、一人の村人が物おきへ行って、ブドウ酒のはいっているタルをあけてみておどろきました。タルには穴ひとつあいてないのに、いれておいた酒が少なからずへっているのでした。

「まあ、どうしたのだろう？　しかし何といっても、こんなになっては売ることもできやしない。こんどの村の祝に皆で飲んでしまおう」

といいながら、そこにあったコップで一ぱいすくって、口へ持って行って一口飲むと、正直な村人はあわててほおをおさえました。それほどその酒はおいしいのでした。

「オリンパスの山に住んでいるというバッカスの神のかもした酒でも、よもやこれよりうまいことはないだろう」

とその人は思いました。そしてすぐその日、そのふしぎな出来事を村の人に話しました。

「それはふしぎなことだな。しかしそういうのなら、ひょっとしたら家の酒にも何かかわりがあるかもしれぬ」

というので、人々は皆その家へかえって、酒だるをひらいてみました。すると、どこの家でも、どこの家でも、いくつかある酒だるの中の、二つか三つは必ずなかみがへっていました。そしてその酒は、最初の人のと同様、それはそれはよい香のするおいしいものでした。村人は、まあどんなによろこんだことでしょう。そのブドウ酒を飲んで皆トマトのような顔をして、三日三晩おどりぬいたのでも、そのよろこびがどんなに大きかったかを知ることができましょう。

　うさぎのように耳ざとい町の商人などは、すぐこのふしぎな話を聞きつけて、この村へとんできて、高いあたいでそのブドウ酒を買いとりました。村の人々は、生れてはじめての大金を手にいれたので、皆天国の人のようにうれしそうな顔つきをしていました。うれいとか、悲しみとかいうようなものは、このマリオンの村のどこをさがしても、見つかりそうにはありませんでした。

このあともしばしばお酒のへることがありました。そしてどこからともなく、

「あのブドウ酒のへるのは山にいる小人《こびと》がそれを飲みにくるのだ。そしてそのおれいに酒のおいしくなるものを入れておくのだ。だからあんなに香が高くておいしいのだ」

といううわさがつたわってきました。村の人々はこのうわさを聞いて、その小人を見たいと考えました。しかし、小人は人にそのすがたを見られるのがいやなのでしょう、ひるまや人のいるところへは、けっして出てきませんでした。それで人々はそののぞみをすてましたが、なかで物好きな二、三の人たちは、毎晩、毎晩、物おきの酒だるのかげへかくれ、わざと入口の戸をあけておいて、小人の酒を飲みにくるのを見ようとつとめましたが、そういう家にかぎって小人はやってこないのでした。それでこれらの人々も、

「これでかくれだしてから七晩になるがまだ一度も出てこない。それにフェリックスさんのところへは二度もきたという。小人は人のいるのがすぐわかるのにちがいない。

おまけにかぜをひいてしまった。こんなつまらぬ事はない」

というのであきらめてしまいました。それでとうとう小人は見られませんでしたが、あいかわらずおいしい酒が知らぬまにできているので、村人はますます幸福な日をすごしました。

それから一年ばかりたって、あたりの山々を黄に紅《くれない》にかざっていた木の葉もだいぶ散ってしまった冬のはじめのころ、またこの村に一つの事件がおこりました。
五、六里もへだてた、となりの村まで出かけたロスタンとマーカスの二人は、夜おそくかえってきました。よもやまの話をしながら、村の六、七町手まえまできた時にロスタンは、
「きれいな空だなあ」

といいながら上を見あげました。その日はやみの夜でしたが、よく晴れていたのでこん色の空にはあちらにもこちらにも、たくさんの星がその黄金の眼をまたたいていました。ひとときおり空を見わたしたとき、ロスタンは村とはんたいがわにある大野原の地平線とほとんどすれすれのところに、ふしぎな星の一群を見いだしました。そこには小さな星がたくさんあつまって、一つの花輪のような形になって清い光をはなっていました。

「むこうにおかしな星がある。なんという星座だろう」

とロスタンは、それをゆびさしながらマーカスにいいました。

「うん、へんだな、あんな星は今まで見たことがない。ひょっとしたら星じゃないかもしれぬ」。

「そうかな」

と二人は、しらずしらず足をその方向へむけながら、一心にその星の群を見つめておりました。

「あれはなんといっても星じゃない。そのしょうこに、なんだかぐるぐるまわっているではないか」

とマーカスにいわれてみると、なるほどその星の輪はひらたくまわっていました。そして、近づくほどその大きさがますように思われました。

「うん。そういえば星とはだいぶようすがちがう。そうするといったい何だろう。ひとつ正体を見とどけてやろうじゃないか」

「それは面白い。そうしよう」

と相談がまとまって、二人はひろい野原をそのあやしい光を目あてにずんずんすすみました。その野原を半分以上もよこぎったころ、なにか大ぜいの人が歌をうたっているようなこえが聞えてきました。そしてそのかすかなこえは、その光のあるところからおこっているようでした。ずいぶん遠いと思われたこの光も、このこえの聞えたころはその輪も大きくなり、ひとつひとつの光もあきらかになりました。その数町むこうに、土地が人のたけほど高くもりあがっている岡のようなところがありました。そのこえの大きさ、光の方向などで考えると、それらのものはこの岡の上にあるにちがいありませんでした。二人は足音をしのばせてちかづきました。そしてやっとのことで岡の下までやってきました。体をぴったり岡の小さながけのようになったところにくっつけ、息をころしてようすをうかがっていた二人は、とうとうそっとせのびをし、目だけ出して上をのぞきました。

まあ！　なんとふしぎなありさまでしょう。岡の上には、顔は老人のようで銀色の長いひげをはやしているが、たけは二、三尺しかない小さな人間が二、三十人、輪になっておどっているのでした。

「これが人々のうわさする小人というものだろう」

と、とどろく胸をおししずめ、よく見ますと、それらの小人は皆一ようにほのおのように赤い長ずきんをかぶり、空色の上着、みどり色のズボンをはき、そして足にはキラキラ光る水晶の靴をはいておりました。その先にはルビーのように赤いかざりの玉がひとつずつついていて、その靴は月のように優しい光をはなってあたりをうす明るくしていました。遠くから星のように見えたのは、この靴の光であったことは、いうまでもありません。小人の足もとには、ブドウ酒をいれた数本のびんがころがってい

ました。小人たちは酒によったとみえ、顔をまっかにして、二人の見ているのにも気がつかず、たがいに手をつなぎ、

私の好きなあのブドウ酒よ、
小さなコップにつぎこめば、
ちょうどむらさき水晶のよう、
一ぱい飲んだらさくら色、
二はい飲んだらぼたん色、
ほんとにおいしいあのブドウ酒。

私のきらいなあの犬ころよ、
大きな耳をぴんと立て、
小さなはなをぴょこつかせ、
一こえほえてはワンワンワン、
二こえほえてはかぶりつく、
ほんとににくいはあの犬め。

と歌いながらぐるぐるまわっておどっておりました。あでやかによそおった小人たちが、その銀白のひげを夜風にふきなびかせながら、ゆかいげに清い光のなかをおどり

まわっているさまは、この世のものとは思えぬほど美しいものでした。

「まあ、なんと美しいのだろう。こんなだったら朝まで見ていてもあきはしまい」

と思いながら一心にながめていたロスタンの耳へ、

「犬のなきごえをして、ひとつこいつらをおどかしてやろうじゃないか」

とマーカスがささやきました。おどろいて、

「そんなばかなことをするな」

と小ごえで止めたロスタンのことばを耳にも入れず、マーカスは、

「ワン！　ワン！　ワン！」

と大きく犬のさけびごえをしました。とつぜんの物音に、おどりをやめて直立した小人たちは、それが犬のこえであるということを知るやいなや、山の方へむかって一もくさんにかけだしました。小人たちはそれは早くにげました。ほんとの犬がいておっかけても、とてもかなわぬほど早くはしりました。数人ずつならんで長らくつらなってかける小人の光る靴は、ちょうど夏の晴れた夜見える銀河そのままでした。ところがそのうちの一つの星が、見ているうちにおくれかけ、ほかのとの距離がだんだん大きくなりましたが、しまいにはこちらへむかってかえってくるようでした。そのうちに銀河は山のかげにかくれて見えなくなりました。二人は岡の上へのぼりました。そのうちマーカスは、ロスタンがそのわるい行いをしきりにせめるのをうわの空で聞きながし、マ

小人がすててにげたブドウ酒をかたっぱしからたいらげていましたが、急に七、八間むこうになにかキラキラ光るものを見つけ、

「おや、なんだろう」

と行ってみると、それは小人のはいていた水晶の靴のかた方でした。手に取って見れば見るほど、巧妙にできていて美しいので、マーカスは、

「こいつはよいものを見つけた。小人のやろう、あまりあわてたので靴を落して行ったのだな」と大へんよろこんでいました。

とちゅうからもどってきた星はだんだんと大きくなり、岡の一、二町前まできてそこでしばらくためらっていましたが、決心がついたものか、岡へのぼって二人のところへやってきました。それは靴を失った小人が、それをさがしにきたのです。小人は二人に、

「このへんに私の水晶の靴がかた方落ちてませんでしたか?」

とたずねました。マーカスはその靴をポケットへいれてごまかそうとしましたが、ロスタンがそれを見かねて、

「その靴ならこの人が持ってるよ」

と小人におしえたので、やむをえず、

「靴は、持ってることは持っているがね」

と答えました。これを聞いて、よろこびを顔にあらわした小人は、

「さっきから、どんなにさがしたかしれません。まあ、あることがわかって安心しました。すみませんが、どうかその靴をおかえし下さい。それがないと、皆は私をなかまにいれてくれません」

といったが相手がだまっているので、さらにことばをつづけて、

「たとえ皆と別れるとしても、それがないと、だい一、あるけないのです。いまも靴のぬげているのを知らずにあれだけかけたら、足がこんなになりました」

と足を上げて見せました。その白くやわらかな足は黒い土できたなくよごれ、赤い血さえにじんでおりました。が、マーカスはそんなことには目もくれず、

「いや、これはおれの物だ。おまえが仲間はずれになろうが、またあるけまいが、そんなことはおれの知ったことじゃない。おれはこれをもってかえってのこしておくのだ。そして石油のないときランプのかわりにするのだ」

とひややかにいいきりました。

「そんなことはいわずに、どうかかえして下さい。もしそれをかえして下さったなら、あなたのこしらえる酒という酒が、みんな世界で一ばんおいしい酒になるようにしてあげましょう。それでいやなら、この山の奥にある金の出る鉱脈をおしえてあげましょう。それでいやなら……」

と小人がとくのをさえぎってマーカスは、

「いや、一度かえさぬといったものは何といってもかえされん。たとえおまえがこのおれを、全世界の王さまにしてくれたとて、またおれが日や月を自由にすることができるようにしてくれたとて、この靴はかえされん」

といいました。この問答の間、ロスタンはなんべんもマーカスに、

「そんなひどいことをいわずにかえしてやれ」

とすすめましたが、マーカスはそれを聞かぬのみか、しまいには、

「きみは、ぼくがよい物を拾ったからねたんでそんなことをいうんだろう」

などというので、さすがのロスタンもだまってしまったのでした。

「おねがいです。どうかかえしてやって下さい」

とあわれな小人が、涙をボロボロ出しながら三度たのむのをマーカスは、

「うるさい！　も一度いってみろ、なぐりころしてしまうぞ」

とどなりつけました。そこでもう小人もあきらめたのか、

「これだけおたのみしてもかえして下さらないのなら仕方がありません、が、不人情なあなたは、このあとあまり幸福ではありますまい」

とマーカスにいいながら、かた足でピョンピョン山の方へとんで行きました。

「何をなきごといってるんだい」

と、どくづきながらマーカスは、そこらにのこっていたブドウ酒のびんを二、三本持って村の方へ帰って行きました。ロスタンもしようがないので同じく家へかえりましたが、とちゅうでふりかえってみると、気のせいか小人が岡の上に立ってじっとこちらを見ているようでした。

翌朝になりました。ロスタンは昨晩のことが気になってしようがないので、おきるとすぐその岡へ行ってみました。まあ、なんとかわいそうなことでしょう。あわれな小人は、うすく霜のおかれた岡の上に横たわって死んでおりました。そしてその足から出た血は、あたりの白い霜をくれないに色どっておりました。ロスタンはおどろいて、すぐ村の人々に昨晩のこと、今朝のことをくわしく知らせました。このマーカスのむじひな行いを聞いた村人のいかりは、それは大したものでありました。

「この村をこんなに幸福にした恩人にたいしてそんなことをするような悪人は、一日といえどもこの村においておくことはできぬ」

というので、怒りをふくんだ人々がマーカスの家へおしかけて行ってみると、この悪人は、はや、昨晩取ってきた酒のびんをかた手につかんだまま、床の上にたおれて、つめたくなっておりました。

このふしぎなマーカスの死を見、昨晩小人がいったという予言を思いだして人々は、

「小人がきっとあの酒の中へどくをいれておいたのにちがいない。悪いことはできぬ

ものだ」

とおそろしげにふるえました。

　さて村人は、きたなくよごれた小人の足をきれいに洗い、マーカスが死ぬまでポケットにいれていたあの水晶の靴をはかせ、あの思い出の岡へほうむり、その上へ小人のはだそのままに白く美しい大理石の十字架をたてました。そしてそのおもてには、みやびやかなフランス文字で、「あわれな小人の墓」と書かれました。今までは、この村には一ぴきの犬もおりませんでした——それで犬ぎらいな小人も出てきたのでしょう——が今では犬がいるようになったと思ったのか、または、いくら恩をかけてもそれをわすれて悪いことをする、この人間というものにあいそをつかしたのか、これいらい小人はこの村へ出てこなくなりました。

　したがって、あのふしぎにおいしい酒はできなくなりましたが、この村の人々はそれをもととして、いろいろくふうをして、よいブドウ酒をつくり上げました。そして、この酒をつくるもととなった小人を永久にきねんするために、赤ずきんをかぶって水晶の靴をはいておどっている小人をレッテルの印としました。この酒は、小人の酒にこそ及ばねど、ほかでこしらえる酒などとはくらべものにならぬほどおいしかったし、その上、この小人の話があちこちにつたわったので、マリオン酒の名は、かえって高くなり、人々はこれをあらそって買い求めました。そして、大臣だとか、えらい学者、大将などの宴会に用いる酒は、これでなくてはならぬようになりました。したがって、村もだんだん盛んになり、マリオン村はとうとうマリオン町とかわり、ロスタンたち二人が足音をしのばせて歩いた野原も、にぎやかな町となりました。

しかし、あの美しい小人の墓は、いまだにあの岡の上にのこっております。そしてフランスの人々は、小人の歌ったようにむらさき水晶をとかしたようなマリオンのブドウ酒をあじわうときにはいつも、あのふしぎにも美しい物語を語りあうのを常としております。

桑原武夫（くわばら・たけお）　一九〇四〜八八（明治三七〜昭和六三）年。フランス文学者・評論家・登山家。福井生まれ。敗戦直後に俳句を批判した「第二芸術論」は反響を呼んだ。貝塚茂樹や吉川幸次郎と共に、戦後の京都学派の中心人物の一人として活躍し、文化全般を批評の対象に据えている。『ルソー研究』で毎日出版文化賞を受賞、フランスからレジオンドヌール勲章を授与された。「水晶の靴」は第一中学校時代に回覧雑誌『近衛』に発表されている。底本は『桑原武夫全集』第四巻（一九六八年、朝日新聞社）を使用した。

岩手軽便鉄道　七月（ジャズ）

宮沢賢治

ぎざぎざの斑糲岩の岨づたひ
膠質のつめたい波をながす
北上第七支流の岸を
せはしく顫へたびたびひどくはねあがり
まっしぐらに西の野原に奔けおりる
岩手軽便鉄道の
今日の終りの列車である
ことさらにまぶしさうな眼つきをして
夏らしいラヴスィンをつくらうが
うつうつとしてイリドスミンの鉱床などを考へようが
木影もすべり

種山あたり雷の微塵をかがやかし
列車はごうごう走ってゆく
おほまつよひぐさの群落や
イリスの青い火のなかを
狂気のやうに踊りながら
第三紀末の紅い巨礫層の截り割りでも
ディアラヂットの崖みちでも
一つや二つ岩が線路にこぼれてようと
積雲が灼けようと崩れようと
こちらは全線の終列車
シグナルもタブレットもあったもんでなく
とび乗りのできないやつは乗せないし
とび降りぐらゐやれないものは
もうどこまででも連れて行って
北極あたりの大避暑市でおろしたり
銀河の発電所や西のちぢれた鉛の雲の鉱山あたり
ふしぎな仕事に案内したり

谷間の風も白い火花もごっちゃごちゃ
接吻《キス》をしようと詐欺をやらうと
ごとごとぶるぶるゆれて顫へる窓の玻璃《ガラス》
二町五町の山ばたも
壊れかかった香魚《あゆ》やなも
どんどんうしろへ飛ばしてしまって
ただ一さんに野原をさしてかけおりる
　本社の西行各列車は
　運行敢て軌にによらざれば
　振動けだし常ならず
　されどまたよく鬱血をもみさげ
　……Prrrrr Pirr!……
　心肝をもみほごすが故に
　のぼせ性こり性の人に効あり
さうだやっぱりイリドスミンや白金鉱区《やま》の目論見は
鉱染よりは砂鉱の方でたてるのだった
それとももいちど阿原峠や江刺堺を洗ってみるか

いいやあっちは到底おれの根気の外だと考へようが
恋はやさし野べの花よ
一生わたくしかはりませんと
騎士の誓約強いベースで鳴りひびかうが
そいつもこいつもみんな地塊の夏の泡
いるかのやうに踊りながらはねあがりながら
もう積雲の焦げたトンネルも通り抜け
緑青を吐く松の林も
続々うしろへたたんでしまって
なほいっしんに野原をさしてかけおりる
わが親愛なる布佐機関手が運転する
岩手軽便鉄道の
最後の下り列車である

宮沢賢治（みやざわ・けんじ）　一八九六〜一九三三（明治二九〜昭和八）年。詩人・児童文学作家。岩手生まれ。生前の詩集に『春と修羅』、童話集に『注文の多い料理店』がある。少年時代から鉱石に関心を持ち、盛岡高等農林学校時代には土性調査を行っている。「岩手軽便鉄道　七月（ジャズ）」の生前発表形「「ジャズ」夏のはなしです」は、『銅鑼』一九二六年八月号に発表された。底本は『新校本宮澤賢治全集』第三巻（一九九六年、筑摩書房）を使用している。鉱物や石が登場する作品は多く、童話に「十力の金剛石」、詩に「熔岩流」などがある。

星英晶

高原英理

朝方、夢を見た。眼醒めた後、フリードリヒ・フォン・ハルデンベルクは何度も思い出そうとしたができなかった。

よく晴れた朝である。

鉱山へ出向けば職人たちは今日も早くから立ち働いている。フリードリヒは鉱山が好きだ。鉱物が、そしてそれを少しずつ惜しむようにして掘り出してくる慎み深い男たちが好きだ。

鉱山の作業環境の劣悪さを書き留めたこともある。事実、そこで働くことはひどく苦しい。鉱夫たちは関節炎や皮膚病に侵されている。改良すべきことも多い。衛生上の配慮と新しい機器の導入が必要だ。フリードリヒは実状をそのまま認めているわけではない。しかし、ときおりふと鉱夫たちが見せる誇りのようなもの、あれは何だろう？

ここ、フライベルクの鉱山学校で学び、実習で自らも石屑に埋もれていると、かつて、最も危うかった時期にも、いくらかは不安の発作から遠ざかっていられたものだ。

秘かに婚約までしたゾフィーが結核由来の急激な肝腫瘍を起こし、イェーナでの手術のかいもなく空しくなって後、フリードリヒはグリューニンゲンを離れた。そこにいることが苦痛であった。

翌年、鉱山監督官でもあるシャルパンティエ教授宅でその娘、ユーリエを知る。惹かれた。しかし、ゾフィーの面影が消えたわけではない。ゾフィーにもユーリエにも不実ではないかと自問した。責められても仕方あるまい。しかし、ゾフィーとユーリエはまるで質の違う存在のように思えてならない。

かつんかつんと何重にも重なって坑内に響く槌の音だ。手押し車に載せて運ばれる鉱石。地下坑道は暗く寒い。しかし、ここは大地の懐だ。もっと寒く、もっと暗い場所は人の心の中にある。

フリードリヒは、その最も冷たく暗い地点まで降り立ったと思う。そこはもはや何も生まれず、何も聞えず、何も見えない場所だった。そうして寒さに耐えていることで達成されるべき目的がない。すべてが徒労であり、虚無に消え去るのを待つだけの、終末への猶予期間であった。

放っておけば、自分はじきに死ぬ筈だと思った。何の理由もなく唐突に、ある日、無意味な死を遂げるに違いないと思われた。自己の消滅とは。自分が永遠に生きるに価するほど優れた存在かどうか知らないし、それは問題ではない、しかし、これだけの意識、感情が何の痕跡も残さずある時突然、意味もなく消し去られてしまう。そう思うと胸がふさがる思いだった。そうならないうちに、……

フリードリヒは少しずつ決心を固めた。自己の死に意味を与える逆説的な方法、それは自殺しかない。ゾフィーのための、ゾフィーに向かっての自殺を。フリードリヒはそのために自分を鍛えようと思った。死をより自分に近づけること。フリードリヒは死を見詰める訓練のつもりで日記をつづった。

ゾフィーが地を去って五十六日の後、ようやく光を見た。ゾフィーの墓前で、フリードリヒはある確信を得た。そのとき、天地が啓くような明るみとともに、ゾフィーがいつでも呼び戻せることを知ったのだ。フリードリヒはその体験を日記に書きつけた。その体験は後にひとつの詩を書かせた。永遠にわが守護神たるゾフィー・フォン・キューン。

何かが変わったように思えてならない。自死の決心を不動のものにしようと焦る必要がなくなった。いつでも死ねる。なぜなら、自分は既に半ば死の世界を覗き込んでいるのだったから。そうしているうち、ユーリエを知った。

「学生さん」

呼ばれて顔を上げると、年老いた鉱夫が焼けるように強い視線を向けている。

「ぜひ来て欲しい」

老鉱夫はそれだけ言うと、坑道を逆に辿り始めた。ついて来いというわけだろう。フリードリヒは後を追った。老人は陽の下へ出てしばらく岩ばかりの山を登り、今は使わなくなった廃鉱へとフリードリヒを導いた。奥へ入る。

老人の手に持つランタンの光だけが頼りとなった所で、彼は、鑿と槌を渡して言った。

「ここに秘密の鉱石がひとつ残されている。あなたにそれを掘り起こしてもらいたい」

そこは行き止りで、ここまできて発掘が終わったことを示していた。硬そうな岩盤が顔をのぞかせている。

老人がなぜ自分に頼むのかわからなかったが、フリードリヒは逆らわなかった。老人の皺深い顔の奥にある叡智と慈悲を信じた。ここで自分が石を掘ることが既に何千年も前から決定していたようにさえ思った。

老人が掲げるランタンの下、苦労して岩を削ってゆくと、少し質の違う部分につきあたった。

「そこだ。注意して」

　老人の指示にしたがって、そのやや色の濃い灰色の岩塊だけをくりぬくようにして掘った。フライベルクは古くから銀の産地として有名だが、ここにあるものは掘り残しの銀とは違うようだ。地中の銀は普通真っ黒である。そのうち、それはおよそ一抱えほどのいびつな球形であることがわかった。

　周囲の岩を割り、遂に取り出すと、老人はそれをもって外へ出よ、と言う。

「今度はさらに注意が要る。陽の下で作業をした方がいいだろう」

　フリードリヒは大切に抱えた。長い坑道を出て、外の岩の上に置くと、それは鈍い銀色で硬度は低く、鉛に似た鉱石であることが知れる。

「そっと削るんだ」

　老人はまたも指示をする。フリードリヒはまるで問い返すこともせず、座り込んで言われたとおりに端から注意深く黒銀色の石を削り落としていった。陽は高くなっていた。老人はフリードリヒを見下ろしたまま、そうだ、とか、もう少しだ、とか、気をつけろ、とか囁いた。

　フリードリヒは全身の注意力を集めて、一刀一刀をふるった。岩は少しずつ小さくなってゆく。それとともに、さらに異質な成分が内に隠されていることがわかってきた。

　ある程度まで岩を刻むと、かりん、と取れた。中からは透き通った部分が現われた。

水晶のような結晶が埋まっているらしい。フリードリヒはそれが目的と知ってさらに時間も忘れ結晶を取り出すことにだけ熱中した。そうして作業を続けていると、次第にそれは水晶のような直線的な形ではなく、曲面を持つことがわかってきた。

　僅かずつ周囲の岩を取り除いていって、遂に取り出すことができた。それは人の頭ほどの大きさの完全な球体だった。

　水晶球のようだ。しかし水晶球というのは六角結晶を削って作った人工物である。自然のままにある鉱物で、このように大きく、完全な球形の、しかも透き通ったものをフリードリヒは見たことがない。さらに手に持った感じが普通でない。

「これは？」

　フリードリヒはこのとき初めて問うた。

「ラピスとしか言い様がない。掘り出せる者は限られているのだ。手に持って立ちなさい」

　またこのときもフリードリヒは逆らうことなく、球を両の掌に包み、立ち上がる。すると微かだが球が自ら揺れ動いているように感じられるのだった。

「どうしたんだろう？　石が揺れるようだ」

「中に水が入っているからだ。その水は太古の水、世界が固まり始めた時にこのラピスに封じ込まれた水なのだ。今あなたは数十億年の時を超えて原初の水の顫えに触れている」

さらに老人は言った。

「中を見なさい、じっと見詰めてごらん」

フリードリヒは覗き込んだ。一見水晶球そのもののような石は、その中心に、ごく僅か、じっと眼をこらして見ないとわからないほどの青い部分があった。そうして顔を寄せている間も球は揺れ止まない。

視界が球体だけに限定され、透明なそれにすべての意識を集中するようにして見詰め続けると、徐々にその中心の青がはっきりと感じられ始め、さらに、それは少しずつ拡がってゆくようにも見えた。あたかも花が開くようだ。

このとき突然、フリードリヒはゾフィーがそこにいるという想像に襲われた。ゾフィーはこの太古の水の中にもそのうつせ身を潜ませていたのだ、なんという幻妙な待ち伏せなのだろう……

そんなふうに心がそれるとともに、青色の正体が知りたくなった。太古の石の中心に、なぜこんな可憐な青色がともされているのだろう、それを知ることがゾフィーの願いでもあるかのようにフリードリヒには思えた。フリードリヒは、ゾフィーの声を聞いたように思った。その声は「空」と聞こえた。

中心の青は、天の色の反映ではないかと思い至り、いきなり視線を空に投げた。

このとき、フリードリヒは星を見た。晴れた真昼の青空を透かして、惑星が、星座が、天の川が、満天の輝きが一斉にフリードリヒの視界を覆った。それは夜見るものよりも多い、果て知れない数の星々で、フリードリヒは無言の輝きに今いる場所も時も忘れた。あの彼方の星の所まで行きたい、切実にそう願った時、フリードリヒは自分の心が地上にないのを知った。

長大な尾を曳く彗星の脇を通り、惑星の軌道を辿り、赤く燃える星の恐ろしいばかりの巨大さにうち震える。互いに巡り合う奇妙な連星、見る見る拡がりを増す星雲。フリードリヒは飛び駆けり、そして見た。

果ての果ての果てへさえも、心は旅することができるのだと知った。フリードリヒはそのとき、宇宙を経巡っていた。遠くへ遠くへ、心は馳せた。思いの届く限りまで行こうと決めた。

フリードリヒの精神の先端はその到達できる極限へむかいつつあった。ここはいつか辿るべき世界、あるいは本来誰もが見知っていた筈の、世界の本来の道筋なのだ、と思いかけたとき、それまで無音であった世界に微かな響きが生じているのを知った。

それは初め、ほんの羽音のようなものだったが、徐々にはっきりと聴こえ始めた。するとそれはユーリエの声と知れたのだ。言っていることは俄かには知れなかったが、何かを懸命に告げているらしいことはわかった。

ユーリエは何と？

残してきたことどもに心が向いた時、フリードリヒは再び鉱山の斜面にいた。星々はすべてかき消えていた。空はもとのままだ。陽は強く、空は依然、青かった。手許にはさっきまで抱えていた筈の透き通った球体がない。脇に立っていた老鉱夫の姿もない。

さきほどまでの体験を、フリードリヒは幻と思わなかった。よし幻にしても、それは現実よりも大切なものだと思った。

しかも顧みればまたも驚くことがある。星の消えた後も、自己の心の軌跡は、空に成長する結晶となって残っていることを知ったのである。意識が地上に戻った後も、結晶は留まることなく、恐るべき速さで樹氷のように枝を広げ続け、こうしている今も、自分のいる地点からあらゆる方向へ向けて限りなく伸び、宇宙全体に拡がって行く。自分とは結晶の始まる一点なのだとフリードリヒは思った。そしてその自分の中心には鉱石の中で花のように開く青色に姿を変えたゾフィーがいた。

いつか、不思議な青い花を夢に見、それを追い求めて旅する詩人の物語を書こうと決めた。主人公の名をハインリヒ・フォン・オフターディンゲンという。中世の伝説に残る詩人の名だ。しかし伝説からは離れた、独特の成長物語とするつもりだった。

既に、この頃、フリードリヒは筆名を使ってさまざまな断章や詩を書く試みを始めていた。その筆名は、十二世紀、ニーダーザクセンの貴族であった先祖の名にちなむものので、ノヴァーリス、というのだった。
フリードリヒは、まだ地上に残らねばならないことを知った。ユーリエのためにも。ゾフィーは地下で、天上で、常に自分を祝福し、励ましてくれるだろう。真青な天の下、フリードリヒは、生きねばならない、と思った。

高原英理（たかはら・えいり）　一九五九（昭和三四）年～。文芸評論家・小説家。三重生まれ。小説「少女のための鏖殺作法」が幻想文学新人賞に、「語りの事故現場」が群像新人文学賞評論部門優秀作になった。評論集に『少女領域』『無垢の力〈少年〉表象文学論』など、小説集に『エイリア綺譚集』『不機嫌な姫とブルックナー団』など、編著に『ファイン／キュート――素敵かわいい作品選』『リテラリーゴシック・イン・ジャパン――文学的ゴシック作品選』などがある。「星英晶」は『観念結晶大系』第一部「物質の時代」第四章「二人のフリードリヒ（1）　1798　フライベルク」（二〇二〇年、書肆侃侃房）より抜粋した。

水晶宮

高柳誠

水晶宮殿轉霏微　――杜甫

1

水晶宮の存在を信じている（あるいは、信じていた）人々が太古から現在までいて、その数は数十人とも数億人とも言われている。そのなかでも、この世のありとある修業を終えた、超人と呼ばれる人々は、念頭に思い浮かべただけで水晶宮を現前させることができるという。その人々のあいだでは、水晶宮はその存在を信じる人の数だけ存在し、しかもそのすべての水晶宮はただ一つの水晶宮であることが、何の不思議もなく信じられている。

ただし、水晶宮の存在を信じている人が、水晶宮の住人となることは絶対に不可能である。また、水晶宮の住人は、自分たちの住む場所が水晶宮であることを永久に理解できない。この絶対の相互不可侵性、永久の閉鎖性こそが、水晶宮を現在まで存続させてきたのであり、未来に向けて存在させてゆくのである。

2

水晶宮はその名の通り、柱・床・天井・壁といったすべてが水晶でできている宮殿であると一般に考えられているが、それは次のように訂正されなければならない。「水晶宮を構成している物質は、すべて暖かさも冷たさもない即自的な物質である」と。また、次のように言い換えることも可能であるかもしれない。「水晶宮は文字通り水晶のなかに存在する」と。

水晶宮のなかの、誰も立ち入ったことのない神秘的な密室には、水晶宮の精巧な――というより、水晶宮そのままの――ミニアチュールがおさめられていると噂されている。しかも、わたしたちの言う水晶宮自体が、もう一つ大きな水晶宮の密室におさめられているミニアチュールにすぎないという説もひそかに囁かれている。つまり水晶宮は、極小から極大への宇宙の生成物の構造と正確に呼応していると言うのだ。

3

水晶宮のなかでは、時間の流れてゆくのが小川のせせらぎを見るように眺められる。時間はまた音楽のように聴くこともできる。だが、水晶宮自体が同一時刻にどこにでも存在でき、瞬時にどんな長い距離をも移動できる、その光速の何億倍もの速度のために、現実的なわたしたちの感覚からすると、相対的に見て時間は全く流れないに等しい。

したがって、水晶宮には四季がない。昼も夜もない。（ただし、擬似的な昼と夜は人工的に作られている。が、夜は暗くなることはなく、透明な輝くような闇があたりを支配するだけである。）

水晶宮では、太陽も月も星もすべてその内部に存在する。ゆえに、水晶宮は宇宙それ自体だと言うことも可能だ――勿論それは、単なるプラネタリウムにすぎないと言うことと本質的に同じなのだが。

4

水晶宮には全面鏡張りの部屋があり、ひとりの姿が無数の反射をした存在として浮かびあがる。その部屋は、私は私であって同時にあなたである世界、彼女が私にも彼にもなり得る世界、すなわち私はほかならぬ私であって誰でもあり得る――つまり誰にもなり得ない――非人称の世界である。したがって、すべてこの水晶宮の住人はひとりの人間の鏡像にすぎないのかもしれない。

十二という数字は無限を表す（十三という数字はない――忌み嫌われるため存在しないに等しい）。すなわち、時計の文字盤のように十二まで進めばゼロに戻るので、十二までの数字ですべての数が表せるのだ。ただし、文字盤の上を進む時計の針の動きが時間とは言えないのならば、水晶宮は、わたしたちの言う現実世界ではない。

5

水晶宮の全体を見た者はかつて誰ひとりとしていないが、その中央歩廊の天井に非在としての物質だけを反射させる円形の鏡が十二張りめぐらされていることはよく知られている。そしてそこには、死者の顔がすべて投影されているという。

水晶宮の中央の一室には水晶球が安置されてあり、その球体はあらゆる複合世界を反映している。したがってその水晶球には、世界――もっと言えば宇宙――が距離感を失ってベタ一面に存在している。その水晶球の内部世界では、時間は勿論喪失されており、歴史的遠近も全く無視されているので、あのプラハの独身者が古代ギリシアのパルテノンに現れたとしても、あるいは、ジル・ド・レが現代の猥雑な大都市の中を憂い顔で歩いていたとしても、何の不思議もない。

6

水晶宮の住人は、すべて男でも女でもない生殖不能の生物である（生物であるかどうかも科学的には未だに証明されていない）。と言うより、少年であって同時に老人でも少女でもある存在と言った方が分かりやすいかもしれない。ただし一般に、合意による住人どうしの交合は認められており、そのための特別に定められた時刻がくると、ガラスがこすれ合うようなキーキー、ギシギシという音が水晶宮全体に谺する。

水晶宮の住人は、すべて透明な皮膚を持ち、その内臓は、肝臓は青、腸は真珠色、膵臓は緑、心臓は赤、肺は紫というように、とりどりの色を帯びてきらめいている。

水晶宮には衣服というものは存在しない。

7

水晶宮の一室には、現在までのあらゆる時代のあらゆる国の詩人・小説家と呼ばれる人々がすべて住んでいて、過去のあらゆる言語作品についてのおびただしい註釈と正確な本文校訂を飽くことなく繰り返している。

しかし、水晶宮には伝達のための言語が存在しないので、すべての言語作品は読まれることは決してなく、ただ美学的見地から鑑賞されるのみである。したがって、本文校訂も註釈も美学的見地からのみ行われるため、わたしたちの通常の言語の機能を果たしてはいない。それゆえ、作者という概念は存在しないし、作品もすべて一冊の巨大な書物――宇宙のオルペウス教的解釈の書――の断片にすぎない。

水晶宮には画家は存在しない。

8

水晶宮においては、音楽家は、正確な計算力と神秘的な予言力と大胆な決断力とが要求される。なぜなら、ある一つの音を発現させると、それがすべての柱・天井・壁・床などに反射し、さらにその反射音が次の反射音を生み、それが永久に繰り返されるといった運動のすべてを予測しなければならないからである。それゆえ結局最後には、超越的な何者かに判断を委ねなければならないからである。

水晶宮には、現在も不思議な音楽——わたしたちの概念からして音楽と言えるかは不明だが——が鳴り続けているが、その作曲者、すなわち最初の一音の発現者（あるいは発見者）の名前は誰も知らない。それはまた、複数の音楽作品の同時的演奏であるという説もないわけではない。

9

（欠落…………）

10

水晶宮には海も存在する。だがしかし、現実の海とは全く異なる。と言うより、正反対に非在としての海である。水はどこまで行っても透明であるが、わたしたちの通常の感覚から言うと、水と言うよりもガラスの微粒子の集合と言った方がより一層実際に近い。ただしそれも、単なる比喩以上のものだとは言えないが。

水晶宮の海には、現実のわたしたち――しかし、この「わたしたち」とは一体誰のことなのか――の海にいる生物はすべて棲息している。ただしそれらはすべて、太陽熱を動力エネルギーに代えて活動している精密な機械と言った方がよく、厳密には生物とは呼べない。

11

水晶宮は月に一度ずつ、満月の夜には赤く、新月の夜には青く、不思議に色づいて輝く。水晶宮が赤く輝く夜には必ず少女の血が流され、その血の犠牲によって水晶宮の存在は維持されていると言われている。毎年世界各地で行方不明になる少女のほとんどは、この水晶宮の血の犠牲者に違いないと密かに囁かれている。

しかしそれはまた、次の説によって否定されている。「水晶宮では、月に一度生贄に宝石が一つ割られる。その瞬間、宝石は鋭い叫び声を挙げ、その割れ口からは純白の血が流れる。」――という説によって。

水晶宮が青く輝く理由については、未だかつて誰一人として口にしたことはない。なぜならそれは、水晶宮の存在基盤と密接に結びついていて、理由が解明された途端、水晶宮自体が消失すると考えられているからだ。

12

水晶宮の定義づけはできない。どんな定義づけをも、水晶宮自体がその意志において拒否するのだ。水晶宮はただ断片としてだけ存在する。

水晶宮の入口はどこにでもある。人通りの少ない路地裏の隅にでも、階段の下などの誰も知らない場所にでも。ただ、誰もその存在に気づかないだけだ。しかし、それが入口なのか出口なのかはよく分からない。そこを通過すれば、水晶宮の内部に入れるのか、外部へ出てしまうのかが分からないのである。内部が即外部である世界——それが水晶宮の基本構造だ。したがって、わたしたちが今現在いるこの場所が、ほかならぬ水晶宮なのかもしれない。

わたしはそこで、ひとりのわたしと別れ、もうひとりのわたしと出会う……

高柳誠（たかやなぎ・まこと）　一九五〇（昭和二五）年〜。詩人・美術史研究者。愛知生まれ。『都市の肖像』で高見順賞、詩画集三部作『月光の遠近法』『触感の解析学』『星間の採譜術』で藤村記念歴程賞を受賞。美術関係の本として、『リーメンシュナイダー——中世最後の彫刻家』や、共著『ことば・詩・

江戸の絵画――日本文化の一面を探る』がある。「水晶宮」はH氏賞受賞作の『卵宇宙／水晶宮／博物誌』に収録された。底本は『高柳誠詩集成』Ⅰ（二〇一六年、書肆山田）を使用している。石に関連する他の作品に、『鉱石譜』などがある。

水晶狂い

渋沢孝輔

ついに水晶狂いだ
死と愛とをともにつらぬいて
どんな透明な狂気が
来りつつある水晶を生きようとしているのか
痛いきらめき
ひとつの叫びがいま滑りおち無に入ってゆく
無はかれの怯懦が構えた檻
巌に花　しずかな狂い
ひとつの叫びがいま
だれにも発音されたことのない氷草の周辺を
誕生と出逢いの肉に変えている

物狂いも思う筋目の
あれば　巌に花　しずかな狂い
そしてついにゼロもなく
群りよせる水晶凝視だ　深みにひかる
この譬喩の渦状星雲は
かつてもいまもおそるべき明断なスピードで
発熱　混沌　金輪の際を旋回し
否定しているそれが出逢い
それが誕生か
痛烈な断崖よ　とつぜんの傾きと取り除けられた空が
鏡の呪縛をうち捨てられた岬で破り引き揚げられた幻影の
太陽が暴力的に岩を犯しているあちらこちらで
ようやく　結晶の形を変える数多くの水晶たち
わたしにはそう見える　なぜなら　一人の夭折者と
わたしとの絆を奪いとることがだれにもできないように
いまここのこの暗い淵で慟哭している
未生の言葉の意味を否定することはだれにもできない

痛いきらめき　巌に花もあり　そして
来りつつある網目の世界の　臨界角の
死と愛とをともにつらぬいて
明晰でしずかな狂いだ　水晶狂いだ

渋沢孝輔（しぶさわ・たかすけ）一九三〇～九八（昭和五～平成一〇）年。詩人・フランス文学者。長野生まれ。『われアルカディアにもあり』で藤村記念歴程賞、『廻廊』で高見順賞、『啼鳥四季』で読売文学賞、『行き方知れず抄』で萩原朔太郎賞を受賞している。ガストン・バシュラールの『夢みる権利』や『蠟燭の焰』を翻訳した。「水晶狂い」は『漆あるいは水晶狂い』（一九六九年、思潮社）に収録されている。底本は『渋沢孝輔全詩集』（二〇〇六年、思潮社）を使用した。石に関連する他の作品に、「十字石」や「水晶のゼロ」などがある。

2　石の眠り、石の夢

石の中の鳥

椿實

雪花石膏《アラバスター》のランプに灯をつけると、鳥の形に黒い影が浮かぶ。ランプは上を向いた花の形をしている。葉脈のようにアラバスターは光を透かし、石の中の鳥は、今にも翔び出しそうな姿で、凝固している。おそらく、数千年、数万年の昔から、黒い鳥はアラバスターにとじこめられたまま。このランプはビルの十階と十一階の間に置いてある。ランプの隣りでは、腰ばかり太いブロンズの女が恥かしそうに身をすくめているが、黒い鳥はそんなものには眼もくれず、階の四方にはられた、鏡を凝視している。ここは鏡の間になっていて、あわせ鏡の光学的現象で、ランプは左右と天井に向って、無限に奥深く反射している。ランプは次第に小さな映像となって左右の壁にすい込まれるが、その先はどうなってしまうのかは鳥にもわからない。十一階はホールになっているので、「アーレルーヤ。アーアレルーヤ。」とモーツァルトの鎮魂曲が、涙の日の絶唱をくり返している。この七小節を書いてモーツァルトは死んだ。モーツァルトの声は、思いもかけぬ天の一方から聴こえてくる。二重唱が三重唱になり、四重唱、五重唱になり、と物狂しく断末魔のモーツァルトがサリエリに口述している姿が見える。サリエリは悪魔の正確さで、それを五線譜に書く。8分の12拍子、ニ短調、ラルゲット。「これでいいか」と譜面を渡すと、瀕死のモーツァルトはうなづく。

モーツァルトの天上の声を理解できたのは、モーツァルトを嫉妬のあまり殺さんとする宮廷楽士長サリエリ唯一人である。天上の声を奪おうと、大海蛇の姿となった魔王は、ミカエル大天使との凄絶な戦闘を続ける。電光の如き旋律でのたうちながら暗黒をギザギザに引き裂く。怒りの声は、天国と地獄の雷鳴と電光である。レクイエムK. 626　第三曲　絶唱　第六節　涙の日は、魔王によって記録されたのである。一七九一年十二月五日　午前零時五五分、モーツァルトの息は絶えた。

「かの日や、涙の日なる哉
人罪ありて　裁きを受けんとて
灰より　よみがえらん」

この後は、モーツァルトの作ではない。弟子ジュッスマイアの模作である。これは天来の曲ではない。悪魔が天上の曲を引き裂いてしまったのだ。

雪花石膏のランプには、ホラティウスの詩句が刻まれている。

micat inter omnes Julium sidus,
velut inter ignes luna minores.
(Horatius, Carmina I, 12, 46)

すべての中にユリウス（カエサル）の星は、
さながら天の小さき光体の中に月が輝くごとく輝く。
（ホラティウス　詩歌一）

雪花石膏の結晶の劈開面《へきかい》に、黒大理石が混じって、奇しき怪鳥を画きだしているので、黒い鳥は Julius 星を現わさんと、彫刻者が考えた影であろう。翼を正面に向って広げ、その両端は鷲の風切羽のように上にはね上がり、脚は何物かを摑まんとする形の暗黒の鳥だ。くちばしはするどいカギ形で、ハプスブルクの紋章のように双頭であるように見える。人の顔とすれば、狂躁のモーツァルトのするどいカギ鼻と、後ろに巻き上がったカツラのシルエットともみえる。これはモーツァルトが、死の灰からよみがえったようである。「これは天上の曲ではない」。私がつぶやくと愚劣と卑俗の中に閉じこめられたモーツァルトは猛禽のように黒い鳥影となって、左右の鏡の奥に翔び去った。あわせ鏡になった鏡の殿堂の左右に飛び散ったのはモーツァルトの横顔の黒い切り抜きの肖像であったようにも思える。

天来の曲は悪魔のみぞ知り、神の声は魔王のみぞ知る。

イエル大学が所蔵する、サリエリ自筆のレクイエムの楽譜というものの写真を、彼の地にいる娘に見せてもらったが

Ars non habet osorem nisi ignorantem.

芸術はそを知らざるものの他、そを憎むものなし。サリエリ

とサリエリは第三曲の頭に書いている。

モーツァルトを理解できるものは、所詮モーツァルトを憎むものだけである。

鎮魂曲を、魂の安らぎときくものにわざわいあれ。K. 626のレクイエムをきいたら黒鳥となって翔び上ってしまう程のおののきを君は感じないものであろうか。

石の中の鳥は、魔王海蛇の尾の一閃《いっせん》によって、無限の天空に翔び散った。

椿實（つばき・みのる）　一九二五～二〇〇二（大正一四～平成一四）年。小

説家・神話研究者。東京生まれ。学生時代に『新思潮』に発表した「メーゾン・ベルビウ地帯」が、中井英夫・三島由紀夫・吉行淳之介らに注目された。一九五〇年代に入ると、小説の筆をほぼ置いてしまう。高等学校の教諭をしながら、宗教史学の研究も行い、『新撰亀相記の研究』をまとめた。コレクションとして『椿實全作品』がある。「石の中の鳥」は未発表作品として、『メーゾン・ベルビウの猫』（二〇一七年、幻戯書房）に収録された。底本は同書を使用している。

石の夢

澁澤龍彦

プリニウスの『博物誌』全三十七巻のうちで、私の最も好んで繙読するのは最終巻、すなわち宝石を扱った第三十七巻である。なぜ宝石の部が最終巻に置かれているのかというと、著者の言によれば、自然の崇高さがいちばん高い段階で現われているのは宝石においてであり、宝石こそは自然の美しさの要約だからだという。

おそらく、今日の忙しい世の中で、プリニウスに付き合うほど無用の暇つぶしに似た読書はあるまいと思われるし、私にしたところで、このローマの文人の筆になる、科学的真実とはほとんど全く縁のない、おびただしい雑然とした奇事異聞の寄せ集めに、いちいち丹念に付き合っていられるほどの余暇には必ずしも恵まれているわけではないのだが、最近出た羅仏対訳のベル・レットル版を気ままに開いて、今日の要求とは何の係りもない記述をそこに発見するのは、それが無用であればあるだけ、あえて言うならば、なにか秘密めいた読書の愉悦をおぼえしめるということも事実なのだ。

ヴァレリー・ラルボーが言ったように、読書とは「罪のない悪徳」なのかもしれない。ところで、その第三十七巻「宝石」編の三つ目のエピソードに、次のごとき記述のあるのが私の目にとまった。

「次いで噂に高いのは、ローマ人と闘ったピュロス王の宝石である。それは一個の瑪瑙で、その表面には九人のミューズと竪琴を手にしたアポロンの姿が見える。ミューズたちはそれぞれ持ち物をもった姿で描かれているが、これを描いたのは人間の手ではなく、自然に生じた宝石の石理《いしめ》が、そのような形に見えるのである。（以下略）」

宝石の切断面に、いろいろな物の形が見えるというのは、必ずしも世に珍らしいことではないらしい。『和漢三才図会』の「馬脳」の項にも、「其ノ中ニ人物、鳥、獣ノ形有ルモノ最モ貴シ」とあるところを見ると、こうした現象は西洋ばかりでなく、わが国でも昔から知られていたということになる。むろん、自然が石の表面に意味のある形象を描くわけはないので、これを意味のある形象として捉えるのは、もっぱら人間の想像力、いわば「類推の魔」であろう。石の表面、と私は書いたが、むしろ石の誕生と同時に石の内部に封じこめられ、隠されていた形象が、人間の手で二つに切断されるか、もしくは磨かれるかして、偶然に表面に浮かびあがってきたもの、と考えた方が真相に近いだろう。偶然によって、類似の奇蹟は陽の目をみたのであり、奇蹟はひとたび生ずるや、専制的な力で人々の想像力を固定させてしまうのである。あたかもロールシャッハ・テストの図形が、ひとたび私たちの目に「花」として知覚されるや、もうそれ以後、どうしても「花」以外のものには見えなくなってしまうようなものだ。こうして、無意味な形象が夢の世界の扉をひらく。鏡の中におけるように、石の表面にイメージが浮かびあがる。ガストン・バシュラールが『大地と休息の夢想』のなかで述べたように、「存在のあらゆる胚が夢の胚となる」のである。

「もし君がなにか風景を描かなければならない時に、さまざまな種類の石で出来ている汚れた壁を眺めたとすれば、君はその壁の上に、変化に富んだ山、河、岩、樹、野原、谷、丘などを見出すだろう。場合によっては、そこに戦闘の場面、人々の激しい動き、奇妙な顔の表情、服装、その他あらゆるものを見出すことができるかもしれない」とレオナルド・ダ・ヴィンチはその『手記』（フランス学士院所蔵）に書いた。この文章をそのまま引用して、自分が同じような幻覚的な体験から、フロッタージュの技法を発見した経緯を説明しているのは二十世紀の画家マックス・エルンストである。「絵のある石」に古代人が見出した感興も、たぶん、これらの画家たちの偶然による発見の喜び、アナロジーの喜びに近いものだったのではあるまいか。

＊

「絵のある石」については、J・バルトルシャイティスの『錯覚、形態の伝説』（一九五七年）とロジェ・カイヨワの『石の書』（一九七〇年）とが、私たちにさまざまな興味深い情報を提供してくれる。古来、人間が石に託してきた夢想のいかに大きく、いかに偏奇をきわめていたかということの一端が、これによって明らかとなるだろう。

中世の石譜にも、私が最初に述べたプリニウスの「ピュロス王の宝石」のエピソードは、そのまま引用されていることが多い。ただ、その産地は主としてインドとされた。中世の石譜のなかで最も名高いのは、レンヌの司教マルボードの『石譜』であろう。東方の伝説と、聖書に基づいたキリスト教的伝統とを融和させ、そこに寓意を見

絵のある石（A・キルヒャーの書より）

出し、すべてを神の力に帰一させようとしている点では、当時の動物誌も本草書も石譜も、すべて同じだと考えてよい。アルベルトゥス・マグヌスの書では、「絵のある石」の形成される原因として、とくに星の影響が指摘されているが、これはやがて占星学としての体系に組みこまれて、魔術や錬金術の隆盛するルネサンス以降の精神的風土と結びつく。ポムポナッツィやカルダーノのような自然哲学者も、スカリゲルやアグリコラやゲスナーのような人文学者、鉱物学者、博物学者も、それぞれ「絵のある石」に関する記述を残しているし、その発生する原因なるものを彼らなりに説明してもいる。それは必ずしも自然科学の発展の方向と一致せず、ますます奇怪な魔術的象徴の方向に走って行く傾きがあった。

ルイ十三世の宮廷司祭であり、リシュリュー枢機卿の司書であり、かつまた当時の並びなき東洋学者であったジャック・ガファレルの『ペルシア人の護符彫刻に関する奇聞』(一六二九年)は、この方面の最も驚くべき述作と称してよいだろう。その大胆な占星学的教説は、ソルボンヌ大学から一部の訂正を要求されたほど、異端的な匂いのするものだったらしい。パラケルススの占星医学の影響を受けていたガファレルは、その厖大な著作の第五章で、不思議な「ガマエ」gamahé なる石について論じている。「ガマエ」はすでに、パラケルススの『明智の哲学』第一部第六章に出てくる名称で、この著者によれば、天の精霊がみずから刻んだ石であり、あたかも貯蔵瓶のように、その中に天体の力や効能を集めておくことのできる一種の霊石であった。医師は、この「ガマエ」の中に貯えられた力を患者に注いで、容易に患者を治療することができる。肉体の病気ばかりか、悪魔憑きや不信心のような、精神の病気をも回復させる効能がある。つまり一種の護符であるが、ガファレルは、これを「絵のある瑪瑙」と同一視しているのだ。宝石の護符に対する信仰は、古くアレクサンドレイアのグノーシス派に発したもので、中世の石譜の伝承と結びついて、パラケルススの時代には非常な流行を見たという。あのフィレンツェのフィチーノでさえ、物体のなかに普遍的霊魂の一部を収集し得ると考えていたというから、当時における魔術的思考の隆盛ぶりたるや、まさに驚くべきものがあろう。

当時の自然哲学的な考え方によれば、石や鉱物は生きているのであり、地下で成長したり、病気になったり、老衰して死んだりするのである。だから星の影響も受けるし、周囲の土壌の影響も受ける。「黄金は土中で松露のように熟する。しかし完全な成熟に達するためには数千年が必要である。身も心も地下生活に捧げた鉱物学者は、河床の黄金よりも深い坑の中の黄金の方に値打があると考える」と書いているのはガストン・バシュラール（『大地と意志の夢想』）である。錬金術に対して懐疑的であったベルナール・パリッシーでさえ、あらゆる地上の果実と同様に、鉱物もまた熟するものであり、完全に熟すれば美しい色に変る、と信じていたらしい。パラケルススによれば、長く土中に埋もれていた異教徒の古銭は、だんだんと石に変化してしまう。金属の生育にふさわしい、好適な鉱物的環境に置かれていなければ、その性質を悪化させてしまうのである。——ガファレルの「ガマエ」もまた、星と感応し、星から降り注ぐ光線を吸収して成長する、生きた霊石だったのであろう。

「絵のある石」は、最後に十六世紀および十七世紀に輩出した二人の大博物学者によって、ほぼ完全に記述され、完全に分類された。その一人はボロニア大学教授のイタリア人ウリッセ・アルドロヴァンディであり、もう一人は、これまでに私が何度か紹

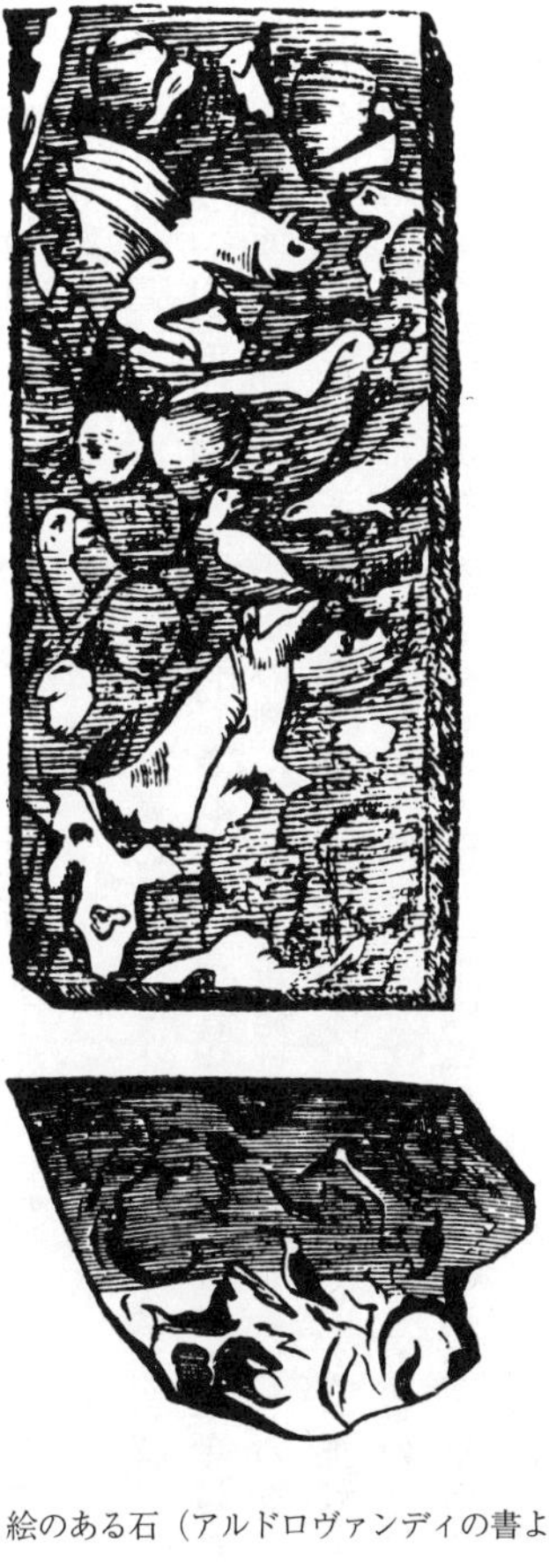

絵のある石（アルドロヴァンディの書より）

介したことのあるスイス生まれのイエズス会士、ローマ大学教授のアタナシウス・キルヒャーである。

アルドロヴァンディの鉱物学の書『金属の博物館』(一六四八年)は、著者の死後、アムブロシニの校閲と増補を経て刊行された。すでに中世および近世の学者によって言及された多くの「絵のある石」の例に、さらに新発見の例が追加されている。たとえばヴェネツィアには、すでに大アルベルトゥスの本に紹介されている「王冠をかぶった王」や、ガファレルの書に出ている「磔刑のキリスト」の形をした石のあることが知られているが、そのほかにも「森の人間」、「鳥」、「魚」などの形をした石があるという。バルトルシャイティスの『錯覚』には、こうした例がいちいち挙げてあるが、いたずらに煩瑣になるばかりだと思うから、ここでは省略することにしよう。要するに、ヨーロッパ各地で発見された、ありとあらゆる物の形に見える石の例が、細大洩らさず、網羅的に引用されているのだ。しかもそれらの石は、「ピュロス王の宝石」の場合とは違って、もっぱら大理石、あるいは大理石に近い珪石、碧玉などである。「フィレンツェ大理石」と呼ばれたトスカナ地方特産の大理石に、とくに廃墟の風景などの見える珍らしい種類のものが多いことは、当時の石の愛好家には、よく知られた事実だったようである。

アルドロヴァンディは畸形学の専門家で、その方面の著書も多く、そこに挿入されたおびただしい挿絵には、十六世紀当時の博物学書のほとんどすべてがそうであるように、奇怪な空想的な人間や動物が満ち満ちている。この『金属の博物館』も挿絵入りで、本文よりも挿絵の方がはるかに面白い。例によって空想的で、そのために客観的真実性は犠牲にされているような趣きがなくもない。たとえば「鯖の形の大理石」などという項目を見ると、細長い魚が二匹、頭と尾とを反対方向に向けて、まるで獣帯記号のように並んでいるのである。ちなみに、この空想的な博物学者は、「自然のイラストレーター」という渾名で呼ばれていたという。

アタナシウス・キルヒャーは、この先輩学者の業績と、ボロニア大学内に設けられた、その博物館とに大いに刺激されて、みずからの博物学の体系を築きあげた学者である。先輩学者に輪をかけた空想家で、しかも自然に対する限りない好奇心に満ちた、驚嘆すべき十七世紀のエンサイクロペディストであった。一六六四年にアムステルダムで刊行された『地下世界』は、それまでの多くの資料を集大成しているが、それだけではなくて、広範な一つの宇宙開闢説となっているところに第一の特徴があった。キルヒャー独特の筆触で描かれた地球の断面図が挿入されていて、それを眺めると、地殻の内部で燃えている火は、細い運河のような数多の裂け目を通り、火山となって地表に噴出している。鉱物も金属も、この燃える地殻の内部から自然に生じるということが示されているのである。地球は一個の有機体であり、自然は人間のように考えたり行動したりする。「鉱物学」を扱っているのは、この『地下世界』の第八部第一節であるが、そこでは「絵のある石」や「絵のある宝石」、それらの産地、それらの生ずる原因などが詳細に論じられている。

キルヒャーの記述は体系的で、まず彼は、絵の主題によって石を分類する。すなわち、幾何学的形象、文字、天空の幻影（星形、三日月形、日輪）、地上世界（風景、植物、都市）、動物（鳥、四足獣、人間）および宗教的形象（キリスト、聖母子、洗礼者ヨハネ、聖ヒエロニムス）の主題である。次に彼は、「絵のある石」の形成される四つの作用を説明する。すなわち、その一は「偶然」であり、その二は「土地が母胎となって石化を促す作用」であり、その三は「相似の形態を固める磁気作用」であり、その四は「神聖な天の作用」である。

キルヒャーの説明するところによれば、植物も石も同じ土地から生ずるので、彼らの本質は互いに混り合っている。蘚苔類が鉱物の内部に侵入し、石のような草や果実に変化したり、灌木が水晶や大理石の内部で花を咲かせたりする。動物の形をした或る種の石は、化石と呼ばれているが、しかし化石の完全なものは、あたかも電気鍍金のような磁気の流れの作用によって、化石の受容に適した土地や物質の内部で徐々に形成されるのである。聖なるものの像も、同じようにして形づくられる。たとえば土の中に置き忘れられた祭具や十字架が、或る期間を経過すると、土に痕跡を残す。埋もれた二枚の大理石の畳石のあいだに嵌まりこんだ物体は、やがてその形を大理石の内部に深く滲透させる。しかしながら、こうした直接的な原因も、神の摂理によるのでなければ決して良い結果を生じない。自然界に奇蹟の効果をもたらすのは、つねに神の摂理なのである。石のなかに形が生じるのも、天空に新らしい星が生じたり、地上に畸形が生じたりするのと全く同じ、神の力に支配された結果なのである。――かように、キルヒャーは最後にいたって、神秘主義者の面目を遺憾なく発揮する。

「フィレンツェ大理石」は、十六世紀および十七世紀のころ、贅沢な商品として、イタリアから全欧州に流布されたという。この商売を一手に引受けていたのは、しかしイタリア人ではなく、アウグスブルクのフィリップ・ハインホーファーという蒐集家だった。彼は「絵のある大理石」の板を嵌めこんだ、豪華な家具を次々に製作して、これをポメラニア公フィリップ二世、スエーデン王グスタフ・アドルフなどの宮廷に納めていた。当時のバロック的な雰囲気のなかで、それらが一種の美術品、しかも高度にソフィスティケーテッドな、貴族好みの美術品であったことは容易に想像されるだろう。あのマニエリスムの皇帝、プラハのルドルフ二世

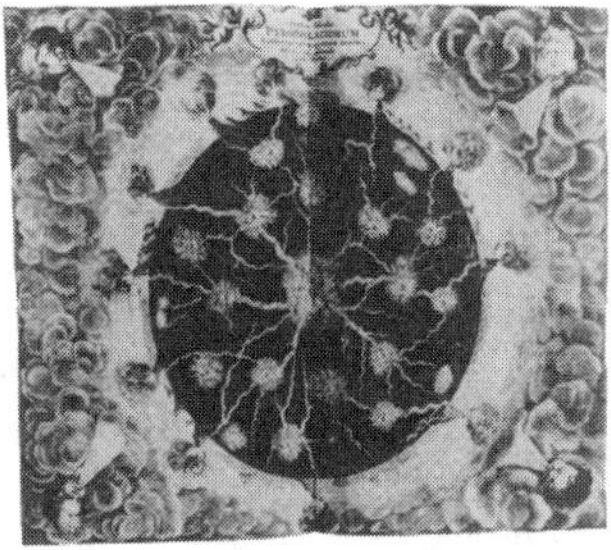

地球の断面図　A·キルヒャー『地下世界』

も、その侍医であったブリュージュ生まれのアンセルム・ボエース・ド・ブート（彼には『宝石史』という著書がある）の証言によれば、きわめて豪華な「フィレンツェ大理石」の戸棚を所有していたという。それは沼や、森や、雲や、樹や、河が浮き出していて、とても石には見えず、まるで絵のように見えた。

面白いのは、この「フィレンツェ大理石」という一つの素材を画家が利用して、そこに人物や樹木や動物などを描き加え、一枚の絵として完全なものにしようとしたということだろう。小さな瑪瑙のメダイヨンから大理石の板まで、彼らが手を加え、補筆して完成した絵が何点も残っている。実際、瑪瑙の表面に現われた渦巻のような、雲のような模様を眺めていると、マックス・エルンストやオスカー・ドミンゲスの超現実主義的デカルコマニーをつい連想してしまうし、雪花石膏の乳白色の靄のあいだからは、ふとウィリアム・ブレイクの天使が現われてきそうな気さえするのである。現在、ナポリの国立美術館にあるアントニオ・カラッチの聖画は、雪花石膏の靄をうまく利用して、靄のあいだに天使を浮遊させ、受胎告知や聖母子像の神秘的雰囲気を表現している。

＊

江戸期の石の蒐集家として名高い木内石亭は、その石譜（ラテン風にいえば

lapidarius)『雲根志』の自序に、「幼より玉石を珍玩する癖あり、今すでに膏肓に入る」と書いているが、そもそも石を愛玩する精神とは、いかなる精神の傾向に属しているのであろうか。

ノヴァーリスの師であった岩石水成説の鉱物学者アブラハム・ゴットロプ・ウェルネルもまた、幼時より石を愛すること甚だしく、その蒐集したおびただしい石の標本を、あたかも生きた家族のように愛していたという。C・G・ユングはその興味深い『自伝』のなかで、少年の頃の自分が「ライン河から拾ってきた、つるつるした長楕円形の黒っぽい石を、上半分と下半分とを絵具で塗り分けて、長いことズボンのポケットに入れて持ち歩いていた」ことを懐かしげに語っている。ユングにとって、石は「存在の底知れぬ神秘」を含むものであり、永久に滅びない石と自分とを同一化することによって、彼の苛立たしい気持はいつも鎮められたのである。エーリッヒ・フロムのごとき心理学者に言わせると、こうしたユングの石に対する一貫した愛着も、彼の不吉な「死の願望」を証明するものの一つにほかならないことになるらしいが、私としては、そのような見解は採りたくない。むしろ母胎と石棺とを同じイメージの二つの時間と解することによって、「安息の願望」と「死の願望」とを統一的に捉えようとするユング＝バシュラール的な立場に、私としては賛同したいところである。大地に所属する石は、何よりもまず、源泉への回帰をあらわすシンボルなのではあるまいか。神や霊が石に具象化されるという例も、洋の東西を問わず、枚挙に遑がないほどだ。

ユングは『元型研究』のなかに、「神々の生まれた場所と見なされた石（たとえばミトラは石から生まれた）は、石からの誕生を説く原始の伝説と結びついている」と書いているが、これは折口信夫のいわゆる「神の容れ物としての石」の説（『霊魂の話』）とぴったり重なり合うだろう。さらにユングによれば、「樹や人間と同じく錬金術の中心的なシンボルである石は、最初《プリマ》と最後《ウルテイマ》の物質《マテリア》であるという二重の意味において、錬金術のなかで重要な役割を演ずる」のである。

鎌倉期の学僧明恵は紀州湯浅の白上峰で行を積んだが、その白上峰から眼下に見える海中の二つの島、鷹島と苅藻島から拾ってきた小さな二つの丸い石を、生涯、手もとに置いて愛玩したという。この石は今でも、明恵に縁の深い栂尾の高山寺に残っているが、美しい緑色をした苅藻島の石は、天竺の蘇婆卒河になぞらえられて蘇婆石と名づけられ、もう一つの鷹島の石は、全体が黒く、そこに白い線が通っている卵形のものだった。いずれも掌中に握れるほどの大きさで、いかにも明恵の自然愛好を思わせて興味ぶかい。宋から渡来した茶の種を初めて栂尾に植えたのも明恵だったことを思うと、この人の精神には、どうやら修道院の庭に薬草を栽培したヨーロッパ中世の学僧のそれと、共通の傾向が認められるような気がしないでもない。

ここで忘れずに触れておかねばならないのは、やはり石や鉱物を愛好する精神としてのドイツ・ロマン派の存在であろう。そう言えば、彼らもまた、ルネサンス汎神論の伝統に沿った源泉への回帰、ゲーテのいわゆる「母たち」の国への回帰をつねに夢想している連中であった。ハインリヒ・フォン・オフテルディンゲンは、老坑夫に導かれて鉱山の底へ降りて行くし、ホフマンの短篇『ファルーン鉱山』も、結局のところ、母胎と石棺との同一化の神話と解して差支えあるまい。ティークの『ルーネンベルク』の主人公も、岩石や鉱山の魅力に惹かれて家庭を捨て、憑かれたように山に入って行く男の物語である。この伝統は、自分の内部に北方的要素がありすぎることをみずから告白している、あのアンドレ・ブルトンの超現実主義にまで繋がるものだろう。ブルトンは、その美しい『石の言語』というエッセーのなかで、石の魅力に取り憑かれ、石から離れられなくなった人たちについて、愛惜をこめて語っている。それらの人たちの中には、私がこのエッセーでたびたび引用した、「絵のある石」について論じた奇特な博物学者や鉱物学者の名前も含まれている。

ビンゲンの聖女ヒルデガルトによると、ダイヤモンドを口中にふくんでいれば、人は嘘をつくことから免れられるし、断食を行うのも易々たるものだという。思うに、石のもつそれ自身の美しさ、それ自身で完結し、もうこれ以上手を加える必要の全くない美しさには、芸術作品のあたえる感動などよりもはるかに以前の、人間の心に直接に触れる、原初の喜びに近いものがあるにちがいない。当り前といえば当り前の話であるが、石は作品ではないのである。石は芸術の対象ではなくて、おそらく魔術の対象なのである。それ故にこそ、石はさまざまな形態の伝説を生み、伝説はただちに形而上学に結びつくのであろう。

＊

ここで、もう一度だけプリニウス（第三十六巻三十九章）を引用することをお許し願いたい。

「鷲の巣のなかに、鷲石というものがある。いつも必ず二個ずつあって、一つが雄、もう一つが雌であり、これがなければ鷲は繁殖することができないのだ。雌の石は小さく、もろく、その内部は子宮のように白い粘土がつまっている。雄の石は堅く、槲の樹の丸い節に似ており、その中には、それよりもっと堅い石が一つ入っている。キプロス島の鷲石は平べったくて、内部に小石の混った砂を含んでいる。（以下略）」

鷲石とは何だろうか。これについては、いたずらに手もとの文献に当ってみるよりも、まず南方熊楠の『鷲石考』を参照するに如くはない。熊楠は大英百科全書を引いて、「其の純正品は褐鉄鉱の団塊、中空で、砂礫を蓄わえ、ふればガラガラと鳴る物だ」と書いている。さらに熊楠は、鷲と関係づけた伝説はヨーロッパ以外に見当らないけれども、鶩石と同じものが日本にも中国にも古くから産することを述べ、小野蘭山の『本草綱目啓蒙』石部に出てくる「禹餘糧」「太一餘糧」「石中黄子」「卵石黄」などといった名前を引用している。この「禹餘糧」は、江戸時代から日本でもよく知られていた名前らしく、『和漢三才図会』にも、石亭の『雲根志』にも、平賀源内の『物類品騭』にも出てくるが、私の目に触れた範囲で、最も面白いエピソードを構成していると思われる文章を次に引いておきたい。それは江戸中期の風流人として知られる柳沢淇園の随筆『ひとりね』第百三十四章である。

「過し比さる人のもとに尋ねて有りしに、床に石の花生け有り。此石は白く、黒・赤・黄の色々の石のひとつにかたまりたる物に、中に穴をあけて花生けにしたる物なり。よくよく見るに、是なん本草にのせたる所の禹餘糧ならんと思ひけれども、いまだ慥かなる事をもしらねば、かのあるじにとふて曰く、『此石はいづくより求め給ふぞ』といふ。かのあるじ、こたへていふやうは、『此石は生駒山よりも出づるなり。かはれる石にてあり。此中に黄なる水ありて、おびただしくいづるもあり。又は麵のやうなるものの出づるもあり。これに穴をあくるには、灸をして錐もみする』といふ。扨こそうたがふ所もなき禹餘糧にて有るなめりと思ひて、大和本草などを取出し見れども、生駒山より出づるといふ事をのせず。扨は貝篤信もこれはしらぬにこそあるらめと思ひ、やふしにて宝山寺の明堂比丘に逢ひて問けれは、明堂のいはるるには、禹餘糧と申やらん何と申やらん、それはしらず。成ほど此石は山より出づるなり。大雨ののちは、十も或は二十ばかりも、所々に取あつめて出づるなり。禹餘糧とは此山にては申さず。行基皿と申すのよし。よりて明堂に所望してひとつふたつもらひてもつに、疑ひもなき禹餘糧にて有り。誠に此禹餘糧といふものを、もろこしにてもことなふめづらしく秘蔵するものにてあり。」

禹餘糧とは、要するに、夏の禹王と師太一の食べ残して捨てた穀粉が、化して石となったというところから由来している名前らしい。おそらく、当時の日本の本草学者たちが競って読んでいた宋の杜綰の『雲林石譜』、明の李時珍の『本草綱目』などが、この名前を伝えたのであろう。和名はイシナダンゴ、ハッタイイシ、ハッタイセキ、コモチイシなどと呼ばれ、淇園の見たように、たしかに穴をあけ、内部の粉あるいは石を捨てて、小さいものは硯にしたり、大きいものは花瓶にしたりするという習慣があったようである。それにしても、これを首尾よく手に入れた淇園が、まるで子供のように手放しで喜んでいるのは、やはり彼も石の魅力に取り憑かれた人間のひとりだったのだろうか。しかし少なくとも私にとって、鷲石あるいは禹餘糧が何よりも魅力的に見えるのは、その内部が中空になっているという、ただそのことだけのためなのである。

ところで、内部が中空になっているという石は、必ずしも鷲石や禹餘糧ばかりではないようである。次に引用するのは、ロジェ・カイヨワの『石』（彼は石に関する本を二冊も書いている！）から抜いた一節だ。

「程よい大きさの瑪瑙の団塊を手で持ちあげてみると、時に異常に軽く思われることがある。それで、その内部が中空になっていて、水が入っていることが分る。耳の近くで振ってみると、ごく稀にではあるが、内壁にぶつかる液体の音が聞える。たしかに、そこには水が棲んでいるのであり、水は地球の揺籃期からずっと、石の牢獄に閉じこめられたままでいるわけなのだ。この大昔の水を見たいと思う気持が生ずる。」

その水を見るためには、ざらざらした瑪瑙の原石をゆっくり用心深く磨き、やがて薄い半透明の隔壁を通して、内部で黒っぽい水が動いているのが分るまでにしなければならぬであろう。それでも、その水を見たとは言えないかもしれない。カイヨワはこれを「水以前の液体」と言っているが、たしかに、その水は地球の発達の歴史を知らず、天水を通じて循環することを知らず、鎔けた鉱物が固結する過程に、ふと落ちこんだ空洞のなかに捕えられたまま、二度とふたたび出ることができなくなってしまったという、いわば童話の「塔に閉じこめられた姫君」のような、処女の水ではないだろうか。ただ異常な圧力のみが、この水を液体の状態にしているので、もし少しでも瑪瑙に亀裂が入るならば、それはたちまち蒸発してしまわなければならない運命なのだ。

しかし私が、この悲運の水の閉じこめられた瑪瑙のエピソードから、ただちに連想せざるを得ないのは、柳田國男の『日本の昔話』に出ている、「長崎の魚石」と題された物語である。むろん、魚石は実在のものではないけれども、魚石を「気永に周りから磨り上げて、水から一分といふところまでで留めると、水の光が中から透きとほつて、二つの金魚のその間に遊びまはる姿は、又とこの世にない美しさ」であるという、この物語の中心となっている美しい球体のイメージは、内部に空洞をもった石の魅力的なイメージと、ぴったり重なり合う性質のものではあるまいか。(もっとも、この「長崎の魚石」は、南方熊楠が岩田準一宛書簡で皮肉たっぷりに指摘しているごとく、必ずしも柳田國男の言うような日本独自の昔話ではなく、前に引いた木内石亭の『雲根志』にも、さらに宋の『雲林石譜』にも、すでに「生魚石」の名で出ている古い説話なのである。)

ここでも私は、バシュラールの考察に依拠しなければならない。「内面性と膨脹の弁証法」、「大と小の弁証法」こそ、空洞のある石の魅力を解く鍵だと思うからである。私は前に、ボッシュの「悦楽の園」の中央パネルに見られる、ガラスのような半透明の球体のなかに、二人の裸体の男女が閉じこめられている図を、深甚な興味をもって眺めたことがあったが、今にして思えば、これも同じ弁証法が惹起せしめる魅惑だったようだ。「要するに、内部の豊かさのすべてが、それが凝縮されている内部の空間を無限に大きくするのだ。夢はそこに身を屈めて入りこみ、この上もなく逆説的な快楽と、言いようもない幸福に包まれて、大きく拡がるのである。」（『大地と休息の夢想』）

澁澤龍彦（しぶさわ・たつひこ）一九二八〜八七（昭和三〜六二）年。フランス文学者・評論家・小説家。東京生まれ。『唐草物語』で泉鏡花文学賞、『高丘親王航海記』で読売文学賞を受賞。マルキ＝ド＝サド『悪徳の栄え』の翻訳者として、サド裁判の被告になる。悪魔学やエロティシズムを探究して、広範なジャンルで活躍した。「石の夢」は「ミクロコスモス譜　その一」という題で、『ユリイカ』一九七三年一月号に発表されている。底本は『澁澤龍彦全集』第一三巻（一九九四年、河出書房新社）を使用した。石に関連する他の作品に「鉱物愛と滅亡愛」「ダリの宝石」「賢者の石について」などがある。

聖女の宝石函　ビンゲンのヒルデガルドの『石の書』

種村季弘

宝石は美しい。それはだれしもが認めることですが、そこから先で見方が分かれます。一つは、美しいから好きだ、という快楽の対象として宝石をみる見方です。これとは反対に、美しいから悪だ、という見方があります。こちらは宝石を禁欲の対象としてみる見方といえましょうか。その先に、悪だからこそ美しい、という倒錯美が生まれてきますが、こうしたデカダンス美学には、ひとまずいまは触れないことにします。

初期キリスト教の教父たちは、前代の異教的ローマの頽廃した華美や贅沢《ルクサス》を口を極めて糾弾しましたが、なかでも「やわらかい項《うなじ》が領地や住いをそっくりぶら下げ」「左手の指の一本一本が金袋を一個ずつ食いつぶす」(テルトゥリアヌス〔一六〇頃―二二五頃〕)、ご婦人がたの宝石耽溺には容赦のない攻撃を浴びせかけました。

だからといって、キリスト教が宝石嗜好とは根本的に相容れないと思うのは、いささか早計でしょう。聖書にはユダヤ人祭司の衣を飾る十二の宝石の絢爛たる描写もあれば（「出エジプト記」）、エデンの園がかつてはいちめんに宝石に覆われていたという記述（「エゼキエル書」）もあります。建前としてローマ人の華美を攻撃しなければならなかった教父たちは、いちばん分かりやすい宝石を槍玉に挙げて人心を説得したのです。

それでもキリスト教的中世では、快楽の対象としての宝石がご法度であることに変わりはありません。といって宝石がまるで姿を消してしまうということもありませんでした。ただ美的対象としてより、魔除けという魔術的効用の面が強調されたのです。考えようによっては、そんな偽装をして禁欲的中世社会を切り抜けたのかもしれません。

それに、もともと宝石は魔除けや護符として使われていたものです。宝石そのものの美だけが問題なら、宝石の彫石術や装飾デザインは無用になってしまうでしょう。エジプトでは楕円形にカットした宝石に、魔除けとしてスカラベ（黄金虫）が彫り込まれ、後の地中海諸国ではスフィンクスや獅子が彫り込まれました。古代人がなによりも怖れたのは、病気や死や不運をもたらす悪霊の邪視《イーヴル・アイ》でした。宝石の魔術的な輝きはその邪視を、身に着けている当人の肉体から、魅惑的にきらめく宝石のほうにそらしてくれる、ないしは吸い取ってくれると考えられていたのです。

悪霊の呪いの防禦という、いわば消極的な効用のほかに、これから転じて、病気や老化の治療という積極的な効用も、古くから注目されていました。ペンダントやイヤリング、ネックレス、指輪のような装身具は、伊達に胸や首や耳や指に帯びているわけではありません。そこから侵入してくる悪霊の呪いを封じ、同時に内臓疾患を未然に防ぐか、すでに病んでいるならそれを治療する役割を果しているとすくなくとも古代や中世の人びとは信じていたのです。いまでも過剰なほどの装身具を身に着けている未開人はそう信じているでしょう。

さて、ローマ末期の快楽主義的宝石観を脱した中世社会にも、宝石のこの魔術的医学的効用の観念だけは生きのこり、主として教会やスコラ学の目のとどかない民間医療のなかでひそかに育まれていました。おもしろいのは、それを中世の宝石学として集成したのが一人の女性だったことです。ビンゲン〔現ドイツ西部、ライン川中流〕のヒルデガルド、あるいは聖ヒルデガルド・フォン・ビンゲン。一〇九八年ラインヘッセンの貴族の家庭に生まれ、身体虚弱のために幼くして修道院に預けられて、ビンゲン近郊ルーパーツベルクの女子修道院長として八十一歳の生涯を終えたところから、その名で呼ばれています。

ビンゲンのヒルデガルドは、そもそもは幻視者として有名です。彼女は一一四一年、四十三歳のときに突然壮麗なヴィジョンを見、それを『スキヴィアス〔主の道を知れ)』という著作にまとめます。宇宙の生成から腐敗、没落の過程を経て、死、再生にいたる長大なヴィジョンを描いた幻視の書でした。一方ではしかし、彼女は女子修道院長として近隣の貧しい人びとの病や精神不安を癒す実践にも熱を入れたので、薬草栽培や動物の観察のような自然学の面でも数かずの著作をのこしました。宝石の魔術的医学的効用について記した著作『石の書』は、その自然学研究〔『自然学』一一五一―五八〕の一部なのです。

取り上げられた宝石は二十六個、一つの宝石に一章ずつを当てて、全体は二十六章をなし、それにみじかいけれども重要な序文が付されています。なぜ重要かというと、ここに述べられている宝石観は、それまでの中世の宝石観のどれとも違うからです。先にもいったように、中世キリスト教会は、おおむね宝石を悪と見なしていました。たとえば堕天使ルチフェルは大の宝石好きで、全身くまなく宝石で覆っていましたが、神の怒りに触れて天国から落とされたとき、その宝石を天国に置いてきてしまいました。堕天の記憶につながる宝石は彼には忌まわしいものなので、ルチフェルは宝石を見ると目を背けます。それに宝石の火の輝きは、彼の罪を焼き尽くす地獄の浄火を思わせるので、なおのこと怖くて正視できないというわけです。

これは一方では、贅沢としての宝石携帯をいましめ、一方では堕天使の邪視を防ぐ効用を説く寓話ですが、ヒルデガルドの宝石観はそうした単純な善悪二元論にとらわれてはいませんでした。なるほど神はルチフェルを地獄に落とし、同じくルチフェルの宝石の輝きを消された。けれども「（同じように堕落した）アダムを回復せしめるのみならず、回復以上に高められるように、神はこの宝石の輝きも力も消させ給うことはなく、かえって宝石が地上において（人間に）評価され賞美されることを楽しみ、（人間の）治療手段として役立つことを望まれた」。

宝石が美しいのならそれを楽しむがよく、医療に役立つのなら役に立てればよいというのです。当り前の考え方のようですが、当時はこれが異端視されるほど過激な思想だったことをわきまえておくべきでしょう。ともあれ以上の方針にしたがって、彼女は宝石の特性をくわしく観察分類し、それぞれの特性によってどんな医学的魔術的効用があるかを説いていきます。たとえばヒヤシンス（紅色または紅褐色のジルコン〔風信子鉱《ヒヤシンス》〕）なら、「ヒヤシンスは昼の第一時の空気の暖かさが程よいときに、火から生じる。それゆえ火よりは空気の性質をそなえている。だから空気に敏感で、空気に応じてときおり熱を変える」。

医学的には目に効きます。火から生じたので、火である太陽に向かってこれをかざし、それからすこし唾で濡らして目の上に置くと、目が温まって眼病・眼痛が治る。

魔術的な効用としては悪魔憑き（精神病）に効く。「もしも悪魔の仕業または魔術の呪文に惑わされて狂気を発したなら、温かい小麦パンを持ってきて、その耳の表層をすっかりは割らぬようにして十字形に裂くがよい。それからこの石（ヒヤシンス）を裂け目の上から下へと引きながら」一定の呪文を唱えてからパンを食べさせると、狂気はうせるであろう。

ばかばかしい迷信ではないか、とおっしゃるかもしれません。たしかに現代医学の観点からすれば迷信にすぎません。しかしこれだけを取っていえば中世医学の限界は一目瞭然としても、それなら現代医学にだってそれ自身の限界があることを忘れないでおきたいものです。実際、ヒルデガルドの医学は、彼女の宝石学をも含めて、環境医学のような最先端の医学から見直されつつあるのです。アラビア医学や中世医学の権威シッパーゲス博士などは、げんにヒルデガルドの思想を「現代への信号」と見なしてさえいるほどです。

彼女の宝石学は、火と湿気（水）、温と冷の共感と反発の原理から成り立っていました。引きつけあうものは引きつけあい、反発しあうものは反発しあうという、いかにも女性らしいエロティックな愛の原理です。しかも大幻視者にふさわしく、『石の書』においても宝石の生成について、すばらしい色彩に彩られたヴィジョンが展開されます。

ヒルデガルドのヴィジョンによると、東方に太陽に燃え立っている灼熱の山があり、宝石はそこから生まれてきます。山は火と燃え、そこでは川も煮えたぎっていますが、川の水が洪水を起こして火の山と接触すると、泥水が乾いてそこに宝石が生まれます。さらに洪水が起こると、その宝石が水に運ばれて人間のいる世界に流されてくるというのです。読みようによっては、火と水の性交、宝石という胎児の受胎、産道を通ってこの世に運ばれてくる胎児出産、の美しい寓話とも読めないでしょうか。

ビンゲンのヒルデガルドは、いうまでもなく修道女として生涯独身を通しました。現実には彼女の肉体が宝石に飾られることはなかったように、世俗の男女の交わりとは一切無縁でした。しかしそれだからこそ、その欠如と不在のうちから、この世ならぬ清浄なエロティシズムにみちた宇宙的結婚、聖なる婚姻《ヒエロガミー》のヴィジョンを紡ぎだすことができたともいえそうです。

彼女の宝石学についても同じことがいえるでしょう。それは、彼女自身の汚れない肉体が、ひとつの火と燃える清浄な宇宙として宝石を受胎し、妊娠し、羊水のなかで育み、最後に出産して、そこでとりわけ病める人びとのために有益な役割を果す、そういうものとしての宝石を夢見た壮大な幻想の体系でした。それが現代の宝石観にそのまま通用しないことはいうまでもありません。しかしそういうものとして宝石を夢見た女性がいたということは、現代人にもあながち無縁な話ということにはならないでしょう。

種村季弘（たねむら・すえひろ）　一九三三～二〇〇四（昭和八～平成一六）年。ドイツ文学者・評論家。東京生まれ。『ビンゲンのヒルデガルトの世界』で芸術選奨文部大臣賞と斎藤緑雨賞を、『種村季弘のネオ・ラビリントス』で泉鏡花文学賞を受賞。「聖女の宝石函」は『ミセス』一九九一年二月号に発表された。底本は『詐欺師の勉強あるいは遊戯精神の綺想』（二〇一四年、幻戯書房）を使用している。石に関連する他の作品に、「鉱物学的楽園」「宝石と王と錬金術」「宝飾の歴史と文化」「鉱物」「何でもない石の話」などがある。

奥さまの耳飾り

安房直子

おやしきの奥さまが、耳飾りをなくされました。それは、うすもも色の真珠で、たいへん高価な品物だということです。その片方を、奥さまは、前の晩に、おやしきの中の、どこかに落としてしまわれたのです。

「奥さまが、耳飾りを落とされました。おそうじのときは、気をつけてくださいよ。」

翌朝、としとった女中頭《じよちゆうがしら》の声が、長いろうかの、はしからはしまで、ひびきわたりました。

小夜《さよ》は、ぞうきんをかけながら、耳飾りというのは、いったいどういうものだろうかと考えていました。けれども、そのあとすぐに、おやしきじゅうのものが、奥さまのおへやに呼ばれて、耳飾りというものを、拝見したのです。

残った片方の耳飾りは、木彫りの宝石箱におさめられてありました。銀の金具の上に、びっくりするほど大きな真珠が、まるで朝つゆの玉のように、とろりと光っていました。それを、おやしきの女中も書生も庭番も、ゆっくりと拝見しました。

「いいですか。これとおなじものを見つけた人は、すぐわたしのところにとどけなさい。きょうは、ごみの中も、ようくしらべるんです。」

女中頭は、緊張した声をふるわせながら、みんなにそういいわたしました。

このとき、奥さまは、となりのへやの絹のおざぶとんの上に、たおれるようにすわって、なげき悲しんでいられたのです。奥さまは、うす青の着物に、おなじ色の帯を結んでいられました。このしとやかな、洋服など一度もめしたことのないかたが、どうしてゆうべ、耳飾りをかけられたのか、小夜にはわかりませんでした。その耳飾りは、奥さまが、ご結婚のときに、だんなさまから贈られた品物だということです。

それにしても、そのだんなさまというかたに、小夜はまだ一度も、お目にかかったことがありませんでした。このおやしきに奉公にあがって、もう半年もたつといいますのに。

だんなさまは、大金持ちの貿易商だということです。港に、大きな船を持っていて、海のむこうの国々のすばらしい宝物を、どっさり運んでくる仕事をしているのだということです。

「ですからね、一年のうち、ほとんどは海の上にいられるかたなんです。めったにお帰りになることはありません。わたしだって、まだお会いしたことがないくらいですからね。」

そんなふうに、女中頭は話しました。それなら、奥さまは、ずいぶんおさびしいだろうと、そのとき小夜は思ったのでした。

その夕ぐれ。

お庭のくちなしの木の下に、思いがけなく真珠の玉を見つけたときの、小夜のおどろきといったらありません。

奥さまの頭痛のお薬を買いに、大いそぎで薬屋まで行った帰りでした。うすぐらくなった庭の黒い土の上に、それはまるで、くちなしの花からこぼれたつゆのように、ほろりと落ちていたのです。

思わずひろいあげて、てのひらにのせて、小夜は、この宝物を、息もつかずにながめました。それからそっと、自分の右の耳につけてみたのです。

こんなことをしてはいけない。すぐにとどけなけりゃいけない。自分で自分にそういいきかせながら、それでもたった一度、耳飾りというものを、身につけてみたいという思いに、小夜は、うちかつことができませんでした。

耳飾りをつけた耳たぶは、なんと重たくあつく感じられたことでしょうか。小夜は、思わずぶるっと頭をふりました。なるほど、身分の高い人というのは、いつも、こんな感じで生きているのかしらんと思ったりしました。

このときなのです。

耳飾りをつけた小夜の耳に、ふしぎな音が聞こえてきたのは。

ざーっと一気によせて、ちゃぷちゃぷとわらいながら遠ざかってゆく。また、ざーっとよせては、さざめきながら消えてゆく……ああ、それは、海のなぎさの音でした。

小夜は、浜の漁師の家に生まれましたから、海の音なら、まちがえなく、聞きわけることができたのです。

思わず小夜は、目をつぶりました。

すると、その音はもう小夜の頭いっぱいに胸いっぱいに、いいえ、体じゅうにあふれてごうごうと鳴りつづけ、さかまく怒濤となりました。

その音のむこうから、おいで、おいでと呼ぶ、ひくい声が聞こえたのは、小夜の気のせいだったのでしょうか。けれども、このときもう、小夜は、このふしぎな耳飾りのとりこになっていました。

「いま行く、いま行く、いま行く――。」

大声で小夜はさけびました。そして、耳飾りをつけたまま、かけだしました。

海へ、海へ、あの波の果てから自分を呼ぶ、ふしぎな声のほうへ――。

おやしきから海までは、だいぶはなれていました。汽車にのれば三十分、歩けば半日もかかったでしょうか。それなのに、この夜、小夜は、ほんのひとっとびで、海に出てしまったのです。どこをどう走ったのでしょうか。たもとが、風にびゅうびゅうと鳴り、家々のあかりが、星座のようにまたたき、黄色い月が、空いっぱいに、ふしぎな鼻歌をひびかせていたのだけおぼえています。小夜は、耳飾りをつけた耳をおさえて、ただもう、夢中で走ったのです。

ああ、あついあつい、耳があつい。小夜は、あえぎあえぎ、そう思いました。それでも、そのあつい右の耳に、たえまなくひびく呼び声を、小夜は、追いつづけたのです。その声は、やさしくあまく、それでいて、たとえようもなくおおしい男の声でした。

気がついたとき、小夜は、海の上でした。

なんと小夜は、砂浜から海におどりでて、水の上を走っていたのです。着物のすそひとつぬらさず、さざ波ひとつたてずに。

夜の海は、黒い重たい布のようでした。そして、その海のはるかむこう、水平線のあたりから、まだあの声は、おいでおいでと、呼んでいるのでした。

海の上を、どれほど走ったでしょうか。

小夜のゆくてに、小さな黒い島かげが見えてきました。島は、月の光をあびて、すべすべと光っていました。そして小夜がやっと、その島にたどりついたとき、島が、くらんとゆれて、なにかいったのです。

そう、たしかに、島がしゃべったのです。あの声で、こっちへおいでと。そのあと、その声は、奥さまの名まえを呼びました。いっしゅん小夜は、ぎくりとしました。目をこらして、よくよくながめると、それは、島ではなくて、なんと、一匹のくじらでした。くじらのふたつのほそい目が、じっと小夜を見つめていました。それからこんどは、けげんそうに、もういちど奥さまの名まえを呼んだのでした。小夜は、うつむいて、しどろもどろに答えました。

「は、はい、わたし、奥さまのお使いで、まいりました。」

するとくじらは、

「お使い？　お使いというのは、どういうことだろう。」

と、ひどくおどろいたようにいいました。それから、

「あれは、病気でもしていますか？」

と、たずねました。

「……………。」

小夜は、なにかいおうとしましたが、声がでませんでした。向きをかえて、大いそぎで浜へもどろうと思いましたが足が動きませんでした。

このとき、小夜は、はっきりと知ったのです。

奥さまのだんなさまは、海のくじらだったのだと。

子どものころ、小夜は、魔力のあるくじらの話を聞いたことがありました。海の沖には、ふしぎなくじらがすんでいて、このくじらのお嫁さんになった娘は、りっぱなご殿に住み、たくさんの召使いにかしずかれて暮らせるのだと。そして、満月の晩に、美しい宝石を身につけて、海のくじらに会いにゆくのだと。

小夜は、わなわなとふるえました。ああ、なんということでしょうか、自分は、奥さまのかわりに、まちがえて、ここへきてしまったのです……。

くじらは、小夜をじっと見つめて、それから、静かにいいました。

「わけを話してごらん。ほんとのことをいってごらん」と。

その声は、悲しみに、ふるえていました。

ぽつりぽつりと、小夜は話しました。奥さまが、片方の耳飾りをなくされたこと、それをひろった自分が、なにも知らずにここへきてしまったことを。

聞きおわって、くじらは、ほうっと、ため息をつきました。まるで、森を吹く風のような、こもった深いため息でした。それからひとこと、

「いけないねえ」と、いったのです。くじらは、ぽろりと涙をこぼしました。

「耳飾りは、ふたつでひと組だと、あんなに教えておいたのに。片耳だけで使ったりしたらいけないって、いっておいたのに。そのうえ、耳飾りの秘密を、ほかのものに知られてしまったんだから、もう、おしまいだ。」

「おしまい？　なにが？」

小夜は、目を大きく見ひらきました。

「わたしたちの結婚さ。わたしが妻にあげた夢さ。くじらが人間の娘にあげる夢は、ふりことおなじだ。ここへきたら、かならず帰れるように、ふたつの真珠を、耳飾りにしてあげたんだ。それを、片方だけ使ったりしたら、もうおしまいだ。わたしたちは、二度と会えなくなる。」

「…………。」

なんとたいへんなことをしてしまったのだろうと小夜は思いました。あのときすぐに、耳飾りを奥さまにお返しすればよかった。そうすれば、なにひとつ、おきはしなかったのに……。

そしてまた、小夜は、ひとつだけの耳飾りをつけて、こんなところまできてしまった自分のかるはずみをくいていました。もうひとつの、左の耳につける耳飾りのないいま、小夜はどうやって陸にもどることができるでしょうか……。

さっきまで、ぴいんと張りつめて、さざ波ひとつたたなかった海は、いま、たぷたぷと、息をするようにゆれていました。月の影がくだけて、散りこぼれた黄色い花のように見えました。

（この海を、どうやって、帰ろう……。）

とほうにくれて、ほうっと、ため息をついたとき、どうでしょう。

小夜は、ちゃんと、くじらの背中にすわっていました。その大きな、すべっこい体に、いったいどうやってよじのぼったのか、ともかく小夜は、くじらの背中で、両足をぶらぶらさせながら、海をながめていたのです。

（お月さまお月さま、たすけてください。）

小夜は、心の中で祈りました。

「あんたは、心配しなくていい。」

ふいに、くじらがいいました。

「もうすぐ魔法がとけるんだから。耳飾りの魔法も、これでおしまいになるんだから。あんたは、ちっとも、心配しなくていい。」

そのことばに、小夜は、すこし安心しました。そして、ぼんやりと、おやしきの奥さまのことを思いました。

満月のたびに奥さまは、海の上を走って、ここへこられたのでしょうか。青いたもとを、びゅうびゅうと、風におどらせ、真珠をつけた両耳をおさえて、息せききって、かけてこられたのでしょうか。

ふっと、小夜は、涙ぐみました。するとくじらも、すすり泣いたのです。

「魔法というのは、悲しいものだ。」

くぐもった声でくじらは、つぶやきました。

海の月が、ゆっくりと西へうつってゆくのを小夜は、ながめていました。何年も、何十年もの月日がすぎてゆくような気がして、ながめていました。

夜があけたとき、小夜は、おやしきの庭の、くちなしの木の下に立っていました。朝の仕事を命令する女中頭の声が、あたりにひびいていました。窓の下には、新しい白いゆりの花が咲いていました。

いつもとおなじ、おやしきの朝でした。のどかで、さわやかな、一日のはじまりでした。

けれどもこのとき、小夜は、まるで、気のふれた娘のように目をキラキラさせ髪をふりみだして、おやしきの中にかけこんだのです。

「奥さま、奥さま……。」

そうさけびながら、奥さまのへやへとんでいったのです。

奥さまは、きのうよりも、もっと深い悲しみにしずんでいられました。そして、消えいるような、ほそい声のひとりごとをいったのです。

「残りの耳飾りも消えてしまった。朝日にとけてしまった。これで、なにもかも、おしまいだわ……。」

奥さまの手の上には、からっぽの宝石箱がのっていました。

「奥さま、もうひとつの真珠、わたしが……。」

小夜が、そういいかけて、自分の耳に手をあてたとき、あの耳飾りも、やっぱりつゆのように消えていました。

それから、いくらもたたないうちに、おやしきは、つぶれ、奥さまは、お里に帰れることになりました。

おひまをもらうときに、女中たちは、ひそひそと話しあいました。おやしきがつぶれたのは、たぶん、だんなさまの事業が失敗して、仕送りが、とだえたからだろうと。

小夜だけが、ほんとうのことを知っていました。

重たい悲しみにしずんで、小夜は、おやしきを出たのでした。

安房直子（あわ・なおこ）　一九四三～九三（昭和一八～平成五）年。児童文学作家。東京生まれ。「さんしょっ子」で日本児童文学者協会新人賞を受賞して頭角を現した。幻想的なメルヘンが持ち味である。『風と木の歌』で小学館文学賞、『遠い野ばらの村』で野間児童文芸賞、『風のローラースケート』で新美南吉児童文学賞、『花豆の煮えるまで』でひろすけ童話賞を受賞。「奥さまの耳飾り」は『日暮れの海の物語』（一九七七年、角川書店）に収録された。底本は『安房直子コレクション』6（二〇〇四年、偕成社）を使用している。

3　サファイア、トルコ石、ダイヤ

宝石と宝飾

塩野七生

前に、トルコのスルタンのハレムに生きた一人のフランス女の話を書いていた時である。こんな記録があって微笑させられた。彼女がいかにフランス女らしくセンスが良かったかを述べた箇所である。

「寵妃エメは、トプカピ宮殿の中にいる時も外に出る時も、宝石はただ一つしか身につけなかった。そして、彼女の所有する見事な宝石類は、大きな銀盆に山と盛られ、妃のすぐ後につき従う奴隷女が捧げ持っていくのである。

人々は、それを見て、やはりフランス生れはちがう、と感嘆するのだった」

こういうのをセンスが良いというのならば、私にも決して不都合ではない。だが、宮殿の中はともかくとして、外出時は、四辺を堅く閉ざした輿《こし》に乗っていくのである。中に坐るエメの姿は誰も見ることができず、人々の眼にふれるのは、宝石を山盛りした銀盆を捧げて輿の後に続く、奴隷女だけなのだ。フランス女の心意気を貫くのも、宝石の質と量では世界一であった当時のトルコでは、並たいていのアイデアでは効果がなかったのであろう。だが、それにしてもユーモラスで、微笑をさそわれる。

私は、宝石に興味を持ったことがない。一度だけ良いなと思ったものが、十五年前の値で二千万円して、とうてい手のとどく品でないと早々にあきらめてしまったためもある。だが、それよりも、宝石だけをこれでもかこれでもかというように盛りあげる、つくり方が気に入らないのである。指輪などとくにこの傾向がひどくて、握手した相手が痛さでとび上がりかねないようなつくりではないか。しかも、美しくない。美しいのは真上から見た場合だけで、側面から眺める時、盛りあがり方が極端なために、指から完全に浮いてしまっている。

このようなつくり方は、長い宝石の歴史の中でも、ごく短い時代、つまり現代に入ってからである。それは、おそらく、宝石の大衆化と期を同じくしているにちがいない。米粒ほどのダイヤを、これでもかこれでもかと盛りあげるのは、惨めったらしくて見ていられない。宝石が貧しいから、土台が無理したつくり方をせざるをえなくなるのであろう。

それで、夫にはまことに幸いなことに、私の無関心はだいぶ長く続いたのであった。中世以来の金細工の伝統を持つフィレンツェに住んでいても、終戦後のアメリカ人の観光客目当てで、かつての繊細な技術は、アメリカ人好みの下品な派手さに追従していたから、ポンテ・ヴェッキオの両側に並ぶ店の前も、さっさと歩調も乱れずに往き来できたのであった。

歩調が乱れたのは、イスタンブールを訪れた時である。トプカピ宮殿の宝飾の展示を、通常の取材以上の熱心さで見て歩いたのがまずいけなかった。そして、その後で、グラン・バザールも取材したからなお悪い。宝石には無関心であった私が、ここではじめて、宝飾の素晴らしさに眼を見張る。

宝石という言葉は、私からすると石だけが主役のものを指し、反対に宝飾という言葉は、石とそれを取りまく周囲の細工が絶妙なハーモニーをつくっているものを指すつもりだが、もう一つ別の言い方をすれば、宝石とは、いざとなればお金に換えられるところから、身を飾るよりも財産保持が目的であり、反対に宝飾は、そんなことは関係なく、飾るのが目的となってくる、と、少なくとも、私は断定している。ほんとうを言えば、財産保持や投資が目的ならば、宝石のカットは進歩する一方なので、原石のまま持ち、それを銀行にでも預けておくべきなのだ。いざ売るとなると、細工の部分にはたいした値をつけてくれないからである。

一方、宝飾は、ただただ身を飾りたいの一心でつけるものだから、眺めるだけでも愉しい。もちろん、宝石を土台にしてつくるものなので、宝石にもそれなりの値がつくにはちがいないが、売る段になって高く値ぶみされない細工に凝《こ》るのだから、投資として考えるならば、これほど割に合わないものはない。割に合わないものにお金をかけるところが、気に入ったと言えば言えないわけでもないのだが。

なにしろ、イスタンブールの宝飾は素晴らしい。飾るという喜びを、これほどおおらかに歌いあげたものは、パリにもローマにも、そしてフィレンツェにもなかった。フランス的センスの良さということならば、少々問題はあるかもしれない。だが、下品ではない。こういう伝統はトルコのものではなく、トルコが滅ぼしたビザンチン帝国の遺産であったにちがいない。先日、山本七平先生にたずねたら、やはりそうだろう、と言っておられた。

細工に用いるのは、小粒のダイヤ、ルビー、サファイアに金である。銀はいくらかあるが、プラチナは、「ハレムの寵妃の指輪」という名で知られた、何段もの指輪を一つの指輪に仕上げたもの以外は、使われているのをあまり見かけなかった。日本人が、金よりもプラチナを好むのは、もうフィレンツェの宝石店では誰知らぬ者はない。だが、私個人の趣味では、断然金に軍配をあげる。プラチナは冷たい感じなのに、使いこんだ金のやわらかな光沢は、暖かい感じを与えるからである。

とこんな具合で、たちまち歩調の乱れた私に気づいたのか、同行していた夫が、一定の金額を示し、この範囲内なら買ってもよろしいと言うではないか。こういうチャンスはそうしばしば訪れるわけではなし、当然のことながら、早速それにとびついた。次の日から二日間続いた、グラン・バザール通いのはじまりである。

こうなるとおかしなもので、取材の時には迷ってばかりいた路が、あの入り組んだ迷路のようなイスタンブールのグラン・バザールの小路が、はっきりとわかるようになったのだ。迷うどころか、目指す店にちゃんと行き着くのだからおかしい。

しかも、私ときたら、取材よりもよほど真剣だった。なにしろ、示された金額を越えなければ、一つでもいくつ買ってもいいわけだからである。少しぐらい越えたってかまわないとは思ったが、限度をだいぶ下まわるようではしゃくにさわる。それで、路は迷わなくなったが、そちらのほうで迷いに迷ったのである。あれ一つにしようか、それとも、あれとあれと二つ、いや、あれも加えて三つ……。

商談に入る段になって、これがまた真剣勝負なのである。まず、お茶が出る。いわゆる紅茶だが、コップに入っている。それに砂糖をまぜ、フウフウ吹きながら飲み終った後で、英語、イタリア語ミックスの商談がはじまる。イタリア語というよりも、ヴェネツィア方言にずっと近く、ヴェネツィア史を執筆中の私は、その時だけ、歴史物語の取材をしている眼つきになったが、そのあとはすぐ、買いものに熱中する女の眼つきにもどって落ちついた、とは夫の証言であった。

多くの店を入念に〝調査〟した結果、私が腰を降ろした店は、グラン・バザールの目抜き通りからはほど遠い、迷路の奥の店だった。その店は、昔からのデザインの品を売るのを看板にしていたからである。

トプカピ宮殿で見た昔のスルタンの宝飾品を、そのまま複製してあるわけではもちろんない。よほど小型に、宝石もつつましいものを使い、しかし、細工だけは、繊細な華麗さを保っているつくりの品だった。

しかし、首飾りや腕輪はやめることにした。まず、どこにつけていけるのか考えざるをえないほど、華々しすぎたからである。指輪が、ちょうど良い感じがした。オリエントの気分を、それでも充分に伝えてくれる。しかも、形が自然に出来ている。真上から見た場合だけでなく、横から見ても、ちゃんと指に落ちつく。これでもかこれでもかというふうに盛りあがっているのとは、品格からしてちがうのだ。

まったく、老人の細工師が自分で作ったものを売っているだけのこの小さな店にある品は、許されれば全部買いたいくらいだった。ホテルにもどった私は、その夜、大きな銀盆の上に昼間見た指輪も腕輪も首飾りも山と盛り、それを一つ一つ取っては眺めている夢を見た。

翌日は、もう他の店には立ち寄らなかった。老人の店でお茶を二杯飲み終る頃、ようやく、私はつらい決断を下したのである。指輪を四つ選んで、卓上の黒ビロードの布の上にのせた。四つも買ってしまったのである。少しは財産になるものを買い与えようと思っていたらしい夫は、あきれて笑い出す始末。彼は、寵妃エメの話は知らないのだ。いや、知っていても、その気持はわからなかったにちがいない。

それにしても安かったので、フィレンツェにもどって、指輪を少し細くしてもらうために行った店で、宝石は本物だろうかと、おそるおそるたずねた。答えが良かったので、ほっとしている。もしも偽物だったりしたら、ハレムの寵妃のまねは無理でも、あまりにも悲しいではないか。ちなみに、四つのうちの一つは、「ハレムの寵妃の指輪」と呼ばれるものである。小粒のサファイアの指輪が三列に並んだ間に、これも小粒のダイヤを並べた指輪が二つはさまれた形だ。

もう一度イスタンブールに、かつてのコンスタンティノープルに行きたい。取材ということで行こうかしらん。いや、そうすると何か書かねばならない。いっそのこと書くか、『コンスタンティノープルの陥落』でも。

塩野七生（しおの・ななみ）　一九三七（昭和一二）年〜。歴史小説家。東京生まれ。古代ローマ史に取材した数多くの本を執筆して、イタリア文化への関心を高めた。イタリア共和国功労勲章を、イタリア大統領から授与されている。『チェーザレ・ボルジアあるいは優雅なる冷酷』で毎日出版文化賞、『海の都の物語』でサントリー学芸賞、『わが友マキアヴェッリ――フィレンツェ存亡』

で女流文学賞、『ローマ人の物語』（全一五巻）で書店新風賞を受賞。「宝石と宝飾」は『イタリア遺聞』（一九八二年、新潮社）に収録された。底本は同書を使用している。

天気

西脇順三郎

（覆《くつがへ》された宝石）のやうな朝
何人か戸口に誰かとささやく
それは神の生誕の日

西脇順三郎（にしわき・じゅんざぶろう）一八九四～一九八二（明治二七～昭和五七）年。詩人・英文学者。新潟生まれ。一九二二年にイギリスに留学、その五年後にアンソロジー『馥郁タル火夫ヨ』を刊行して、日本のシュールレアリスム詩の最初の足跡となった。詩論集に『超現実主義詩論』がある。『第三の神話』で読売文学賞を受賞。「天気」は『ambarvalia』（一九三三年、椎の木社）に収録された。底本は『増補西脇順三郎全集』第一巻（一九七一年、筑摩書房）を使用している。石に関連する他の作品に、「宝石の眠り」「宝石について」がある。

サハラへ――トルコ石〈十二月〉

木崎さと子

ラッシュ時というのに、どこかの駅で人身事故があった、とアナウンスが流れて、電車は大幅に遅れてホームに入ってきた。支線の乗り換え駅だから、降りる客も多く、それを待ち切れずに乗ろうと焦る客とが、狭い乗降口でひしめき合う。たまたま最前列にいた芙紗子は、背中を圧《お》されて車内にのめり込んだが、ハンドバッグが何かに引っかかって、左腕と身体が逆方向に引っ張られた。力任せにハンドバッグを引き寄せると、かなり抵抗があったが、無理やりに引き抜いた。

ほっと息をつき、ハンドバッグを右手に持ち替え、吊革につかまった左手になにげなく眼をあてて、びっくりした。薬指にさしていた指輪の石がなくなっている。青いトルコ石を囲んでいた金の台だけが、虚しく指に残っていた。

慌てて周囲を見回したが、立錐《りっすい》の余地もない電車のなかで、差し渡し一センチにも満たない小さな石が、仮に床に落ちていたところで、見つけようもない。

ネックレスの糸が切れるぐらいならともかく、指輪の石が落ちるなんて、聞いたこともないし、もちろん経験したこともない。石を支えていた金の爪が緩んでいたのだろうか。

これがトルコ石だからまあまあだが、ダイヤモンドのような高価な石だったら、どんなに恥ずかしくても、床を這いずりまわって探すしかないだろう。でも、そうしたって、見つかりっこないだろうし。

もっとも、そんな高価な石だったら、細工もきちんとして、万一にも爪が緩んだり折れたりはしないのだろう。いったい、どうしてトルコ石が落ちてしまったのか分からないが、細工が杜撰だったのだろうとしか思われない。石の小ささを補うかのように、金の爪が籠状になって盛り上がっていたが、華奢な細工だったから……でも家を出たときには、もちろん石はついていたのだから、改札口を通るときにでも、指をどこかにぶつけたのかしら。

十九の年から二十五年、大切にしてきた指輪だった。人に贈られたものではない、女子大生のしがないアルバイト料をはたいて、宝石店のバーゲンで買ったものだが、でも、思いは遠く遥かな土地と結びついて豪奢だった。遠く遥かなものを見つめている若者の瞳と結びついて、輝いていた。

ぼくはサハラに行くから、と靖は、芙紗子の顔も見ずに、裁判の言い渡しでもするかのように宣言した。

――サハラって、あのサハラ？　砂漠の？

芙紗子がおどろいて訊くと、そうさ、他にはない、と靖は決然として応えた。

砂漠に何をしに行く、とも訊かずに、私も行きたい、と芙紗子は口走った。

その応えを予期していたように、靖はゆっくりと芙紗子に視線を戻すと、

――だめだ。

短く断定した。

――なぜ。何がだめなの？

――女の来るところじゃないさ。

靖は、もうすでに砂漠に立っているかのような返事をした。

冗談じゃない、男の行けるところなら女だって行けるわ、と即座に切り返すべきだったのに、芙紗子はその機を逸した。一度乗り遅れてしまうと、気負い立っている男と躊躇《ためら》っている女という構図が出来てしまい、話は嚙み合わなくなった。それが、そのまま、出立する男と待つ女、という古風な構図にはまってしまったのは、あながち芙紗子のせいだけではない。サハラなどという空漠たる土地へ、しかも、放浪するのが目的などという青年について、一人娘が行ってしまうなど、冗談にも考えられない両親のせいもあった。

まったく冗談じゃないわよ、そんなバカなことのために、苦労してあなたを育てたというの。

母は相手にしなかったが、父のほうがかえって芙紗子の恋の行方を心配して、しかし、なあ、本気で芙紗子のことを想っていたら、とりあえずは日本で就職するだろうし、なあ、と呟いて、芙紗子の胸を痛ませた。まったく父の言う通りだ、と芙紗子も内心では思っていたからだ。

その内、帰ってくる、ってばさ。そのころには、芙紗ちゃんも大人になって、……な、それから結婚しようよ。

その一言で、芙紗子は納得しかかり、じゃ、約束に婚約指輪を買おう、と追討ちをかけられて、有頂天になった。まったく幼稚だったが、それでも、これから旅立とうという靖に負担をかけたくなくて、自分でお金を出した。本当は、かたちだけでも靖にお金を払ってもらい、その分、後から芙紗子がサハラ行きへのカンパ、とでもいう名目で渡すようにしたかったが、そんな格好づけは好まないのか、それとも靖は口ほどにも思っていなかったのか、宝石屋さんでバーゲンやってるから、という誘いをかけたのも芙紗子のほうだった。

眩しいほどに磨き上げられ、照らされたガラス棚の向こうから、中年の女店員が、真珠をお探しですか、と訊いた。バーゲンのなかでも真珠をとくに安くしているということもあったが、若いカップルだから婚約指輪と見当をつけたのだろう。結婚式にはめられるように、と真珠を婚約指輪に選ぶ人が多かったころだ。

——いいえ、トルコ石。

照れたように、芙紗子は言った。なぜか、ようやく二十になろうとしている若い娘に、トルコ石は生意気なような気がした。ダイヤやルビーやサファイヤのように、高価な宝石というわけではない。貴石という部類に入るのだ、と聞いたことがある。ただトルコ石の色が、成熟した女の膚にしか合わないような気がしたのだ。

——あ、十二月のお生まれね。

店員は心得たように言うと、じゃ、こちらに、と青い石の並ぶ一隅に二人を導いた。どうせなら値段の高いものを売りつけようというのか、店員が次々と棚から取り出す指輪は、どれも大きな石をこれみよがしにつけているが、芙紗子が選んだのは金の籠のような台に小さな石をはめた、なかでは安価なものだった。

高価なものは買えない、ということもあるが、大きな石には黒ずんだ斑が入っているのに、この石は純粋な青一色に輝いている……。

綺麗だな、と靖も感心したように手に取って、

——これが一番綺麗なのに、どうして安いんですか。小さいからかな。

店員に訊いた。

それもありますけど、と女店員は言い淀んでから、

——表面の加工の具合にもよります。トルコ石は、表面を加工しないと、ただ磨くだけじゃ、なかなか綺麗にはならないんで。

——ということは、何か塗ってあるっていうことですか？

靖がずけずけと訊くと、

——いえ、塗ってある、っていうのとは違うんですけど……。

言いにくそうな調子で、

——ですから、こういう斑の入っているもののほうが。

と大きな石をまた前に並べた。

——エメラルドなんかも亀裂が入っていれば天然のもの、っていうぐらいで。

じゃ偽物ってわけ？　と靖が言い出すのと、

——いいんです、これをください。

と芙紗子が言うのが同時だった。

はい、はい、と店員は慌てたように重ね返事をすると、

——偽物なんて、とんでもない。エメラルドは合成で科学的にはまったく同一のものが出来ますけど、トルコ石は、そんなこともないし、非常に高価というわけでもないから、みんな天然ですよ。

理屈っぽい講義口調になってから、急に優しい作り声で、芙紗子に向かい、

——これ、綺麗ですよね。お手の色に合いますよ。サイズは……。

ぴったり、と芙紗子は左手の薬指にはめてみせた。

——あ、やっぱり、御婚約ですか？　まあ、おめでとうございます。

店員の一言のほかには、誰から祝われようもない〝婚約〟だった。二人の口約束。そして、その夜の〝結婚〟……二人だけの。

その後二年ほどしてから、芙紗子は別の男と結婚した。サハラに行った靖から、何の便りもなかったからだ。それから二十一年、一人娘が成人し、家を出るのを見届けてから、離婚した。離婚して以来ずっとトルコ石の指輪をはめていたから、それを失ってしまったのは、淋しい。


新宿に着いて、どっと降りる人々に混じってホームにまろび出た。階段を降りて、地下道を歩き出したとき、背後から声をかけられた。

振り返ると、中年の男が立っていた。

——あの、失礼ですが、これ……。

男が差し出す手の指先に、青い小さな石が光っている。

——あら、まあ、どうして……？

魔法でも見るかのように、芙紗子は眼をみはり、トルコ石を受け取ることも忘れて、相手の指先を見つめた。

――痛かったですよ。

男はちょっと照れたように苦笑しながら、左手の甲を見せた。そこには猫に引っ掻かれでもしたかのようなミミズばれが、赤い線を描いていた。

あ、と芙紗子は声をあげた。ハンドバッグを持った手を、力まかせに引っ張った、あのときに……、

――私の指輪で引っ掻いたんでしょうか。

信じられないようなことだけど、という芙紗子の表情に、

――そのようですね。それで、おまけにぼくのコートのポケットに、この石がうまく落ちた、ということのようです。

まあ！　と芙紗子は呆然として、まだ石を受け取る手を差し出さずにいた。

――ぼくも、痛い、と思っただけで、何が起きたのか分からなかったんですが、あなたがびっくりしたような顔でご自分の指輪を見つめてらっしゃるのが人の背越しに見えて。それでも、ポケットにちょうどよく石が落ちていることに気がついたのは、今、階段を降りながらですよ。

男は微笑して、さ、とトルコ石を手渡した。中年の男にしては歯が皓《しろ》く、彫ったよ

うな鼻と頬の線が綺麗だった。

——すみません。そんな……お手に傷をつけてしまって、どうしましょうかしら。

芙紗子は当惑して、呟く。石が落ちた跡の爪が喰い込む格好で引っ掻いているのだから、相当に痛いだろう。でも、だからといって医者に行くほどではないし、仮にそうだとしても、大の男に付き添うわけにもいかず、どういうかたちで詫びたらいいのか。

——いや、こんなの、なんでもないですよ。

芙紗子を安心させるためだろう、男は手の甲をコートの脇にこすりつけるようにして、やはり痛かったのだろう、反射的に顔をしかめてしまってから、慌てて笑顔をつくった。

——ほんとになんでもないんです。

言いながら男は地下道を歩き始めた。芙紗子の勤め先と同じ方向だった。男は肩ごしに芙紗子を振り返ると、

——でも、よかったですね、石が床に落ちないで。偶然ぼくのポケットに落ちて。

ええ、おかげさまで、と芙紗子は応えながら、ますます当惑する。手の甲の傷にどう償いをしたらいいか見当もつかない。迷いが歩行の緩みになったのか、背後から来た通行人に勢いよくぶつかられて、芙紗子は顎のあたりを、男のコートの肩に押しつ

けられた。

すみません、と赤くなる芙紗子を振り返らずに、

——要するに人間が多すぎるんですよ。

ずんずんと進んでいく。それでも芙紗子がついていくので、

——こちらのほうにお勤めですか？

はい、Sビルに、と応えると、

——じゃ、隣りどうしだ。

——Tビルですか？

——そう。昼飯はお宅のビルの地下によく行きますよ。

——あら、どのお店に？

——和食で、「嶋」って店あるでしょう？　あそこのランチが割りとうまいんで。

——あら、それでしたら……。

と言いかけて、芙紗子は口を噤《つぐ》んだ。まさか、そこのランチをお詫びのしるしに、とも言えないし。男は敏感に察して、

——じゃ、あそこで一回昼飯をご馳走になりますか。引っ掻かれ代だ。

厭だわ、と芙紗子はまた赤くなって笑った。芙紗子が意識的に引っ掻いたみたいではないか。

芙紗子がランチを奢り、長田がお返しと称して一週間後に夕飯を奢り、奢られたから、とネクタイを贈り、……。

四、五回目に会った午後、

——あの、トルコ石ね……。

言いかけて、口籠もると、

——分かってますよ、昔の恋人にもらったんだ。

ずばりと言って、芙紗子の表情を読みとると、

——その人は今どうしているんですか。

と訊いた。

勘のいい、想像力のある男性だ、と芙紗子はいっそう惹かれて、気をもたせるような言い方をしたくなったが、

——サハラに行って、それっきり……。

正直に話した。

サハラ？　と長田も幾らか虚をつかれたような調子で訊き返したが、それ以上は踏み込まず、

——いいですね。サハラなんて、男の夢だな。

遠くを見る眼差しになった。あ、と芙紗子は、小さく声をあげる。

——どうしました？

長田が聞き咎めた。

いえ……、と言い淀んでから、芙紗子は、靖の眼を思い出したことを打ち明けた。

これだけ歳月が経っているのに、

——その眼つきで、ありありと。

ほお、と長田は芙紗子の顔を眺めてから、

——しかし、ぼくは、そんな男じゃありませんよ。女性と別れるのに、サハラに行くなんて嘘をつくような。

はっきりとした口調だった。

嘘？

……そう、嘘だったのかもしれない。靖は、別れる口実にあんなことを言い、芙紗子があまりまじめに取るので、半分は引けなくなり、半分は自分の欲望を充たすために、結婚などと言い出したのかもしれない。

——それでも、いいの。

芙紗子は、過去の自分に言い渡すように、きっぱりと、

——すくなくとも、あの石を買った夜は仕合わせだったし、しばらくは夢を見られ

たから。

——ということは、その後は夢を見られなかったのかな。

長田の口調は穏やかだったが、するどく追及してくる。

そうね、と芙紗子はうなずき、

——だから、今また夢を見かけているようだけれど、でも、もう……。

現在の自分に言い聞かせるために、きつい声を出してしまった。長田は再び敏感に察して、

——他人の手の甲は傷つけても、自分は傷つきたくない、というわけですか。

——いいえ、傷つくほどには夢を増長させないでいようと、要心しているの。

長田に妻子があることは、互いに言わず語らずの了解事項になっている。ただ、こうして芙紗子と頻繁に付き合うからには、夫婦の間がうまくいっていないのであろう、と察せられる。

他人の家庭を壊す気はなかった。しかし、長田が自ら望んで芙紗子を選ぶというのなら話は別……となりそうなところを、抑えている。

——要心しても、つまらない。

長田が言った。

——ほら。

男の勝手、と芙紗子が笑いそうになると、

——違う。そういう意味じゃない。自分のことです。自分の要心を、つまらないのかもしれない、と疑い出した。

——どういう要心？

——人生に対する……。こどもたちはもう大学生だ。妻は働いている。小さいながらに持ち家もある。ぼくが家を出ても、家族はそれぞれに生きていけるだろう。退職金は家族に渡す。

——退職金って、なぜ？　お仕事を辞めるの？

びっくりして芙紗子は訊く。

——あなたのためじゃないよ。念のため、言うけど。あなたに会うずっと前から、自分の人生これだけかな、って疑い続けてきた。

——だって……お仕事辞めて、何をするの？

——サハラに行く。

——悪ふざけはやめてよ。

芙紗子はすこし気をわるくして、声をつよめた。すると、長田は頬に微笑を刻んで、

——だめだな、君は。男が本気で望んでいることを見抜けないんだから、十九の年から成長してないんだ。

——だって、私を想ってくださるのなら……。

言いかけて、はっとなった。本気で芙紗子のことを想っていたら、日本で就職するだろうに、という父の言葉は、十九歳の娘に向けられたものだった。四十も過ぎて、まだ養ってくれる男を探していたのか、と父なら言うかもしれない。現在の芙紗子は、これから家庭をつくり、こどもを産もうとは思っていないのに。

——君のことは好きですよ。率直に言って。でも、放浪したい、という夢とは引き換えに出来ない。

芙紗子はつくづくと長田の顔を見つめる。本当に、この男は放浪したいらしい。靖は、女から女へと放浪するタイプだったのかもしれないが、長田は地面の上を足で流離《さまよ》いたいタイプなのだろうか。

——でも、どうして、サハラ？　他の土地だって、いいんでしょうに。

——うん……。しかし、これも運命だな。急にサハラに行きたくなった。

——変ねえ。

変だよ、と長田は応えると、

——砂漠って、やっぱり男が女から逃れるために行く場所なのかもしれない。

濃い眼差しで、長田は芙紗子を見た。

眩しさに耐えかねて、芙紗子は窓外に視線を向ける。

夕方の空が、一瞬トルコ石の色になった。傾いた太陽が茜色になる前の、稀な瞬間である。いや、空の色はそれほど青くはないのに、雲が夕陽を受けて微かな赤みを帯び、ビルの壁も黄ばんで見えるために、空の青がひときわ濃く映るのだろうか。

――先にサハラに行って。もしかしたら、私も後から行くかもしれない。

言いながら、芙紗子は卓上の勘定書きを取り上げた。

木崎さと子（きざき・さとこ）　一九三九（昭和一四）年〜。小説家。新京（現在の長春）生まれ。「裸足」で文學界新人賞を受賞してデビューした。「青桐」で芥川賞、『沈める寺』で芸術選奨新人賞を受賞。アメリカやフランスなど海外の生活体験が作品世界に反映している。またカトリックを受洗して、キリスト教のエッセイ集も少なくない。他方で児童書を執筆、『うみをわたったこぶた』や『ダーチャのいのり』などをまとめた。「サハラへ――トルコ石〈十二月〉」は『誕生石物語』（一九九九年、河出書房新社）に収録されている。
底本は同書を使用した。

ピアス

森　瑤子

その女の第一印象は、危うげで、はかなげで、どこか揺れ動いているような感じだった。よく見ると、それは耳飾りのせいであるということがわかった。

耳飾りは、直径七ミリほどの真珠のピアスであった。問題はその位置である。普通女たちがよくやるように耳朶《みみたぶ》の中心に穴をあけず、やや下よりにあけてある。そのための効果として、真珠玉がいまにも耳朶からこぼれ落ちそうに不安定に見えるのだった。それが、その女に独特の風情を及ぼしているのであった。

当然、話の糸口はそのあたりから始まった。

「微妙な位置に真珠が止まっていますね」

と仁科は話しかけた。

「気になります？」

女は二重構造の小さな窓から視線を仁科に移して、そう訊いた。窓の外は乳色に白濁しているところを見ると、機体が雲の中に入ったらしい。成田から香港に向う機内のビジネスクラスは、満席である。

「ええ、かなり気になりますね」

と仁科は答えた。

「今まで女性のピアスになど、ほとんど注意をしたことがなかったが。非常にいいですね」

もっと別の表現、別の言葉で誉めたかったが、ぴったりした言葉がタイミングよく思い浮ばないのを、仁科は内心舌打ちしたいくらいだった。

女の耳は透明感のある微妙な薄桃色であった。それに続く項《うなじ》に、一筋の長い巻き毛が絡みつくようなつかないような。女がそれを、マニキュアのしていない指先でそっとかき上げて髪の束の中にまぎれ込ませた。

「女の耳が特にお好きな場所なの?」

実にさりげなく、しかし、すくい上げるような訊き方で、女が質問した。

「もちろん違います。女性の躰で一番好きな場所は——」

「おっしゃらないでもよろしいわ」

女は仁科の語尾に言葉を重ねるようにして言い、顔を丸い窓の中へと背けた。白い真珠との対照に於いて、耳朶が血の色に充血して見えた。その色と、彼女のあの箇所の色とは、たった今、同じなのに違いないと、仁科は不意に思った。

「僕は痴漢ではないし、よく電話で妙なことを言う一種の変質者でもありませんが、そうお断りした上であえて言うと、僕のものは膨張して爆発しそうです」

自分でも意外なくらい冷静な声で仁科は言った。

「私のせい？」

切れ長の眼の隅で、女は斜めに仁科を見ると、口元に微笑を滲ませた。

「私のピアスが、あなたの劣情を刺激したの？」

熱い息が首筋にかかるほどの至近距離に唇を寄せて、女が囁いた。

「そうだとしたら？」

仁科の声も熱を帯びて少しうるんだ。

「責任をとれと？」

女の眼がキラリと光った。

「是非とも」

少し開きかけて濡れている女の唇の内側に視線をあてたまま、仁科は囁いた。

「いいわ」

と、女は吐息のような声で言った。

「二分したら、トイレのドアを四つノックして」

眴《めくばせ》のような一瞥を仁科に与えると、女は不意に香水の匂いを放ちながら立ち上がった。

二分が二十分にも感じられた。仁科は腰を上げると、ファーストクラスとの境目のカーテンをくぐって女の後を追った。

使用中のトイレはひとつだけだった。その扉を、彼は四つノックした。

やや間を置いて、キイが外れた。仁科はドアを引き、そのわずかな透き間から内部へ滑りこんだ。中はほとんど暗闇に近かった。後ろ手にドアを閉めてロックすると、同時に室内灯がついた。

後は無言だった。女がブラウスの前ボタンをはだけると、重たげな乳房が露出した。セミタイトのスカートのボタンは外さず、すそからくるくるとたくし上げられた。仁科はふたをした便器の上に両膝をそろえて坐ると、前を開いて、その上に女の腰を引き寄せた。女は彼にまたがるように立つと、ゆっくりと彼の上に腰を沈めて行った。

途中で隣のトイレに人の入る気配がした。二人はますます息を殺し、そのためにますます欲望をつのらせながら激しく揺れ続けた。今度は誰かが自分たちのドアをノックした。「OCCUPIED」のサインが出ているのにもかかわらずノックをしてくるのは、日本人にきまっている。仁科は爪先で強く二度ドアを蹴った。

女がクスクスと忍び声で笑った。笑いはすぐに激しいあえぎに変った。女のむきだしの両肢が大蛇なみの力で、仁科の腰をしめ上げたかと思うと、女は腹から上を弓なりに反り返して痙攣して果てた。仁科は女の白い喉に顔を埋めて声を押し殺すと、自らを解き放った。

「二分したら出て来て。それから二度と私に話しかけないで」

身繕いを手早くしながら、先刻とは違う声で女が言った。

鏡に向って化粧を直し、髪の乱れを整え終えると、女はもう一度だけ鏡の中で仁科と視線を合わせた。温か味のない締めだすような眼の色だった。

「せめて素敵だった、というくらいのことは言わせて欲しいな」

と仁科は穏やかに言った。

「別に大したことじゃないわ。お礼には及ばないわ」

女はドアの鍵に指をかけて言った。仁科は、掌を返したような女の態度を解し兼ねて、黙って肩をすくめた。女が鍵を外すと室内が暗くなり、続けて女はドアの外へと滑り出て消えた。仁科はドアを再び閉め、ロックをして灯をつけた。

手と顔をていねいに洗い、機内にそなえつけの男性用コロンの銘柄が、偶然普段つけているクリスチャン・ディオールの男性用オードトワレだったので、それを首筋と手首の内側にすりこんだ。誰かがドアをノックした。

たいして急ぎもせず、仁科はロックを外してトイレの外に出た。日本人の中年の女が入れかわりに、仁科を押しのけるようにして中に入った。

ビジネスクラスの自分の席に戻ると、さっきまで女が坐っていた所に、初老のビジネスマンがいる。番号を確かめようと上を見ると、その男が言った。

「あそこの女性が、替ってくれと言ったので席を替りました。満席なので、ご主人と別々の席に坐らされたそうなんですよ」

仁科はさりげなく、初老の男の示す方角を見た。先刻の女が白い横顔を見せて、機内誌を眺めている。横には口をあけて寝ほうけている猪首《いくび》の夫らしい男がいた。

仁科は最後に女の耳飾りになごりの一瞥を与えた。真珠はやっぱり耳朶から今にもこぼれ落ちそうだった。

女の耳朶は、もう微妙な薄桃色をしてはいなかった。


森瑤子（もり・ようこ）　一九四〇～九三（昭和一五～平成五）年。小説家・エッセイスト。静岡生まれ。「情事」ですばる文学賞を受賞してデビュー。恋愛小説を中心とする多作の作家で、代表作に『誘惑』『夜ごとの揺り籠、舟、あるいは戦場』『ミッドナイト・コール』『カフェ・オリエンタル』『ホテル・ストーリー』などがある。翻訳も行い、晩年はアレクサンドラ・リプリーの『スカーレット』を訳して、その取材に精力を注いでいる。「ピアス」は『カサノバのためいき　世にも短い物語』（一九八八年、朝日新聞社）に収録された。

底本は『森瑤子自選集』⑤（一九九三年、集英社）を使用している。

三つの指環

芥川龍之介

*

昔々、バグダッドのマホメット教のお寺の前に、一人の乞食が寝て居りました。丁度その時、説教がすんだので、人々はお寺からぞろぞろと出て来ましたが、誰一人としてこの乞食に、一銭もやる者はありませんでした。最後に一人の商人風の人が出て来ましたが、その乞食を見ると、ポケットから金を出してやりました。すると乞食は急に起き上つて、「難有う御座います、陛下、アラアはあなたをお守り下さるでせう。」と云ひました。しかしその商人は気にも止めずに行き過ぎようとしますので、乞食は云ひました。「陛下、お止り下さい。お話したい事があります。」すると商人風の人は振り返つて、「私は陛下ではない。」と云ひますと、乞食は「いや、今度の陛下は駱駝追ひになつたり、水汲みになつたりして、下情を御覧になるさうです。私は朝からかうして憐みを乞うて居りますが、誰一人として私にお金を恵んで下さいません。私は陛下にお礼として、一つの指環を差し上げたいと思ひます。この指環は、アラビヤの魔神《ヂン》の作つたものでして、若し誰か陛下を毒害しようとすると、この指環につてゐる、赤い石が青くなります。」と云つて、驚いて見てゐる商人風の人の手に指環をのせると、そのまま掻き消す様に見えなくなりました。

次の日の夕暮れ、バグダツドの一つの井戸は、町の女達の水汲みで一頻り賑つてゐました。その井戸の前で、前の日お寺の前で乞食に陛下と云はれた商人が、一人の娘と話してゐました。その女は大層身窄《みすぼ》らしいなりをしてゐましたが、非常に美しい、涼しい眼を持つた女でした。その時商人が娘に云ひますには、「私は随分長い間、毎日あなたとここで話して居りますが、いつでもあなたは、私の掛ける謎を即座に解いてしまひます。私はあなたの頭の良いのと、その上美しいのに感心しました。どうか私の妻になつて下さいませんか。」娘「私の良人となる人は、本当に私を愛してくれる人でなくてはなりません。顔が美しいとか、醜いとか云ふのみで妻にしたいと云ふ様な人には到底私は身を任す事は出来ません。」と云ひますと、商人は「それでは、私の家へ来て私と同じ生活をして、私が本当にあなたを愛してゐるかどうかを見て、そして私の心が分つたならどうか私の妻になつて下さい。その間私は、あなたを妹として取扱ふでせう。」と云ひます。娘「私は、あなたと長い間お話してゐますが、未だあなたのお名前もお所も存じません。」商人「私は、父の後を継いで位についた、この国の王アブタルである。」と云つて口笛を吹きますと、何処からともなく大勢の奴隷が、象牙で拵へた美しい輿を持つて来て、その娘を乗せて宮城へと帰つて行きました。

さて、娘が王宮に伴れて行かれた翌朝、王様はその娘と話をしようとして、娘の室に来ますと、驚いた事には、その娘の顔は一夜の中に腫物だらけとなつて、二目と見られない女となつてゐました。これを見た王様は、一瞬間これは厄介なものを背負つたと思ひましたが、その声、その態度、その頭の良さは前と決して変りはありませんので、王様は漸く安心しました。

或日、話のついでに王様は、「私は国を治めて、随分長くなるが、未だ信頼するに足る、大臣を得られないが、お前は誰か大臣にする様な人を知らないか。」と云はれました。すると娘は、「私が未だ落魄れて町に居りました時、ギラルリイと云ふ老人が市場に居りましたが、その老人をお用ゐになつては如何ですか。」と云ひました。そこで王様は家来をやつて、市場で壺造りをしてゐたギラルリイ老人を迎へにやりました。

翌日、大臣の就任式を済ませた王様は、非常に不愉快な様子をして、娘の処へ来て云ひますには、「あの老人は決して信頼するに足る人ではない。彼は私を毒殺しようとしてゐた。」娘は驚いてその理由を聞きますと、王様は「私の指環に嵌めてある石が青くなつたので、怪んで老人を調べると、毒薬を持つてゐました。」と云はれました。娘「あの老人はそんな恐ろしい人ではありません。きつと何か間違でせう。どうか老人をここへ呼んで下さい。私が尋ねてみませう。王様は、どうか次の室に居て、老人がどんな返答をするか聞いてゐて下さい。」そこで娘は老人にその毒薬について聞きますと、老人が云ひますには、「私が今日宮城へ来ます途中で、一人の乞食が私に、一つの鉄の指環を呉れました。その指環を嵌めてゐると、人の秘密は残らず分ると云ひましたが、私の長い経験から、何も人の秘密を知る必要はありませんから、その指環は嵌めずに、帯の間に入れて置きました。しかし私が思ひますに、何処の王様でも、王様は我儘者ですから、もしも私が恥しめられる様な事がありましたら毒を呑んで死んでしまはうと思つて、かうして毒を持つてゐるのです。」と云ふのを次の室で聞いてゐた王様は、自分の誤りから老人を疑つた事を深く詫びて、そこで食卓を共にする事となりました。その時着物を着換へに出て行つた娘が入つてくるのを見ると、驚いた事には、膏薬だらけだつた娘は、非常に美しい、以前の美しさにも比べられない美しさになつてゐました。驚いて見てゐた王様に娘は「王様、私は決して悪い病気にかかつたのではありません。私はあなたの心を試さうとして、顔に膏薬をはつてゐたのです。」と云ひながら、卓子《テエブル》の抽出しから一つの指環を出して、「私が未だ町に居りました時、一人の乞食からこの銀の指環を貰ひました。この指環を嵌めてゐると、如何なる男の心をも捉へる事が出来ると云ふのでしたが、私はさう云ふ手段による事は正しくないと悟りましたので、決してこの指環は嵌めませんでしたが、指環によらないで自分を本当に愛して下さる人を見付けたのは本当にうれしい事です。」と云ひました。王様は「三人共指環を貰つてゐるのに実際指にそれを嵌めたのは、私一人であつて、しかもそれによつて誤まらされたのは自分一人である。こんな指環は私には必要なものではない。」と云つて床に投げ付けると、その指環は割れて、内から焔が立つて、アラアがその焔の中から出て三人に祝福を与へて消えてしまひました。

そこで王様は、この娘を妃にし、又この老人を大臣として政治を行つてゐました。然るに晩年に至つて乱が起つて、王様は大臣と妃を伴れて、国を逃れてチフリス河のほとりに止り、そこで、自ら食を求めると云ふ様な境遇になりました。が、しかしそこには、どこか楽しい所がありました。

芥川龍之介（あくたがわ・りゅうのすけ）一八九二〜一九二七（明治二五〜昭和二）年。小説家。東京生まれ。大正期の新思潮派を代表する一人である。短篇小説が優れていて、「羅生門」「鼻」「芋粥」のような説話に題材を採った作品、「煙草と悪魔」「奉教人の死」「神神の微笑」などの切支丹もの、「舞踏会」「開化の殺人」「お富の貞操」のような開化ものなど、いくつかの系列に分かれる。「三つの指環」は『芥川龍之介全集』第一二巻（一九七八年、岩波書店）の、初期文章や未発表草稿を集めた「雑纂」に収録されている。底本は同書を使用した。

翡翠

室生犀星

一

　魏国の介弟、徐青君は、けふも庭へ出て翡翠の玉を翳《かざ》しながら、日の光を仰ぎみてゐた。その光が透明に日光をうつし得たときに、何かの喜びを迎へることができるし、その光に曇色あるときは、身辺に何かしら悲事がある。かれのさもしい心願は、まづ毎朝、蓮池のほとりでその緑玉をすかし見ることによつてほとんど一日の暮し向きが定められたのである。

　曇色ある朝は徐青君は何ごとも手につかぬ容子をしてゐた。さういふ曇ある日がつづいたため、かれは日に日に瘠せおとろへた。なぜかといへば、何かしら悲事が起りさうな気のするため、かれの心は安まるひまもなかつたからである。そのため平泉金谷に形どつた庭をも、いまは眺めるに物憂く徒らな茉莉花や芝蘭の匂ひをかぐだけであつた。

徐青君は或る日、離亭に居る眉生をたづねた。久しい間徐青君の来なかつたのを愁ひてゐた眉生は、美しいむき玉子のやうな手の甲を、徐青君の肩に置いた。

「お顔のいろがたいそう悪うございます。どうかなさいましてて?」

「わしは永い間心もちがわるい。おん身にもさう見えるか。」

徐青君は胸にさげてゐる翡翠の玉を弄《いぢ》くりながら、その美しい濡れたやうな緑玉に、窓からやはり癖になつてゐるらしい天日を仰ぎ見た。

「かうして毎日わしは日の光を見てゐるが、一日として晴れがましい光をみたことがない。毎日いくすぢかの曇りがかかつてゐるのは、天下に何か凶事があるにちがひないと思ふのだ。」

徐青君は、悒鬱な瘠せて尖りをみせてゐる顔に、なほ一そうの憂色をうかべた。

「ではわたくしにちよいと見させてくださいまし。」

眉生は緑色の翡翠の玉を手にとり、そして徐青君が、よくするやうに、日の光を覗き見た。そこにはどんよりと沼の上を見わたすやうな不思議な曇色が、かさなり合つて映つて見えた。――緑玉を眼から放した眉生は、これも憂はしげな色をすぐに顔色にうかべた。

「何といふ寂しい曇つた日のいろでございませう。わたくし、何年にもない寂しい光を見ました。」

「何かしら変化《かは》つたことがあるらしい。幾日経《た》つても曇つてゐるのはその前知らせだ。」

徐青君は、坐つたまま溜息をついた。そして静かに言つた。

「みんな人間がちりぢりになることがあるかも知れない。母も父も、そしてお前とも。……人は誰もこれを信じまいし、信じかねるところもあるのだ。だが人間はきまつて死ぬやうに、またちりぢりに別れることもあるだらう。」

「わたくしはそのときはどうしたらようございませうか。」

眉生は、美しい﨟たげな額に、悲しげな色をたたへた。

「わしと一しよに来てくれればよい。世はかはつても。」

眉生は、徐青君に感謝した。――かれらは蓮池のあるところに広がる空をみたとき、もう一度徐青君はその青い玉に、日光をすかしながめた。

「ああ、悪い曇りだ。」

さういふと、池心にゆらぐ一点の遅い白花を眺めた。気のせゐか、その雪花になほ参差たる曇色が窺ひ見られた。徐青君は、眉生と顔を見合せながら黙つて哀しさうに佇《た》ちつくしてゐた。

二

明の亡びた清の順治二年の秋、囚人獄の門前に、一人のやせ衰へた男が、逍《さまよ》うてゐた。破れた靴を引いたその男は、なほ一食をも取らないほど蹌踉として歩いてゐた。

「お前のやうな汚ないなりをしてゐては、獄屋にだつて使つてくれないかも知れない。」

長い煙管《きせる》を銜へながら、とある日南《ひなた》の壁ぎはに靠れてゐた男は、さういふと、外方を向いて嘲笑つた。――

「仕事があるならば教へて下され、わしにはどういふ辛気《しんき》な仕事でも厭ふやうなことはない……」

「では銭二百文の儲口を教へてやらう。それはな、罪人のかはり己れが肌身を打たれるのぢや、一撲《ひとう》ち二文ぢや、十撲たれれば二十文ぢや。百撲ちは二百文ぢや。どうせ犬のやうなお前の肌身を打つても銭を出すものはなからうゆゑ、この仕事は儲口ぢや。」

「では罪人の身代りに鞭打ちをされるのかな。」

「それも金のある罪人に限るのだ。文なしでは仕方がない。どうだ、その仕事を遣る気があるかの。」

身すぼらしい男はしばらく考へてゐたがはつきりと答へた。

「その仕事を遣りませう。まだ朝来一食を摂りませぬ。」

さういふ垢面になほ品のある凜々しさがあつた。

「ぢや拉《つ》れて行つてやらう。」

二人は連れ立つて、囚人獄へ行つた。その日にも鞭うたれるばかりになつた五人の罪人が、砂利の敷いた処刑場に、膝をそろへて坐つてゐた。下役は、竹の端割れのした棒をしなへ、棒算役は、墨筆を持つて用箋をのべて控へてゐた。

「棒代りの申出があるが希《のぞ》みのものがゐるか、百撲ち二百文ぢや。」

さう下役が罪人にいふと、眼の黒い瘠せた囚人が、その銭を支払うた。そして身すぼらしい男は、その身代りに打たれることになつた。あと四人の囚人は、楽々と鞭逃れした同囚が、不浄戸から帰つてゆくのを、羨ましげに見送つてゐた。

男は、鞭の下に坐つてゐた。その肌はやつれてゐたが、どこか高貴の人々によくみる品のある白蠟のやうな光をもつてゐた。

「よく応へるか。」

その鞭は卸された。鈍い棒読みの声が虻の唸るやうに起つた。……

それでも男はつツ伏さうとしながら、その白い肌を激しく波打たせてゐた。

「二百でございます。お約束申しあげたのは！」

男がさう言つたときには、既《も》う二百の数を越えてゐたばかりでなく、棒読みはもはや鞭算の筆を擱《お》いてゐた。

「いや足しぢや。」

「そりやなりませぬ。」

「なぜならぬ。」

「鞭打ちは君たちの決めたものではない。しかも囚人を偽るといふことは無法だ。」

その男は、怒つてさう言つたとき、上座にゐる林公といふ上役が、手をあげて下人を制した。そして静かに男の顔を見戍《みまも》つた。男も林公を見上げた。

「そなたは徐青君ではないか。よう似てゐるが。」

「由崧帝の御代の徐青君です。が、今はあなたがたのお声がかりを受けるには、あまりに零落《おちぶ》れて居ります。」

上役の林公は、立つて徐青君を扶《たす》け、そして別の離亭にさそうた。しかももと徐青君の庭園になつてゐたが、手入れせぬ樹木は蓬のやうにむだ枝を伸しながら、樹並みが乱れがちだつた。

「何といふ世の変化《かわ》りやうでございませう。あなたが囚人に身代るなどとは……。」

林公は、徐青君のかはりはてた姿を見つめた。そして、「唯一つあなたの望みどほりのものを私は差し呈《あ》げよう。」と言つた。徐青君は考へてゐたが、静かに手を伸しながら言つた。

「わしには眉生といふ女がありましたが、今は離れてどこにゐるかわかりません。わたしのいまの望みはその眉生でなくてなんでせう。」

林公はうなづいて、「では眉生を捜しおたづねさせるやうに致しませう。」と言つた。

徐青君は役所を出ると、街裏の汚ない自分の居間にかへつた。それでも静かに胸のところにある緑色の翡翠をとり出すと、やはり天日を仰ぎ見てゐた。天日は晴れてゐた。

三

その翌晩、徐青君は、街裏の汚ない垣を結《ゆは》へた小屋の中にゐた。燈の下に沈んでゐた徐青君の眼もとに、朗艶とした素足に短い靴を履いてゐる一人の女が佇んでゐた。夜目にも白い半顔が徐青君にはすぐ首肯《うなづ》かれた。それは美しい眉生であつた。

「眉生であつたか。」

徐青君は、懐しさうに手を伸した。その手に冷えた女の手がむすびついた。

「おなつかしうございます。」

かれらは、床上に坐ると、何から話してよいか分らずに、ただ微笑と哀意のこもつた沈黙とが、かはるがはるお互ひの胸をゆききすることを感じた。

「世はいつの間にか変つた。そしてお前に会へたことは喜ばしい。」

徐青君は、瞼のまはりに小皺の寄つた眉生をながめると、梢の裏に返り花を覗き見たやうな、或る清純を感じた。

「わたくしどのやうに捜してもあなたのところが分りませんでした。金陵に出てからも三年になります。」

徐青君は、ずつとむかしの夢を辿るやうに、胸から翡翠の玉をとり出した。

「この玉であのやうな曇りを見た毎日が、このごろ晴ればれしく見えるのだ。それゆゑわしはお前に会へるやうな気がしてゐた。見てごらん、そのやうに美しい日の光がはじめて映つてくるではないか。」

眉生は、その玉を手にとると、うすら日ではあつたが、寂落たる秋日を仰ぎ見た。しかも一点の曇りがなかつた。

「ああ、美しい。」

眉生は、夫の手に青い玉をかへし、幾度もさう呟いた。

「わしらは破れた垣根を結んで、そして行けばあのいやな曇色ある日の光をみることはなからう。わしには彼の広大な庭園など欲しくはない。」

徐青君はさういふと、「それにお前は不服はないだらうね。」と言つた。

「その玉に美しい影ばかりが映るやうに、それだけがわたくしの望みでございます。」

眉生はさういふと、徐青君の胸の上の、その緑色の翡翠に手を遣つた。かくて二人して見る日の光は永い間曇色を見なかつた。――かれらはかうして金陵の市に珍石草木を買つて渡世してゐた。――

室生犀星（むろう・さいせい）一八八九～一九六二（明治二二～昭和三七）年。詩人・小説家。石川生まれ。萩原朔太郎・山村暮鳥と、詩誌『卓上噴水』や『感情』を創刊して、大正時代を代表する抒情詩人として活躍した。その後は小説の形式にも手を広げていく。代表的な詩集に『抒情小曲集』、小説集に『性に目覚める頃』『杏っ子』『かげろふの日記遺文』などがある。「翡翠」は『女性改造』一九二三年一月号に発表された。底本は『室生犀星全集』第三巻（一九六六年、新潮社）を使用している。石に関連する他の作品に、「黄ろい蠟石」「石段の感情」「石垣」「石刷り」などがある。

ダイヤモンドのしらみ

村山槐多

私は理髪師をやつて居りました。

或る時私の店へ金色の洋服をつけた紳士がやつて来ました。

「もしもし理髪屋さん、私は王様のお使です、王様が『散髪』をなさるさうだから御店へおはさみとかみそりとを持つて来て下さい」と申しました。私はそこで身なりをとゝのへて、秘蔵のはさみとかみそりと上等のシヤボンを持つて出掛けました。

王様は美しい若い人で御殿のお庭に居られました、どこの王様か、何んでもスペインらしう御座いました。御あいさつ申上げて早速仕事にかゝりました。王様の髪の毛は実に豊な美しい毛でした。

頭のてつぺんの毛の間に一つダイヤモンドの様な輝やくものがくつゝいて居りました。

私はそれをとつて「陛下、陛下、これは何んで御座います」とうかがひますと王様は顔を赤らめて

「何それはしらみぢやらう」との仰せでした。それで私はそれをつぶさうとしましたがコチコチしてつぶれません。やつぱりダイヤモンドだらうと思つて、それをポケットに入れて置きました。

さて仕事がすんで店へかへつて来ると丁度そこへ銀座の玉賞堂の主人が散髪に参りました。

「さうさう、王様の頭にこんなしらみが居た」と私がポケットからさつきの光物を出して見せますと玉賞堂はたじたじとなつて「一つ二万円出しますからゆづつて下さい」と申しました。そして大忙ぎで小切手帳を出して一筆やるとその玉をつかんで宙を飛んで行つてしまひました。

それでそのしらみは手元にありません。

村山槐多（むらやま・かいた）　一八九六〜一九一九（明治二九〜大正八）年。美術家・詩人。神奈川生まれ。従兄が洋画家の山本鼎で、京都府立一中時代から、パリに留学していた山本の影響を受ける。洋画家の小杉未醒の家に寄宿して、日本美術院研究所で水彩画を学んだ。二科展や日本美術院展で、「庭園の少女」「カンナと少女」などが入選している。他方で詩や散文を執筆した。「ダイヤモンドのしらみ」は『槐多の歌へる』（一九二〇年、アルス）に収録されている。底本は『村山槐多全集』（一九六三年、彌生書房）を使用した。

指輪

吉田一穂

I

地平の末まで拡《ひろ》がつた畑地《はたぢ》と、数百頭の牝牛《めうし》とを持つた大地主がありました。夫妻の間《あひだ》には一人の美しいネリーと云《い》ふ娘まであつて、平和に楽しく暮してゐました。総《すべ》ての種蒔《たねま》きも終つた頃、地主は大勢の小作人や家僕《かぼく》を集めて、その労を犒《ねぎら》ふ傍《かたは》ら、毎年《まいねん》の吉例《きちれい》になつてゐるこの家《うち》の「指環祭り」を開く事になりました。それは代々地主の家《うち》に伝はる宝石入の金の指環を祭るので、この指環のある間は、家畜は肥え、穀物は実り、決して不幸が起らないと言ふ不思議な宝物《はうもつ》で、当日、美しく着飾つたネリーのお母様が、それを指に嵌《は》めて祝ふのでした。

　その日大勢の人達が集まつて来て、みな楽しい饗宴《きやうえん》の席につらなつて、一日の歓《くわん》を尽さうとしました。処《ところ》が平常から小作人達を虐《いぢめ》てゐた支配人の老夫婦があつて、この日も老僕は小作人達にぶつ〳〵小言を云つたり腹を立てたりして威張り散らしました。また妻の老婢《らうひ》は手伝ひに来た娘達を、嚙々《がみ〳〵》叱りつけたり悪口を云つたりして追ひ使ひました。併《しか》し地主夫妻や、気立ての優しいネリー等の心からの歓待《もてなし》に、来客はみな満足して御馳走になりました。

夜になつて、嬉しいお祝ひもすみ、一同が帰宅しかけた時、一人の若者が酔つた勢で、大声に唄を唄ひ乍《なが》ら出て来ると、老僕は謂《いはれ》もなく腹を立てて劇《はげし》く叱り飛ばしました。

「喧《やかまし》い！　このやくざ者奴《ものめ》。お蔭で倉の酒袋が干上つてしまつたわ」と云つたので、若者は、

「何を！　この吝嗇坊《けちんばう》、酒倉はお前の物かい」と口汚く云ひ返して出て行きました。

一方老婢は、散々《さん〴〵》娘達を追ひ使つた揚句《あげく》、

「この百姓女め！　こんなに食ひ散らかして、まあ一体誰にお皿を洗はせようてんだい」と怒鳴りつけました。すると「おや、お前さんは此家《ここ》の奥様かい。私は女中ぢやないんですよ。老耄婆《おいぼれ》さん」等と各々《おの〳〵》娘達までが悪口を云つて、さつさと帰つてしまつたので、老支配人夫婦は大変に腹を立ててしまひました。「指環祭り」が終つてからも二人は「百姓共は儂《わし》を吝嗇坊と言つた」「娘達は私を老耄婆《ばゝあ》と云つた」とお互にぶつ〳〵云ひながら、小作人達《こさくにんたち》を憎《にく》んでゐました。

　ある晴れた日でした。老僕《らうぼく》はいつもの様に農場を見廻りに出かけました。畑《はた》は一面に芽をふいて暖かさうに日が照り、目路《めぢ》の限り青く光つてゐました。彼はふと立ち止まつて、

「あゝこれが秋になれば莫大なお金になるんだ。然《しか》しみな主人の物になつてしまふからつまらない。家の主人は羨ましいな」と思はず独言《ひとりごと》しました。すると其処《そこ》へお婆さんがのこのこやつて来て、背後《うしろ》から夫を小突《こづ》き乍ら、

「まあ御覧よ。お家《うち》の池みたいに一杯、毎日乳を出して呉《く》れるあの肥《ふと》つた牝牛を。何んと沢山なお金になる事だらう。これ丈《だけ》でも年々自分達の物だつたらどんなに幸福《さいはひ》だらうね。あゝつまらない。あんな娘つ子にまで老耄婆なんぞ悪口されて」と不服さうに云ひました。

「真個《まつたく》だ。これがみな儂の物だつたら、百姓共に酒倉は誰の物だいなどと云はれまいに」と老夫婦は畑の中で愚痴を云ひ合ひました。

「これもみなあの幸福《さいはひ》になれる魔法の指環のお蔭ですよお爺さん。若《も》しあれさへ私達の物になつたら、屹度《きつと》幸福な暮しが出来ませうに」とお婆さんは、ふと悪い考へを起して夫に云ひました。老僕も「成《な》る程《ほど》」と思ひました。すると丁度側《ちやうどわき》で草を食つてゐた一匹の牝牛がモーと啼《な》いたので、二人は驚いてそのまゝ両方へ別れて行きました。

　その晩家僕《かぼく》部屋では、夜遅くまで何にか密々《ひそ〴〵》と老僕夫婦が話合つてゐました。

それから四五《しご》日《にち》経《た》つたある日の事でした。このいつも平和な農場は、戦《いくさ》の様な大騒動に変つてしまひました。それは大事な宝物の指環が、いつの間にか、地主の奥様の指から脱けて何処かへ失くなつてしまつた事です。

地主は真蒼《まつさを》になつて顫《ふる》へ上りました。その訳《わけ》です、指環があつたからこそ、代々家も栄えたので、それを失したと云ふ事は、大変な不幸を呼び起す様なものだからです。それで早速《さつそく》大勢の小作人や家僕を集めて、畑の隅々から邸《やしき》の床下までも残る隈《くま》なく、四方に手を配つて探させました。また一方、この事を役人に訴へて、色々と調査てもらつたが、盗んだ犯人はどうしても見附《みつ》かりませんでした。そのうち奥様は、非常に失くした指環の事を心配して病気になり、まもなく死んでしまひました。不幸はそればかりでなく、肥つてゐた牝牛が斃《たふ》れたり、嵐の為に果樹が傷ついたり折角《せつかく》蒔いた麦が野獣の為に踏み荒されたりして、怖《おそろ》しい不幸が嵐の様に襲うて来て、楽かつた農場の平和を破つてしまひました。それで流石《さすが》気丈夫《きぢやうぶ》だつた地主様も、最愛の妻を亡くしたり、続く不幸に身も心も弱り果てて、未《いま》だいとけない一人の可愛いネリーを残して、帰らぬ人となつてしまひました。

II

青くのびた麦畑の中で、ネリーは乳の一杯入つた重いバケツを下て、地平へ沈んでゆく赤い夕日を見ながら、続く不幸のうちに、慌しく死んで行つた両親の事などを思ひ出して、昵《じつ》と佇んでゐました。そしてふと自分の足元に目をやると、それは以前に穿いてゐた柔い飾靴《かざりぐつ》でなく、泥にまみれた重たげな木靴なので、ネリーは思はずホロリと涙を滾《こぼ》しました。両親が亡くなつてからは、老支配人夫婦の態度が、ガラリと変《か》つて、今まで地主の一人娘として何に一つ不自由なく育つて来たネリーを、まるで下婢《ひ》かなんぞの様に酷《ひど》く追ひ使ふのでした。もしもネリーが、云ひつかつた仕事を拒んだりしようものなら、直《ぢき》お婆さんは、頭つから怒鳴りつけて、

「フン何にがお嬢様だい。地主の娘だつたら指環がある筈だ」といつも罵るのでした。それでもネリーは、老夫婦の云ふ儘に、朝は早くから起きてストーヴを焚き、パンを焼いたり、お皿を洗つたりしてから、鵞《が》鳥《てう》を裏の池へ放してやり、それが終ると家僕達と一緒に畑《はた》へ出て耕したり、乳を絞つたりして、無理な手馴ない仕事をも我慢して、ネリーは従順に働いてゐました。

その日もネリーは、朝から働いたので、非常に腹《おなか》が空いてゐました。然し夕飯時が来ても、老夫婦丈は美味い料理を食たり、お酒を飲んだりして、ネリーにはたゞ一片のパンと一杯の水よりか与へませんでした。その上この老夫婦は、日増しにネリーを虐めて、一片のパンさへ碌々《ろくく》与へようともせず、果ては出て行けがしにするのでした。

あまりの事に見兼《みかね》た一人の家僕が、自分のパンを裂いて呉れたり、そつと牛乳を飲ませたりしてゐましたが、そのうちにこれも知れたので大変老僕に叱られました。こんな謂ですから、蔭ではネリーを可愛想に思つてゐても、今は全《まつた》く一切農場の権利が老夫婦の手にあるので、誰も正面から楯突《たてつ》く者がありませんでした。

ある日の事でした。裏の池であまり鵞鳥が声高く鳴くので駈けつけて見ると、老夫婦が二人で密《そ》つと池の中へ網をかけて魚を捕らうとしてゐるのでした。彼等はネリーを見ると、慌てた様子で網を隠し乍ら怖い〳〵顔をして、

「何故来たんだ、出て失《うせ》ろ」と酷く怒鳴りつけました。また或日は二人きりでせつせと池の水を掻い出してゐる事もありましたが、何故か老夫婦が、この事を他に知れるのを、非常に恐れてゐる様子でした。然しこの事がネリーに見つかつて以来老夫婦は大変ネリーを嫌つて、パンも与へねば、夜も家へ寝かしてくれようともしませんでした。でネリーは仕方なく、その夜から鵞鳥部屋の藁《わら》の上へ寝る事にしましたが、食物のないのには一番困りました。けれども平常から大事にしてやつた鵞鳥が、ネリーの眠つてゐる間に、毎朝そつと木靴の中へ、大きな卵を一つ宛《づつ》生んで置いて呉れるので、僅《わづか》にそれを飲んでは餓《うゑ》からのがれてゐました。

ネリーはいつもの様に虐られて、その夜も鵞鳥部屋の藁の上に寝ようとして、ふとこの頃の老夫婦の怪しい様子を思ひ出しました。

「屹度あのお池には何にか不思議なものが、あるに違ひない。もしかすると母様が失くした指環があるか知れないわ。真個《ほんと》にあの指環さへ手に入つたら……」と独言《ひとりごと》して、深い溜息とともにそのまゝ眠つてしまひました。

失なつた指環――何処にあるのでせう？　それは以前亡くなつた奥様がある夜静かに眠つてゐる間に、密つとあの意地悪い老婢が盗みとつたのです。然しあまり詮議《せんぎ》が厳しかつたので隠し切れずに夫と相談して「広くもない池の中ならまた手に入るだらう」と言ふので、一匹の魚《うを》を捕へ、その尾《しり》へ指環を嵌めてまた池へ放してやつたのです。やがて主人夫妻も死んでしまつたのですから、指環を取り出さうと思つて、毎日池へ網を張り、鈎《はり》をさげたが如何《どう》しても指環の魚が捕られません。終《しま》ひには池の水まで掻《か》い出したが、水は漫々《まんまん》と堪《たゝ》へられて、少しも減らうともせず、その甲斐がなかつたのであります。

翌朝ネリーはふと目を醒ますと、ほのかな黎明の光が白く軒の隙間を洩れてゐました。早く起ねばまた叱られるので、ネリーは急いで起上り、側《わき》の木靴を穿かうとすると足に触つたものがあります。それはいつも哀れなネリーのために生んでくれる鵞鳥の卵です。ネリーはニツコリと微笑んで、それを割つて飲まうとすると、不思議や、颯《さつ》と輝いて、中から美しい宝石入の指環が出て来ました。ネリーはあまりの嬉しさに飛び上つて喜びました。そして側の鵞鳥の首に抱きついて何遍も温い頬ずりをしてお礼を云ひました。それは前日鵞鳥が池の中で、指環の魚を鵜呑みにして、卵の中へ入れて生んだのです。ネリーはこの思ひがけない美しい奇蹟を抱いて、すぐ家を脱け出してお役人の処へ駈けてゆきました。そのとき、やうやく地平へ出かけた朝日が、青い青い麦畑の上一面に喜びと光に満ちて輝き渡りました。

吉田一穂（よしだ・いっすい）一八九八～一九七三（明治三一～昭和四八）年。詩人・童話作家。北海道生まれ。象徴主義の影響を受けて、最初の詩集『海の聖母』をまとめた他、散文詩集『故園の書』などを刊行した。童話集として『海の人形』『銀河の魚』『かしの木と小鳥』などをまとめている。「指輪」は「幸運の指輪」という題で、『海の人形』（一九二四年、金星堂児童部）に収録された。底本は『定本吉田一穂全集』Ⅲ（一九七九年、小澤書店）を使用している。石に関連する他の作品に、「ひすゐ　の　うを」「真珠」「石と魚」などがある。

4　ヨーロッパ——石畳と神殿と

舗石を敷いた道

須賀敦子

雨もよいの空の下、四角い小さな舗石を波の模様にびっしりと敷きつめた道が目のまえにつづいていた。花崗岩なのだろうか、道路にしては妙によそよそしいその白さが、理由のわからない違和感で私を締めつけている。ローマやナポリで見なれた舗石の、あの、ふだんはごく目立たない灰色なのに、雨に濡れると生きもののように黒く底光りする、やや不規則に組みあわされた舗石ではなく、整然と敷きつめられた白っぽい石の路面が、なぜか私をまごつかせ、がっかりさせている。

もの憂い六月の午後、本を読んでいて「舗石を敷いた道」ということばに出会ったとたん、白い舗石のイメージがどこからともなく湧き出て私のまえにひろがった。夏休みにイタリアに行くと決めたばかりだったので、それにつながってこんなちぐはぐな時間に道のことを思い出してしまったのか。でもどうして舗石が白いのか。イタリアの道路のイメージでないことは、はっきりしている。だが、どこで、どんな状況のもとにそれを見たのかもわからないまま、私の内部には、舗石をゆびさしながら、そばにいる若いひとにこんなことを言っている自分自身の声さえ記録されているようなのだ。こういった舗装の道、ヨーロッパみたいでなつかしいな。そして私の声は、こんなことまで言っている。でも、ヨーロッパのものとは、どこか違うんだけれど。

　いきなり部屋に飛びこんできた夏の夜の淡い蛾みたいに胸をよぎった白い石の道。それにしても、私が見なれたイタリアのものではない、あまりにも露骨なあの白さはいったいなんだったのか。だれにというのでもなく、私は口のなかでつぶやいてみた。ゆうべ、白い道路の夢を見ちゃった。

　だが、そう口にのぼせたとたん、はっきりと思った。やはり夢なんかじゃあない。でも、夢でないのだったら、舗石を敷いた道の風景など、このところ、東京の街なかであくせくばかりしている私の周囲になど存在していないはずだった。

　その日、白い舗石のイメージはずっと私についてまわった。信号を渡っていて、不意に白い舗石が脳裡にひらめく。でも、どこで見たのかは、思い出せない。車を運転していても、ぱっと舗石の波模様が目のまえにひろがる。それなのに、どこで見たのかを突きとめる方法が考えつけない。どうすればいいのか。せめて、あのとき私の説明を聞いていた、だれかわからない若い人が、名のり出てくれたら。とりとめもない私のあせりにもかかわらず、白っぽい道路のイメージは、執拗に私のなかで点滅をくりかえした。

何日か経って、忘れかけていたころ、友人から数枚の写真がとどいた。雨もよいの空の下の街角で、六、七人の若い仲間がふざけた様子で写っていて、そのなかに私も、たがのはずれた顔をして笑っている。なあんだと思った。笑っている私たちの足もとには、あの白っぽい舗石の路面が、律儀な細かすぎる波模様をくりかえしてひろがっていた。たった二週間まえ、六月の終りに、友人たちにさそわれて出かけた小旅行で、小樽まで行ってきたのを、せわしくすぎていく日々のなかで、あきれたことに、ぽっかり忘れていたのだった。

白い、規則ただしい舗石のひろがりがとつぜん脳裡にひらめいたとき、私がまごついたのは、まず、それをどこで見たのか思い出せなかったからだが、それだけではなかった。その外観が、おなじ「石で舗装された道路」でありながら、私が見なれたローマの路面とは、あまりにもかけはなれていたことに、おどろいたのだった。

日本に帰ってきてもう二十五年もすぎたというのに、そしていまでも、ほとんど二年に一回はあれこれと理由をつけて行っているのに、ぼんやりものを考えているようなときに、イタリアの街並が、たまらなくなつかしくなることがある。具体的に、あのあたりのあの道が、と特定の街路がなつかしいこともあり、また、雲をつかむようにただ漠然と、すべてがなつかしいこともある。そしてときには、クラゲみたいに街を漂っていた、じぶんの影みたいなものがなつかしいこともある。舗石を敷いた路面だけを思い出すこともむろんあって、暗い石の色や、石の表面に滲み出ている、まるでこちらに立ち向ってくるようなあらあらしい量感が、ふいに胸に迫るのだが、なによりも、あのうえを歩くときの靴底の感触が、たまらない。

ローマでも、ナポリでも、舗石を敷いた道があるのは旧都心で、それもほんの一部にしか残っていない。なつかしい、と書きはしても、じっさいは、とくに女の靴にとっては、かなり歩きにくいものでもある。私のイタリア暮らしの発端となった五〇年代の終りごろいっせいに流行った、細く尖ったヒールでそのうえを歩いて、先端が石と石の隙間に刺さったりして、あぶない思いをしたことだってあるし、いまでも、日本から行ってどういうものか三日ほど経つと、足の裏になにか傷でも隠れているみたいに、一歩あるくごとに、刺すような痛みが靴底に走る。にもかかわらずやはり舗石の道が恋しいのは、ああいった道が伝えてくる、しっかりとした抵抗感のせいではないだろうか。その証拠、というのもすこし変だけれど、路面に足が慣れて痛さを忘れるのとほぼおなじ時期に、私という人間ぜんたい、からだぜんたいが、ヨーロッパの国で生きるときの感覚をとりもどしている。それはまた、こちらから意志を表明しないことには、だれも自分の欲しいものを察してなんかくれない土地柄に向って立つ力のようなものであるかもしれない。もっとも、その裏側には、東京の満員電車でみんなどいっしょに藻のように揺れているのではなく、自分がはっきりしないことにはだれも助けてくれないのだという、あの個であることの心細さが、意識の底に、あの舗石の色とおなじどす黒さで澱んでいるのではあるけれど。

私の言っている、暗い色の小さな石のブロックをならべた式の舗装は、案外それほど古いものではなくて、ある時代、たぶん馬車が普及しはじめた近世の時代に、ヨーロッパの国々で用いられはじめたものと思われる。それが二十世紀の半ばすぎに、すこしずつ、都市の周辺から押しよせてきたアスファルトなどに場をゆずって、すがたを消していったのではないか。パリのラテン区の学生寮にいた五〇年代のはじめには、朝、石畳のうえをがらがらとワインを積んだ荷馬車が走る音で目ざめたこともあったし（もっともそれは宣伝用の荷馬車だったが）、それから数年後には、当時、評判が高かったイタリアの自転車競走の選手が、ベルギーのレースに参加したとき、この国にはパヴェ、舗石を敷きつめた道路がまだ多いから、選手にとって地獄です、とテレビのインタヴューにこたえているのを聞いたことがある。そのとき、私はもうミラノに住んでいたけれど、戦時に都心が全壊に近い状態に爆撃されたあの街では、どこを探しても舗石の道などは残っていなかった。また、とうぜんのことだが、舗石がよいことずくめであるはずはなくて、ヨーロッパの高齢者に足の病気をかこつ人が多いのも、たぶん、あの足をはねつけるような舗石と関連があるだろう。

午後の時間に本を読んでいて、とはじめに書いたけれど、それは大学での授業中のことで、詩はウェルギリウスの『アエネーイス』だった。その日、私たちがテキストに使っていたのは、ロバート・フィッツジェラルドのすばらしい英訳からの抜粋で、第一章で出会った「舗石を敷いた」は、cobbled という古びた英語だった。ラテン語の原文には strata viarum すなわち「舗装した道路」となっていた。石の舗装は、ウェルギリウスの時代にはもう常識だったはずだ。とはいっても、旧アッピア街道や、ポンペイやエルコラヌムの遺跡で見た道路から推すと、当時は、平ったい、自然石ともみえる、かなり大きな石が使われていて、サイズはばらばらだし、色も明るい。現在のローマで私が知っている、小さいブロックの舗石とはずいぶん印象のちがう、自由な感じのものだ。ついでに書いてしまうと、英訳にあった cobbled の cobble stone というのは、もともとは丸っこい石で、たとえばディケンズなどの小説に出てきそうなことばだ。ブロックの表面を平らに削ったものより原始的なのかもしれない。これを敷きつめた路面は、でこぼこが激しいから、足が痛いぐらいではすまないだろう。

いうまでもないが『アエネーイス』は、ウェルギリウスが初代ローマ皇帝アウグストゥスの意向をうけて書いたローマ建国の叙事詩で、燃えさかるトロイを脱出した英雄アエネアスが困難な旅を経て、イタリアの地に根をおろすまでの物語だ。ホメロスの『イリアッド』や『オデュッセイア』はもとより、その後のギリシア文学とまだ形式的な完成をみていなかったラテン語の叙事詩までをふくめて、『アエネーイス』は先人の引用で埋めつくされていて、紀元前一世紀の知的な叙事詩ともいわれる。それより七百年は古いホメロスの叙事詩にくらべると、時間的にも文明的な感性の点からも、「すべての本を読んでしまった」現代の文学的事情はここで始まったのだ、と思えて、感慨が深い。それともうひとつ、私にとっては、作者ウェルギリウスが、自分がながく暮らした北イタリアの出身であることから、心情的にも、風景としても、深くうなずける描写が隠し味みたいにそこここにちりばめられていて、『アエネーイス』には、とくべつな気持がある。

さて、神々に「あたらしい都市」の建設という大切な任務を負わされたアエネアスは、トロイから逃げる途中で、妻にはぐれ、老いた父親に死なれたうえ、イオニア海であらしに遭って難破したあげく、少数の生存者と名も知れない岸辺に流れつく。一行は深い森で一夜を明かすのだが、アエネアスは、朝がくるのを待つと、信頼するアカーテスだけを連れて土地の様子を探りに出かける（『ロビンソン・クルーソー』を書いたとき作者のデフォーは、きっとこのくだりを憶えていたにちがいない）。

道すがら、ふたりは美しい狩り装束の少女に出会う。だが少女とみえたのは、じつはアエネアスの母親で、女神のウェヌス（ヴィーナス）なのである。神々のしばしばいたずらっぽい変容の話は『オデュッセイア』でもよく出てくるが、ウェヌスは愛と美の女神だから、ウェルギリウスの描写は、一段となまめかしい。「透きとおるえりあしを薔薇いろにかがやかせ」た彼女は、そこがカルタゴ（テュロス）の地であることと、寡婦の女王ディドーが、目下、あたらしい都市を建設中であることを教えると、彼女の正体を見やぶってしまった息子に別れを告げて、飛び去る。そのあとでアエネアスとアカーテスが出発するのだが、その先をすこし訳してみる（ラテン語では一行に六音節だから、いかにウェルギリウスが簡潔で要を得ているか、いかに日本語が冗長か、こういうとき訳者は絶望する）。

やがて彼らが高台に着くと、眼下には街が広がり、正面に砦がそびえている。以前、小屋しかなかった場所にアエネアスは見た。建造物、門構え、舗石を敷いた喧噪の道路。テュロス人らは燃えて城壁を立ち上げ、砦を築き、両手で大石を押しあげる者。また、住居の土地を選び、境界を溝で囲う者もある。法が布かれ、行政官と神聖な元老院が選ばれこちらには港が開かれあちらには広い劇場の

基礎を築く者あり、将来、舞台を高く飾る
はずの巨大な円柱を崖から切り出す者もある。

このめざましい光景に接して、アエネアスは歓喜につつまれる。まるでこの外国の街が自分が建設するはずの「あたらしい都市」だと錯覚してしまったみたいに。じっさい、女神たちの策謀により、彼はやがて美しい女王ディドーを愛して、ジュピターをやきもきさせるのだが、私は、もし、このあたらしい都市の光景がなかったら、アエネアスがこの国に惹かれる理由は半減したのではないかとさえ思える。それほどウェルギリウスは力をこめて、この都市が造られ建設されていく過程を描いている（しかも、「住居の土地を選び」というのは、どうやら、市民の個人宅のことらしいのである）。都市の建設と題材が、これほどの具体性と愛情と感動をもって詩に書きとめられた例は、めずらしいのではないか。そして、建築好きのローマ人をこれほどよく表す箇所も他にはない。この数行に凝縮されているのは、あたらしい civitas ――やがてはローマと呼ばれるはずの――都市の建設の夢を追って漂流するアエネアスに作者が示す、かつてない栄光をになうはずの未来都市ローマの幻視、ヴィジョンにほかならない。もっとも、ユートピアを思わせるテュロスの都市は、まもなく、女王ディドーの自死という悲劇的な最期をむかえるのだけれど。

「舗石を敷いた道路」を抱く、詩のなかにだけ存在した、そしてそのために不滅のいのちを得た、偉大な都市のかたち。

詩の註文主であった皇帝アウグストゥスの治世を、この偉大な設計図をもって祝し、首長への礼を尽くすと、まるでほっとしたように、愉しげにはたらくテュロス人たちの比喩として、北イタリア「マントヴァの人」ウェルギリウスは、彼にとって大切な、父親の農場ですごした幼時の記憶を、詩行にしのびこませる。

彼らは、花咲きみだれる初夏の野の
陽に照らされ、小さな唸りをたてながら
労働して、幼いものを成熟にみちびき、
すべての小部屋を甘い蜜でみたし、
新参者の重荷をひきうけ、あるいは
密集する軍隊さながら懶惰な雄バチを
巣から追っては、タイムの香りたかい蜜を
造り、仕事に余念ないミツバチだ……
アエネアスは言った。いま、ここで都市の城壁を
築けるこの人たちの、なんと幸運なことか。

舗石を敷いた道路をつくること、城壁を立ち上げること、それらが「あたらしい都市」への第一歩であった時間から、なんと遠いところに私はいるのだろう。ウェルギリウスの叙事詩のキイワードは civitas（都市）と pietas（父祖への深い思い）の二つだといった文章を、以前なにかで読んだことがあるが、石が、しっかりと都市の概念につながっていた石の街並の思想に、たとえすべてが「やわらかいもの」に傾いていく現代であっても、私は深く惹きつけられる。石をじっと見つめてきたローマの街並には、じぶんを支えてくれるなにか、エッセンスのようなものがあるし、靴底を通してのぼってくる舗石の感触は、私に生きることの力みたいなものを教えてくれる。

アッピア旧街道を見に行こう。それだけの、なんともいいかげんな、計画ともいえないような計画をだれかが考えだして、にぎやかに出かけたことがある。四十年ちかくまえのことで、私はローマの女子学生寮にいた。言い出したのは、その春、ローマ大学に入ったばかりのリヴィアで、玄関でそろったのは、五人だった。ほとんどが地方から来ていた学生たちで、それに日本人の私だったから、みんな写真のアッピア街道は見たことがあっても、ほんものがどういうものか、だいいち、ローマ水道の廃墟がつらなっているあの景色のなかに、街道がうまく残っているのかどうかも、私たちは知らなかった。たぶん、『クオ・ヴァディス』の聖堂があるあたりまでバスで行けば、なにかあるにちがいないと、かなりあてずっぽうに、私たちは出かけた。治安のわるい現在だったら、無謀で危険でさえあるかもしれない遠足を、あのころの私たちはあっさりと遂行することができた。

正確にはどこでバスを降りたのか、運転手にでも教えてもらったのだろう、昼まえに私たちは、濃淡のピンクにアマンドの花がいちめんに咲きほこるローマの南東にあたる郊外の野原にいた。もとは畑だったのを、地主が耕作をあきらめてしまったのか、ちょっと群れを離れると、高く茂った草にすっぽり隠れて見えなくなってしまうほどだった。あまり遠くないところに、小学生だって描けてしまうぐらい、だれもが写真で見なれた水道が、つらなっては、また途切れていた。溝に阻まれたのだったか、網でもあったのか、その下までは行けなかったが、それでも私たちはじゅうぶん満足だった。

アッピア街道はすぐに見つかった。紀元前四世紀のはじめにナポリの近くまで、のちにブリンディシまで通された、いまも執政官街道と呼ばれるローマ時代の主要な街道のひとつで、現在は旧街道として、断片だけがあちこちに残っている。土木が好きなローマ人が私たちに残してくれた街道の思想。これにも石は深くかかわっている。街道をつくるとき、ローマ人は、まず溝を掘り、そこに小石や粘土を四段の層に重ねた、とだれかに聞いたことがある。それがほんとうなら、私の目のまえにあった、不規則なかたちのでこぼこの石をはめこんだ表面は、四番目の、いちばんうえの部分ということになるはずだった。まだ、イタリアの歴史についても、イタリア人についても、学校でならった、おざなりな知識しか持ちあわせてなかった私は、この紀元前の街道を見つけたときの、私にはケタはずれとしか思えなかった彼女たちの興奮を見て、おどろくばかりだった。なかでも、十七歳で大学入学資格試験に受かったばかりのリヴィアは、細い指先で舗石の表面をなんどもなんどもなぞりながら、呻くようにくりかえしていた。これが見たかったのよ、私は。アッピア街道に、私はずっとあこがれていたのよ。

ギリシアの植民地だった紀元前の表現がいまも方言に残っているというカラブリアの海岸地方の、古い地主の家にそだったリヴィアにとって、歴史は太古から途切れることなく流れつづける時間なのだった。そして、私はというと、彼女のよこで、にぶいけれど正直者のカタツムリみたいに、アンテナをいっぱいにのばし、彼女の思いに波長を合わせようとするのだが、日本で身につけた歴史感覚では気の遠くなるほどのながい時間が、測りきれなくて、ぼんやりしていた。

ミラノで暮らすようになって三年ほど経ったころのある夜、旅行の途中で寄ってくれた東京の青年と、街を歩いたことがある。私がもといた職場の友人から紹介されてきたその青年も、外国の文学を研究していて、彼にとっては初めてのヨーロッパ旅行だった。夕食につきあって、私たちは共通の友人たちの話をしながら、旧都心の細くて暗い街路を歩いていた。両側に七、八階の建物が並んでいて、照明は、一方の壁から反対側の壁に渡した鋼索に、原始的なカバーのついた電球がぶらさがっているといった、そんな道だった。話がとぎれた瞬間があって、そのあと、青年がかすれ声でささやくように言った。こんな、こんな石ばっかりの街で、あなたはよく生きていられますねえ。

目のまえに白くひろがる舗石の道路のイメージにまごついたときも、私はあのときいっしょに歩いた青年を思い出していた。よく、こんな石ばかりの街で……石なんて、あなたに言われるまで、意識してませんでした。私はすらすらと答えて、そのことにびっくりしていた。いま考えると、あのころすでに私は、舗石を敷いた道に、そして、石を粘土細工のように使って遊んでしまうあの国の人たちの思想に、とりかえしがつかないほど、深く侵蝕されていたにちがいない。

須賀敦子（すが・あつこ）　一九二九〜九八（昭和四〜平成一〇）年。イタリア文学者・エッセイスト。兵庫生まれ。イタリアで長く生活した。『ミラノ 霧の風景』で女流文学賞と講談社エッセイ賞を受賞した他、『コルシア書店の仲間たち』『ヴェネツィアの宿』『トリエステの坂道』『ユルスナールの靴』などをまとめている。翻訳では、ナタリア・ギンズブルグ『マンゾーニ家の人々』でピコ・デラ・ミランドラ賞を受賞。「舗石を敷いた道」は『時のかけらたち』（一九九八年、青土社）に収録された。底本は『須賀敦子全集』第三巻（二〇〇〇年、河出書房新社）を使用している。

美しい石の都プラハ

安部公房

プラハは美しい町である。石の芸術と呼ぶにふさわしい、ドラマチックな顔をもった町である。

ぼくが最初にここを訪れたのは、いまから一〇年ほど前（昭和三一年）のことだった。そのときの印象は、いまなお忘れがたい刻明さでもって、深く心に刻みつけられている。

五月のまだ肌寒い雨につつまれて、町全体が、異様な静けさのなかに沈みこんでいた。丘の上に、城があり、その周辺を、ひっそりと石の町々がとりまいていた。うねうねと、どこまでも迷路のようにつづく、石畳の道。ときおり視界が裂けると、高い石壁のあいだにそそり立つ、ゴシックの尖塔。

とっさにぼくは思っていたものである。そう、ここはカフカの町なのだ、ぼくはカフカの町にやって来たのだ、と……。

もっとも当時、カフカはまだ、この国では非公認の作家だった。しかし、そのまま現実の迷路を暗示しているような、ひたすら内部に向かって完結し、凝結したこの中世の古都は、まぎれもなくカフカの世界に通ずるものであり、ぼくはこの町に、いっそうの親近感をおぼえざるを得なかったのだ。ぼくは、カフカの謎を解く鍵をこの目でたしかめたように思い、こみ上げてくる感動をおさえることが出来なかったものである。そして、いずれカフカが再評価される日がくるにちがいあるまいと、ほとんど確信にちかい気持で考えていた。

それから一〇年たって、去年、ぼくは再びプラハをおとずれた。

ぼくの予見どおり、カフカはすでに公認の作家となり、専門のカフカ研究家に会うことも出来たし、またつい最近発見されたばかりだという、カフカの生家を訪ねる機会にさえめぐまれたものである。

もっとも、町の様子も、かなり変わっていた。大通りは、見違えるような活気をていし、車の数もはるかに多く、そうした時代の波におされてか、石畳の道が、アスファルトの舗装に変わっていたりした。また、丘の上の城も、世界各国からの観光客で、祭日さながらのにぎわいをみせ、一〇年前のあの静寂さなど、まるでうそのように思われた。

カフカがよみがえったかわりに、中世的な威圧感の錆は、きれいにこそげ落とされてしまったようであった。

しかし、この変化も、けっしてプラハの美しさをそこなったりはしていなかった。祭日さながらの雑踏も、カフカをして現実の迷路へと向かわせた、あの内面的な完成度を、いささかも傷つけたりはしていなかった。プラハの魅力は、そうした表面的な変化の影響をこうむるほど、ひ弱なものではなかったのである。

ぼくは、あらためてこの町の美しさと深さに、驚嘆せざるを得なかった。貝殻の化石の内側のような、迷路の町。たぶんここにこそ、ヨーロッパの真の歴史が、原型のままの姿で生きのびているのではあるまいか。

しかも、この町の住人は、けっして古風な人びとなどではないのである。中世的な完成と対決したカフカが、むしろもっとも新しい現代文学の旗手であったように、プラハの人びともまた、迷路の重さを越える、近代的な身軽さを身につけているのだ。小声で語る、そのつつましやかなユーモアのセンスは、ゴシックの城がなげかける重々しい影とは、およそ対照的な、せんさいで微妙な雰囲気にみちている。おそらく、完成の極にたっした迷路の構造が、逆に彼らの夢みる知恵をさずけたのではあるまいか。旅行者もまた、その夢想的な気分に、容易に感染させられてしまう。

ぼくの知るかぎり、これほど内省的な刺激にみちた町は、ほかにない。プラハの町自体が、いわば一つの芸術作品なのである。人間の魂の迷路に似せてつくった、石の芸術とでもいうべき、小宇宙なのである。

安部公房（あべ・こうぼう）一九二四～九三（大正一三～平成五）年。小説家・劇作家・演出家。東京生まれ。外国文学ではフランツ・カフカ、ジャン＝ポール・サルトル、ジュール・シュペルヴィエルから大きな影響を受けている。一九五六年と一九六四年に東欧を旅行した際に安部は、カフカの生家があるプラハを訪れた。「美しい石の都プラハ」は鈴木郁三編『世界文化シリーズ9　東ヨーロッパ』（一九六六年、世界文化社）に発表されている。底本は『安部公房全集』20（一九九九年、新潮社）を使用した。カフカに言及した他の作品に、「負けるが勝ち　カフカの生家を訪ねて」がある。↓三五二頁を参照。

シジフォスの石

一条徹

あっというまにプラハへなだれこんでしまう戦車の速度見つつ抗《あらが》う

くそっとつぶやいた闇にハンガリアの　死者口開らく声のない声

この路上いつも見なれてしかも未知。狸穴《まみあな》にまむかう修羅となりたり

雨をつきインタナショナル歌えども解放感に遠き夜を濡れてゆく

忿りあふれて未来は視えず頂上へ岩押すシジフォス撓う肉魂《かたまり》

強いられし路上に影をおとしゆく沈黙の夜《よる》　こころ早鐘

（註）シジフォスの石＝ギリシア神話。シジフォスは神々を軽んじたので生涯、休みなく岩を山頂にまで転がしていく刑罰を課された。

一条徹（いちじょう・とおる）一九〇三〜八二（明治三六〜昭和五七）年。歌人。東京生まれ。戦前はプロレタリア短歌運動に関わり、一九四二年に検挙され投獄されている。戦後は新日本歌人協会の歌人として活動した。「シジフォスの石」は、『新日本歌人』一九六八年一〇月号に発表されている。底本は『わが収容所列島の歌――一条徹作品集』（一九八四年、藤原春雄（一条徹）遺稿集刊行委員会）を使用した。

方々の石

草野心平

七年前、ヨーロッパからの帰りに香港へ寄った時、広州の大学の昔の同窓生や旧友たちに会った。その中の一人の許錫慶があとでこんなことを書いていた。

「……『海を見る』ということなら、海岸の食堂でソーダ水でも飲みながら、海風にでも吹かれていればいいとわたしは考えた。ところが、現場に着くと、草野は水着に着換えて『泳ぐのだ』といいながら、さっさと一人で水に入っていった。見ていると、たちまちに泳ぎはじめ、いつか見えなくなってしまった。

これにには一寸驚いた。わたしは、彼がどのぐらい泳げるのかも知らなかったし……。しかしその心配は、無駄であった。……だが、水からあがった彼は、そのまま砂浜で空を眺めたり、石ころや貝殻を拾って、一人で結構楽しそうにしていた。……ホテルへ彼を送ってゆくと部屋のなかのカバンは開けっ放しで、中身は目茶苦茶に乱れ、ただひとかたまりの〝石ころ〟と、わずかに旅行中の日用品だけ……」

そのひとかたまりの石ころはベルンやフィレンツェやアクロポリスやボンベイやアジャンタその他で拾ってきたものだった。そこへ香港島の辺鄙な海の石もまじった。（ソヴィエトや中央アジアで拾ったものはパリで泥棒が持ち去ったトランクのなかにはいっていた。）また十八年前の中国での旅ではゴビやジュンガリヤ、そしてまたウルムチなどの石を拾ってきた。

自分はどういうわけか加工された宝石類には全くといっていい程興味がない。もらいたいと思ったこともないし買いたいと思ったこともない。自分がひかれるのは、むしろそれらを含んでいる母岩である。

ずっと以前のことになるが、釜石の製鉄所に行ったとき、そこの所長から十三種類の鉄の母岩をもらったことがある。マラヤのもの三種類、インドのもの二種類、アメリカはネバダのもの、カナダはカッチノー等。鉄の母岩は褐鉄鉱やマンガンであり、同じマンガンでも鉄の含有量のパーセンテージで色合いがちがう。それらのなかで鉄の含有量が一番多いのはインドのオリッサの六五％で暗紫色とでもいいたい色をしている。ネバダの六〇％や釜石大橋産の五七％ものはダークブルー、岩手の田野畑の三五％ものは薄桃色が全体の主調になっている。

こうした母岩たちが地球の方々に眠っていること、そこを人間がかぎつけてあばき出し、レールやタンカーやカミソリなどをつくる、その人間と自然との関連が自分にとっては面白い。そんな理屈をぬきにしてもただ眺めるそのことだけでも自分には楽しい。この一文を書いてるまん前のテレビの上には青森産の瑪瑙の塊がのっかってるが、まるでミクロコスモスと向きあってるような気がしてならない。

　母岩などは地球の表面になどは滅多にころがってはいないだろうが、どこにでもあるちっちゃな、どんな駄石でも構わない、旅先で拾うのがいつの間にか自分のクセになってしまった。また外国へ行くという友人で、こっちの甘えを受け入れてくれそうな仁には「どんな石でもいいから、ちっちゃなのを」とたのみこむようになった。近来の旅は大体飛行機になったので手頃なのを、ではあんまり虫が好すぎるからだ。旅先ではみんな夫々忙しい。そんな多忙のなかで石ころのことを忘れないでくれただけでも自分にとってはありがたい。その自分のたのみを受け入れてくれた友人をあげると、最初は遠藤周作君がサマルカンドの石を持ってきてくれた。坂本徳松君がアレキサンドリヤの石、そして武田泰淳君がサハラの石、これは砂漠の花といっていいような、褐色の砂が花弁のように結晶した感じのものだった。

　團伊玖磨君は北京原人の骨のでた近くの石を持ってきてくれた。極く最近では「未来への遺産」をつくっている吉田直哉君がカイロから四百キロ、ナイル上流のルクソールの石をとどけてくれた。総てありがたいはなしである。

神はおれから遠ざかり。
近づいたのは石と天。

これは自分のある詩の一節だが、天や石に就いては相当数の詩を書いたことが想い出される。どうして石が自分に近づいたのか分らないが、自分の方が石に近づいたと言った方が妥当のようだ。私にはどうも地球創成期への郷愁みたいなものがあるらしく石もどうやらそれに続くものの一つとして自分には近い存在である。近い存在のためについ詩にも登場することになるのだが、詩だけではなく絵にも度々登場した。(いまはアジャンタの紫水晶を描きかけている。)

川端康成さんが亡くなった。その部屋の写真が朝日新聞に出ていたが、それを見たとき私はハッとした。その部屋の壁に自分が描いた石のパステル画がかかっていたからである。五年程前の自分の個展に出したのを川端さんが買ってくれたものだった。それは私にとって自分自身にすら解明できない異常なショックだった。

草野心平(くさの・しんぺい)一九〇三~八八(明治三六~昭和六三)年。詩人。福島生まれ。中国の広東嶺南大学(現・中山大学)への留学中に詩作を開始。代表的な詩集に、『第百階級』『蛙』『富士山』『日本沙漠』などがある。

宮沢賢治や高村光太郎に関心を抱き、『わが賢治』や『実説・智恵子抄』をまとめた。「方々の石」は『所々方々』(一九七五年、彌生書房)に収録された。底本は『草野心平全集』第一〇巻(一九八二年、筑摩書房)を使用している。石に関連する他の作品に、「龍安寺方丈の庭」「投石」「日本沙漠」「盲らと石仏」「巻貝の化石」「母岩」などがある。

神殿

小川国夫

ギリシア神殿とはどういうものか、私の感想を申しますと、風景全体を見極めて、その中で建物を引きたてるという計算のもとに築いてあるということです。モーパッサンはうまい言葉で表現していますけれども、〈その場所を占めることが出来るのはギリシア神殿のみ。またギリシア神殿を置くことが出来るのはその場所のみ〉ということを言っている。視界に入る全部の地形を見定めた上で、その地形の冠になるような地点に神殿をつくっているということですね。仮にそのギリシア神殿がなかったとして、その地形の中でどこにどういう形のものを建てるかということを、たとえば私のようなものに想定してみろと、そういう課題があった場合に、どうしてこの場所を思いつくことが出来たであろうというような見事さで……神殿はつくってあるのです。モーパッサンはその見事さについて、〈それが建てられなければならない唯一の地点を、天が天才に啓示した〉というふうに言っています。〈天が天才に啓示した〉と言ってしまえばそれまでですけれど、私は神殿自体の美しさということにも増して、神殿が全体の地形の中で、在るべき場所におさまっているということを感じながら、神殿と環境を眺めわたしながら、そこにいにしえのギリシアの宗教の性格があるんだと思ったんです。つまりギリシアの神秘主義は、キリスト教会がえてしてそうであるように、建物自体に神秘な魅力を感じるのではなくて、畢竟するに土地の問題である、地形の問題である、と思うんです。大自然のどこに神がおりてくるか、という地形の見極め方によって、ギリシアの神秘主義はうかがい知ることができるものだと思うんです。その意味で神殿は座標を示していると思うんです。

神殿につきものの建築物は劇場ですけれど、ギリシア劇場の特徴は、私の見るところでは、私だけでなくきっと万人がそう思うだろうと思いますが、やはり背景の取りいれ方です。観客のバックには山とか森があり、舞台の背景には、時には崖を美しい大理石で装ってあったりしますけれど、私を一番感心させたのは、オリンピアの劇場です。これはもちろんギリシア本土にあるんですが、オリンピアの場合、バックが全部空です。ご存じのように地中海沿岸の空は澄みきっている場合が多い。私どもは昼間の空の透明度に感嘆することが多いんですが、夜もまた透明なんで、夜は青が濃くなりまして、月や星が冴えかえる場合が多い。芝居をやるのは主に夜ですが、永遠の空をそのまま芝居のバックにとり入れることは、モーパッサン流にいえば、天才的な直観力ですが、もっと根本的に劇に対する考え方からきていることでしょう。神殿はそれ自体も美しいのです。しかし壮大な地形の中にそれを眺める時、さらに美しい。しかもその大きな地形の中に臍のような、中心のような位置を占めるようにつくっているという意味で私は感心するし、また劇場は、もちろん外から眺めてどうこういうより、中へ入った時、劇を見る人の一人に自分がなった時、そのうしろにどれほど効果的な……日本の庭つくりの言葉で言えば借景ですね、自然をとり入れて、宗教劇、神秘劇を演じて人を酔わせるように建てられているかということですね。見るまではそういうものであると私はわからなかったんです。見て……魅了されてしまった。それが今も私の体の中に残っているのです。

シシリー島にはこういうギリシア時代の神殿とか劇場がとても多いんです。アグリジェントというところに神殿群がありまして、名高いものですけれども、ほかにもセリヌンテというところに遺跡があり、セジェスタというところにも遺跡があります。私はアグリジェントとかセジェスタの神殿を見ました時、まだギリシアへ行く前でしたから、特に感動したんです。ギリシア時代に出来たギリシア神殿はここで初めて見たわけですから、特に感動して、神殿マニアのようになりまして、それからのちもあちこち見て歩くことになるんですが、そのおこりはシシリー島だったのです。

アグリジェントもまたギリシア文明の一中心でありました。そのことを私の心に入れてくれた本はロマン・ロランの《スピノザとエンペドクレスの閃光》でして、その本を読んだ時の感銘が今も忘れられません。エンペドクレスという人は古代の神秘主義者ですけれども、このアグリジェントに住んでいました。ギリシア神話の中に出て来ますし、中近東にまで広がっていたオルフェウスとかオシリスの信仰の最高の神官であったということです。エンペドクレスという人は、今は滅びたそういう神秘的な宗教の霊感をしょっちゅう受けていた人物であったのでしょう。よく知られていることですが、この人は、先ほど申しましたエトナ山に登ってその火口に身を投げて死んでしまいます。私どものように、何か人生にごたごたがある、というような世話にくだけた理由があるわけではなくて、自分は宇宙にみなぎる霊と合一してしまうのだと……オルフェウスですね、空気の中にかよっているオルフェウスの精神といっしょになってしまうんだ、という哲学的な理由からエトナの火口に身を投げてしまったのだそうです。

日本でも昔、藤村操という人が〈人生は不可解だ〉という遺書を残して死んでいますけれど、自殺の新しいタイプということで、死の具体的な理由がわからなかった。神秘的な感じを彼の死を思うものは抱いたであろうと思いますが、エンペドクレスは藤村操の大先輩という感じを私なんか持ってしまうんです。エンペドクレス……そういう神秘的な人物が住んでいた町がアグリジェントです。

アグリジェントは山の上に建てられた小さな町ですけれども、そのふもとに神殿群があります。四基ほど神殿がありますけれど、最も完全に残っているのはコンコルドという神殿でありまして、四十本ぐらいの柱が見事に残っています。ギリシア神殿の屋根は木だったと言いますから、その木の部分はとけてしまっていますけれど、石でつくった欄間の部分はほとんど完全に残っています。それから、ゆうにアテネのアクロポリスに匹敵する神殿もあり、ゼウスの神殿というんですが、これはこわれてしまっています。他にもヘラクレスの神殿、ジュノンの神殿……。かつて広大な神域であったことを偲ばせます。コンコルドの神殿は少し小さいのですが、これはのちにキリスト教の教会に使ったということもありまして、完璧に保存されているのです。

ただ、アテネの神殿とはちがいまして、白い大理石ではなくて、黄色く赤っぽい、何と言うんでしょうか、砂岩というんですか割合いにもろい石で出来ています。私はかつてこの神殿のことを書きまして、〈いっとき、大地の一部をわかちとって神殿の形を与えたものに過ぎない。やがてそれは永遠の大地に還って行ってしまう〉そういう感想を持ったと書きましたけれども、こまかな事情を申しますと、このアグリジェントの神殿群というのは本当に土の感じがするのです。せいぜい素焼き程度の柔らかな神殿群が同じ質の大地から浮びあがったとでもいうべきでしょう。

この神殿には、アテネのように観光客が行き来しているということは、私の行った時にはございませんでした。今もきっと観光客はあまり行かないでしょうけれど、荒れはてた砂漠のような土地に、とりのこされた感じに神殿が点々とあるわけです。ですから、シシリー島ではいつもそうでしたが、私は発見の喜びを分かち持ったような気がしました。自分を誘導する説明とか雑音のようなものはない。ただひたすら全身を目にして見ればいいんだ、という気持ですね。アテネなどですと、観光客が多く、まわりにさまざまのファッションが目につきますし、自動車の音もする。写真屋なんかもいます。現代がとり巻いていて、神殿は見世物になっているという感じがどうしてもあります。へたをすれば、そこには現代があるだけです。しかしシシリー島では、セジェスタでもアグリジェントでも、自分は神殿に取り囲まれる。古代そのものとはいえないにしても、時代を越えた時間の流れの中に身をひたすことができるんですね。

アグリジェントに古代の神殿群が残っているといって、それを手懸りに古代を再現しようとしても、何程のこともできないでしょう。しかし遺跡にはそれ以上の力があります。それを一口にいうなら想像力を開くことです。今まで自分の中にあった多くの拠りどころのないイメージや、知識だけの知識が、息をし始めるというか、立ちあがってくる感じです。この神殿の近所には有名な硫黄の鉱山がありまして、シシリー島は全体が火山の島ですが、硫黄の噴き出しているような場所にあるということもあって、ここの神々のイメージはそれ自体奇怪であったんじゃないかという想像がしきりと湧きました。私どもはギリシア建築は均斉がいいということで、宗教の内容までそういうふうに思いがちですが、そうばかりもいえない。神殿がなにか残酷な威圧的な顔を示すこともあるし、そこから呻きが聞えるように思えることもある。また神話にも、不気味な、得体のしれないものがあるのではないでしょうか。

しかし、直接の印象がそこまで行ったというのは、観光客がいないということもあるし、全然演出していないということもあったわけで、時間の大海の中に岩礁のように古代が見えているといったらいいでしょうか。

この神殿についてはゲーテも、今申しましたモーパッサンも書いていますし、アンドレ・ジードも《背徳者》の中に書いていますけれども、印象深い神殿群で、私もまたささやかな感想を自分の作品の中に書きとめましたので、あんまりしゃべりますといっしょくたになってしまいますから、このぐらいにしておきます。

アグリジェントではエピソードがありました。ゼウスの神殿でオートバイの鍵をなくしてしまいました。もちろんロックしたままなので車は動かず、三、四時間神殿の中をねずみのように歩きまわって探さなければならなかったという苦い思い出があります。もうひとつのエピソードは、そこにフランス人の考古学者が夫妻で来ていまして、どの神殿であったか、アルキメデスに関係のある深い井戸があるんですが、そこをのぞいている時、高価な眼鏡を中へ落してしまったのです。私は同情したのですが、井戸の中はどれほど深いのか、真暗でどうしようもないと思いました。その夫婦もその井戸の横に坐りこんで非嘆にくれていました。

私は車の鍵を見付けまして、アグリジェントの町へ、かなり離れていますけれど、帰ったんですが、通りがかりの青年を見付けて、井戸の中へ眼鏡を落した人がいるけれど、拾ってやる方法はないものかと言ったら、よし、ということで小型自動車にはしごを乗せて長い綱を持って彼は神殿へ出かけたんです。私もおもしろかったのでそこへ引き返してみますと、はしごを井戸の枠にかけ渡し、綱をたらしてその青年が中へ入って行ったのです。私は上で様子をうかがっていたんですが、しばらくしたら、眼鏡があった、と中から声がしました。しかしのぼれなくなってしまった、と……。かなり深いところに綱をつたわって入って行ったものですから、手の皮がむけてしまって、もう綱をつかむことが出来ないということだったのです。だから私がもう一人入りまして、彼を励したんです。フランス人の考古学者は私たちに感謝し、いい雰囲気でした。それにしても、その時広大な神殿群にいたのは、この四人だけだったんです。

アグリジェントから私はシシリー島の中心部のほうへ車で入ってゆき、ちょっと大げさにいえば乾あがりそうな思いをいたしました。さらに北の海岸を走り、先ほど触れましたセジェスタのことなど、他にも話はあるのですが、長くなりますので、このへんで中断いたします。シシリー島から抜け出す時には、入る時よりもみすぼらしいかっこうで、島の玄関であるメッシーナというところにもう一度、一周して戻って来た時、ちょうど手持ちのイタリアの金がなくなりました。フランスの金を少し持っていましたので、マネーチェンジしようとしたんですが、自分の恰好があまり汚いので銀行に入るのをためらって、建物のまわりをうろうろしていたのを覚えています。入って行って銀行の事務員に、まことに汚くて申しわけないとあやまりましたら、札《さつ》を見せてみろというので、札を出しましたら、札はそんなに汚くなかったので、換えてくれました。

小川国夫（おがわ・くにお）一九二七〜二〇〇八（昭和二〜平成二〇）年。小説家。静岡生まれ。フランスに留学した頃のヨーロッパ放浪体験を反映させた『アポロンの島』や、『試みの岸』が代表作である。『逸民』で川端康成文学賞、『悲しみの港』で伊藤整文学賞、『ハシッシ・ギャング』で読売文学賞を受賞している。「神殿」は『葦の言葉』（一九七八年、筑摩書房）に収録された。底本は『小川国夫全集』第一三巻（一九九五年、小沢書店）を使用している。石に関連する他の作品に、「パルテノン神殿」「石の夢」「砂丘」「石彫家——杉村孝」「勾玉」などがある。

5　石が生んだ文化を訪ねる

石仏の里　国東

遠藤周作

国東《くにさき》をいつかは訪れようと思っていた。国東を故郷とする一人の実在人物のことを書くつもりだったからである。

その男の名は岐部という。今日でも国東半島の北端にこの名を持った漁村があるが彼の一族は四百年ほど前、そこの豪族だった。彼の父は大友宗麟に属し、その影響をうけて熱心な切支丹になったが、彼もまた島原有馬の神学校《セミナリオ》に入学して生涯を信仰に生きようとした。

切支丹の国外追放が開始された時、彼――ペドロ岐部はマカオに逃れ、そのマカオから印度のゴアに渡り、更にそこから単身、陸路を通ってエルサレムに赴いている。日本人としては初めてエルサレムを見た男である。

エルサレムから更にローマに赴いた彼はここでグレゴリオ大学に入学し、その後、スペイン、ポルトガルで勉強した。四百年前の数少ない日本人留学生の一人となったのである。

　だがこの男はその帰国の途中、当時、シャムにいた山田長政に会い、小野田少尉のかくれていたルバング島から日本に戻ったあと、東北に潜伏して遂に摑まり、苛酷な拷問を受けても屈せず、遂に江戸で死ぬという数奇な生涯を送っている。

　人にはあまり知られていない彼のことを調べているうち、私は一度はその出身地である国東の岐部をたずねてみようという気になった。だから私にとっての国東とは、人々がよく言う、ひなびた寺とその寺に長い間、人知れず埋もれていた平安後期の仏像や石仏の里ではなかったのである。

　その旅の日を決めた折も折、石仏の里としての国東を見る気はないかという話があった。もし、そういうチャンスを使わなければ私は岐部の村と、その付近だけを見て、東京に戻ったにちがいない。

　だが正直言って私は国東の仏教についてまったくと言って良いほど知識がない。平生、ある地方に旅をする時はかなり丹念にその土地のなかで自分の心にひっかかる人間について準備してから現地に赴く私だが、今度の旅はまったく無知の頭で歩きまわったことをお断りしておきたい。


　飛行機のなかで国東という名はどうして生れたか、ふしぎに思った。国の先端という意味か、国のはじまりという意味か、その点が曖昧である。鞄に入れた本で見ると景行天皇が周防の佐婆（山口県防府）の港から船で豊国に来られた時、この半島をはじめて眼にされ、「これが豊国の先か」と言われたのが「くにさき」の名のはじまりだと言う。

地図をひろげると、蓮根のような形をしたこの小さな半島に、おびただしい寺や神社がある。国東はほとんどが山で海岸線に僅かに小さな平地が点在するだけだが、寺や神社はこれら平地ではなく山に集まっているのだ。そこから推定するとこの寺は修験者の聖地であった気がするが、なぜ、ここが彼らにとって聖地になったのか、私はまず、それを探りたい気がした。

そんなことをぼんやり考えながら中野幡能氏の『古代国東文化の謎』（新人物往来社）をひろい読みした。この本が和歌森太郎教授の編纂した『くにさき』（吉川弘文館）と共に私には国東を知る上ですぐれた参考書になったのである。

四国の佐田岬をすぎて、うつら、うつらとしていたら、飛行機は間もなく白浜と穏やかな海をかすめ大分空港に近づいた。空港は既に国東半島のなかに作られているのである。

飛行場にはW君が迎えにきてくれていた。全身これエネルギーのかたまりというような好青年で、私は彼を見た瞬間、これはえらいことになるぞ、という漠とした恐怖感に捉えられた。国東のどの寺に連れていかれるのか、まだわからないが、それらの寺がもし修験者の信仰の対象ならば、きっと難行苦行して登らねばならぬ山の頂きにあるにちがいない。老いた私はそんな山に登ると考えただけで億劫になるが、全身エネルギーのかたまりのようなW君は私が逃亡、遁走してもきっとつかまえ、尻を叩いても、その山に登らせるにちがいないと思ったからである。（この不安は果せるかな、後刻、的中した。）

だが、にこやかに、礼儀正しく彼は私を用意したタクシーに押しこんだ。話をきくと彼は二日前から当地に滞在し、カメラの先生と仕事をつづけ、閻魔大王があわれな亡者を待つように私を待っていたと言う。

「今から」と彼はおごそかに言った。「次の寺を廻って頂きます。まず国東半島の中心にある両子《ふたご》山の両子寺《ふたごじ》。それから財前墓地でこの土地特有の国東塔を見て田染《たしぶ》の磨崖仏を拝観。それから富貴寺と真木大堂とを訪れ、間戸の岩屋の朝日観音、夕日観音を遠望して胎蔵寺とその石仏に参ります」

「ひゃア、そんなに、たくさん廻るのですか」

「なに、たいしたことはありません」

私は観念した。こうなったら眼を皿のようにして見てやろうと思ったのである。

W君が選んだ寺はいずれも六郷山（国東には六つの郷があり、その六郷の山々全体を称して六郷山と呼ぶ）の中心か中心部に近い。この山には先にも書いたようにあまたの寺、あまたの塔、あまたの仏や石仏が散在しているが、寺の名はほとんど土地の名をかぶせて名づけられ、それぞれ土地の住民が自分たちの寺を守ってきたのだ。住民とその寺とはそれぞれ精神共同体を作っていたのである。

空が晴れていて暖い。もう桜は散ったが、蓮華の花ざかりである。飛行場を出たタクシーは掛樋、油の木という村をすぎて谷戸の道を両子寺に向う。注意していると沿道の左右に庚申塔や地蔵があちこちにおかれている。そして国東の中心になる両子山が遠くに見える。半島で一番たかい（七二一メートル）山だ。

やがて両子寺の参道に入ると渓流がきよらかで、新緑の樹々が風に光っている。それは寺というよりは神社の雰囲気である。そして半島で一番大きな仁王像が両側に立っていたが、像高二メートル四五。一八一四年（文化十一年）の造立ということだ。仁王といえば国東の寺々にはこの仁王を参道の入口においたものが多い。この寺は古くから聖天信仰があって私たちは見ることができなかったが二つの人身象頭が相抱擁している秘仏があるのである。そのためかこの寺は子授け観音の霊場として古来、多くの母親の信仰場所となってきたという。だがなぜこの寺は母親の信仰の場所となったのか。

新緑の美しい寺を歩いていると神社がそのなかに立っていた。これも国東半島の寺の特色である。元来国東の寺々は宇佐の宇佐八幡宮との関係を無視して見ることはできないからだ。宇佐八幡宮が官社になる前から八幡宮の勢力はこの地に拡がっていた。そのため、八幡信仰と仏教礼拝が時代と共にこの半島では共存もしくは調和してきたのである。

前記の中野博士の説によると国東の仏教は一種独特のもので「にんもん」という特別な仏神礼拝を基底にしていると言う。にんもんは仁聞とも人聞とも書き、柳田国男先生の説によると母子神信仰のミコ神である。宇佐八幡宮は宇佐一族によって受け継がれたが、宇佐氏の祖先は、天照大神の三人の姫神のお供をして天くだったという言い伝えがあり、そのヒメ神信仰が母子神信仰になったのであろう。そういう意味でこの両子山にも子授け観音が生れたとも考えられぬことはない。

だからこの両子寺をふくめて国東の寺に行くと理解に苦しむことが多い。一体、国東は何を信仰しているのかわからなくなるからである。神仏が混合され、しかもそこにはさまざまな宗派の影響がゴッタ煮のようにまじっていて奇怪な印象さえ与えるのだ。

「なにが何だか、わかりませんなあ」

というのが私の両子寺の最初の印象だったが、ここには両子山という修験道のきびしい霊場の気分があり、一方、神道のもつ浄《きよ》めの雰囲気と、そして民間の聖天信仰や観音信仰とが混じりあっていて、拝みにくる善男善女も何が何だかわからず、ただひたすら手を合わせているとしか思えない。

両子寺を出て車で財前墓地に行く。有名な国東塔といわれる石造宝塔を見るためである。

財前墓地はこの大田村一帯を支配していた財前一族の墓地だが松林にひっそりと立った無数の墓のなかに塔身ひときわ長い塔がある。私はそれを見た時、昨年、旅行した韓国の慶州にこれと同じ形のものがあったような気がしたが、後になって本を調べてみるとやはり国東塔は多分に大陸からの影響をうけたものであった。

国東塔が最初に出現したのは弘安六年（一二八三）であって、蒙古襲来の弘安の役から二年後のことである。つまりこの頃の末世、末法の意識から「経典を弥勒出生の時まで保存しておこうというのが本来の目的だった」と中野博士は言っておられるように、国東塔は墓ではなく法華経を納める塔である。（もっとも我々の見た財前墓地の国東塔からは人骨が出たそうだ。）この半島では室町時代に建てられたものが多い。

財前墓地から田染《たしぶ》に向う。タバコを植えた畠がみえる。私は始めて知ったのだが、ここはタバコの産地だそうだ。

「車をとめて」

とW君はタクシーを停車させ、一軒の農家の壁を指さした。小さな石を積み重ねたうつくしい練塀がひとつ、そこに残っていた。練壁は上代の帰化人が我々の祖先に教えてくれたものなのである。

路傍には相変らず大小の野仏や庚申塔や板碑がたっている。これらの碑や塔は土地ではガラン様と呼び昔、国東詣をした巡礼や信徒が作ったものなのである。

我々は田染中村の十字路から北へ百メートルほど行ったところに室町時代、岩崖に彫られた磨崖仏を見にいった。陽のあたる崖に毘沙門天、不動明王、持国天、矜羯羅《こんがら》童子ともうひとつ合計五体の仏が刻みこまれているが、これは元宮《もとみや》石仏という名の通り神社の境内にあったもので、これもあきらかに神仏混淆である。両子寺と同じなのだ。

この元宮石仏の道を真直に行くと富貴寺に通ずる。私は前から国東に行ったらこの富貴寺だけは覗きたいと思っていた。富貴寺は、蕗寺とも書き（そのほうが美しい）西国最古の建物で西国唯一の阿弥陀堂があるとかねてから聞いていたからだ。（寺伝では養老二年〔七一八〕に仁聞菩薩が建立したとある。）

車をおり石段をのぼっていると、下駄をはいた和尚さまがおりてこられた。石段のかたわらには梅茶や土産物を売る露店が二つ出ている。

和尚さまは愛想のいいお方で、案内をしてくださると言った。

一間四面堂の建物は屋根の線がうつくしい。鎌倉時代風の方丈である。内陣はほの暗く、真中に阿弥陀如来の坐像（重文）が影のようにうかびあがっている。

和尚さまはこの寺が戦乱その他でどんな運命に弄ばれたかを語ってくれた。やがて何時か、この寺は見すてられた寺になり、戦争中にも本州爆撃をすませて引きあげるB29がすぐ近くに余った爆弾をおとしたため寺はこわれ、水はもり、遂には子供がコマをまわして遊ぶ場所になっていたのである。それを戦後やっと修復したのが現在の方丈なのだ。

和尚さまが懐中電燈で御本尊を照らした時、思わず息をのみそうになった。螺髪木眼、上品七生の印を結んだ阿弥陀如来のお顔が感動的なほど高貴で悲しげだった。堂の暗さと懐中電燈による照明がこの瞬間、うまく調和したせいかもしれぬ。

像は定朝の作と言われているが本当かどうかわからない。一本の榧《かや》の木から作ったものだそうだが、京都から運ばれてきたという説もある。しかし長い歳月の薄倖な運命のなかにじっと耐えてきた高貴な美しさと悲しさがそのお顔にある。ああ、この像を見るだけで国東に来た甲斐もあったなと私は思った。

和尚さまは更に懐中電燈を動かして背後の壁と柱に描かれた壁画を見せてくれた。雨水に曝され、色彩の剝げ落ちたその絵は宇治の鳳凰堂と同じように浄土図が描かれていた。阿弥陀三尊の左右に八軀の菩薩がならび、更に楽舞を演ずる四人の聖衆、合掌する比丘の群がある。四方の壁にも同じように極楽の有様が克明に描かれているが東側がもっとも保存よく、薬師如来を中心に日光、月光の脇侍が見られる。南と西側の壁にはほとんど図像を判別することがむつかしい。しかし、こんな国東の草ぶかい場所に平安末期の堂が残り、そしてすばらしい阿弥陀像があるのは奇蹟的なことで私はしばし、ここをたち去ることはできなかった。

この富貴寺にくらべると真木大堂は率直に言って私は感動しなかった。感動しなかったのはそこにある阿弥陀如来も不動明王も水牛にのる大威徳明王もそのひとつ、ひとつは立派ではあるがそれを安置したコンクリート建ての収蔵庫がまったく無趣味で、内部の照明もわるく、像を鑑賞させる雰囲気を持っていないのである。これは文化庁が建てたと聞いたが、こんな悪趣味な収蔵庫をたてたセンスを疑いたい。もし、それが適切な照明と適切な配置で見れたならば、私はふかく感動したろうにと思い、かえすがえすも残念だった。

W青年が急にそわそわしだした。

「今度は胎蔵寺の石仏を見てもらいますが、一寸、山登りになるかもしれません」

「どのくらい」

「なあに、一寸です」

私はまだ高を括っていた。やがて車は峨々たる岩山の間を鋸山とよばれる山麓についた。藁ぶきの民家が建っていて、そこに仁王像がある。それが胎蔵寺なのである。

だがW君はこの胎蔵寺ではなくそこから山の中腹にある石仏を見てくれと言う。

「なに。簡単ですよ。石段がありますから」

私たちは山道を二百メートルほどのぼった。問題はそこからだった。石段というより、石を乱雑にならべた三十五度傾斜の坂道が眼前にあらわれたのである。

「これを登れと言うのですか」

「そうです」

私は喘ぎ、ヒイヒイと言いながらこの急坂というより石の坂を登りだした。何度途中から逃げ帰ろうと思ったかわからない。だがその度ごと、W君は、

「あっ。もうすぐです。もうすぐつきます。眼の前です」

と何度も言うのだ。更に、

「これを見れば、今晩、シロシタカレイを食べさせてあげます」

と懐柔を試みる。シロシタカレイつまり城下鰈とは別府の名物の鰈で私はそれを食べるのが今度の旅の楽しみでもあったのだ。牛にひかれて善光寺と言うが、私は鰈たべたさにこの苦しい坂を登りきったと言っていい。

喘ぎながら顔をあげると、忽然として巨大な二つの磨崖仏が眼にとびこんだ。それは大日如来と不動明王の二体で私は日本ではこれほど大きな石仏を見たことはない。しばし息をのんだほどである。

大日如来はあきらかに私が韓国で見た仏像の影響を受けている。その表情が日本的ではなく韓国的なのである。作者が誰かはわからぬが帰化人の作者だと私は想像した。（もっともあとで本を見ると、この作者については学者の間でもまだ結論が出ていないらしい。奈良朝時代の作という説もある。）そして不動明王のほうは怒りの表情ではなく、奇怪な笑いを浮かべているのである。その奇怪な笑いはまるで国東仏教の奇怪さや奇妙さを象徴しているようにさえ見えた。

一体、こういう石仏がなぜ作られ、なぜ拝まれたのだろう。一体、国東半島の信仰とは何なのだろう。ここにはすべての宗派が、また大陸の影響がまだ未調和のままに共存だけしているような気が私にはしてならなかった。宇佐八幡がもたらす日本の原始宗教である神道的なものと、大陸からまともに流れこんできた朝鮮仏教と、そして本州からやってきた平安仏教とが完全に咀嚼されないで、ゴッタ煮のようにそのまま共存しているのが国東の寺々なのだ。そして里人たちはその共存を一向に疑わず、そのまま素直に礼拝し、修験者は修験者でこれらの山々の寺を自分たちの道場にしていた――そんな感じが私にはしてきたのである。

そんな半島のなかに更に大友宗麟の勢力で西欧の基督教もはいりこみ、先に書いたようなペドロ岐部のような切支丹まで生んでいる。そこが国東半島の面白さだとも言ってよい。

国東半島のいいところはまだそこが観光客によって荒されていない点であろう。もしここのように平安末期の仏像がそのまま無造作に残されているような秘境がもし本州にあれば、女性週刊誌をかかえた若い女性たちが蟻のようにあの寺、この寺を歩きまわっていたにちがいない。幸いなことにはここにはまだ自然のたたずまいも昔のまま、ひなびた寺もひっそりとして御仏はそれぞれの場所にじっと安置されているのだ。そしてまた国東はまだ秘境であると共に、我々の解せぬ謎をたくさん持っているのである。

遠藤周作（えんどう・しゅうさく）一九二三〜九六（大正一二〜平成八）年。小説家。東京生まれ。「白い人」で芥川賞、代表作『海と毒薬』で新潮社文学賞と毎日出版文化賞、『沈黙』で谷崎潤一郎賞、『キリストの誕生』で読売文学賞、『侍』で野間文芸賞、『深い河』で毎日芸術賞を受賞した。カトリック文学を学ぶためにフランスに留学するなど、キリスト教を生涯にわたる文学のテーマに据えている。「石仏の里　国東」は『太陽』一九七七年七月号に発表された。底本は『遠藤周作文学全集』第一三巻（二〇〇〇年、新潮社）を使用している。石に関連する他の作品に、「アデンまで」がある。

龍安寺

山口誓子

龍安寺に行つたとき、山下幸子さんが、住職の松倉紹英氏と私を、方丈の縁を下りたところの石畳の上に立たせ、石庭を背景にして写真を撮して呉れた。その写真は「七曜」の表紙裏にも載つたから、見たひとは知つてゐるだらう。その写真を見たときの私の驚きのことをこゝに書いて置く。

二人は中央にやゝ重つて右に住職、左に私。住職は方丈の縁を下りた直ぐのところに立ち、私はすこし庭よりの、雨垂落のところに立つてゐる。それだから、住職は法衣の肘から上の部分が、私は脚の膝から上の部分が庭の中に入り込んで撮つてゐるし、私の頭は庭の西を塞ぐ壁の裾に触れんばかりだ。人物と庭とはそのやうな関係に在つた。

私は何を驚いたのか。

人物は二人とも立派に撮つてゐる。殊に住職は恰幅よく、その法衣は、前へ垂らした袈裟とともに裾拡がりになつてゐて堂々たるものだ。背広服の私はたゞ直立してゐるだけであるが、いまも書いたやうに、身体の直線で石庭の北西の隅を三角形に剪りとつたやうな按配になつてゐる。

さういふ風に、強い人間像が石庭の中に喰ひ入つてゐるのである。

そのために——石庭の石は、写真には石の三つの石群しか撮つてゐないが、それ等の石群はずつと向うへ後退してしまつて、見るかげもなくみすぼらしく見える。方丈から見た石庭が、あれほど強く私に迫つたのに、何といふ意気消沈振りであらう。

これは偏に人間像が石庭の中に食ひ入つたために起つたことなのである。

私は龍安寺の石庭の力強さ、美しさを構図の力強さ、美しさとして鑑賞する。その作庭家には別の意図があつたかも知れぬ。しかしその意図とともに構図のあつたことは明白だ。それがあつたればこそ現在の私も、その石庭の力強さ、美しさに心衝たれるのだ。

その場合、作庭家の当初の意図に縛られる必要はない。常に当初の意図に遡つて、そこから下りて来なくては、その石庭を理解し得ないとすれば、後世の人々はその石庭を理解することが出来なくなる。

エリオットの流れを酌む評論家は、エリオットの個性離脱の説を敷衍して、柿本人麻呂は「古代信仰を中心にして一つの秩序を作つてゐた共同社会に属し、その社会のなかで歌を作つたのであつて、近代的な個性の表現欲ないしは告白衝動によるものではない。そこに詠まれてゐる感情や思想は、必ずしも作者の現実の感情や思想と言ふことはできない」と云つてゐる。

人麻呂の歌はそのやうな共同社会の存在を前提として理解しなければならぬ。人麻呂の歌はその個性を表現したものではないから、それを個性の表現として受取つてはならぬと云ふのである。

しかし後世の私達が人麻呂の歌にその個性を感じ取つてそれを個性の表現として味つても一向差支へはない。

すでに人麻呂時代の共同社会といふ前提を失つた今日、その失はれた場においてしか人麻呂の歌を理解出来ないとすれば、人麻呂の歌は後世の人々と断絶する。

龍安寺石庭の理解もそれと同じだ。それを後世の人々が理解し、今日以降もその理解がつゞくとすれば、それは構図においてゞなければならぬ。

構図のことで永くなつたが、龍安寺の石庭が石のみによる構図であるとすれば、そこへ人間像が強く介入した写真で、石庭が平衡を失つてしまふのは当然である。

それだから、もしも――笑ふべき発言だが――私達二人の人間像を顧慮して石庭を組むとすれば、作庭家の構図は別の構図になつたにちがひないのである。

あの石庭には人間がゐず、構図だけがあるのでいゝのである。そのことに関聯して来遊外人の意見を附け加へて置く。

いつぞや、アンドレ・マルローが北鎌倉の前田青邨邸を訪れ、川端康成氏の蔵する大雅・蕪村合作の「十便十宜画冊」を見ながら、どの絵が一番いいかと質ねたとき、川端氏は「課農便」と「浣濯便」を指した。

マルローはそのとき「つまり人物のゐない図がいゝといふことですね。僕も賛成だ、アネクドート（お話があるといふ意味）は画家を甘えさせる」と云つた。

ベン・シヤーンが龍安寺の石庭を見たとき「こゝで面白いと思つたことは、ずゐぶん多くの見物客がゐるにもかゝはらず、皆がなるべく静かに、足音もさせぬように庭に対してゐることです」と云つた。私はそれを人々が人間を庭に持ち込まぬ配慮と解釈する。

フオートリエは日本に来てその石庭に一番感心したさうだ。林武画伯は「プランといふものがあつて、あのプランの中にどれだけの景が適合するかといふ釣合ひの極度の世界、そこから一つのキヤンヴアスがあつて、そこへどれだけの物質が当てはまるかといふ釣合ひの極度をつかんだのがフオートリエだ。これは抽象と具象の境の極限だと思ふ」と云つてゐる。

私も龍安寺の石庭で、私は石（具象）を見るとともに石と石との間の関係（抽象性)、その合体であるところの構図を見た。そのことは「日本の寺」の私の文章に書いて置いた。

山口誓子(やまぐち・せいし)　一九〇一～九四(明治三四～平成六)年。俳人。京都生まれ。ホトトギス派から出発して、阿波野青畝・高野素十・水原秋桜子と共に四Sと称されるが、秋桜子と共に離脱して、新興俳句運動のリーダーになった。第一句集『凍港』や、戦後の『遠星』で知られる。一九四八年以降は句誌『天狼』を率いている。一九八七年に日本芸術院賞、一九八九年に朝日賞を受賞した。「龍安寺」は『天狼』一九六〇年七月号に発表されている。底本は『山口誓子全集』第九巻(一九七七年、明治書院)を使用した。

石垣

井伏鱒二

僕の記憶の間違ひだらうか
どうも不思議である

関東大震災の直後のことだ
僕は焼野原の街趾を通りぬけ
竹橋附近をとぼとぼ歩いてゐた
ふと濠の向うの大石垣に目をとめた

いつ見ても堂々たる石垣である
特にその日は大きな大きな大石垣に見えた
石組は型通り荒切石の布積みで

天場の縄だるみが石垣全面に気品を与へ
三ツ角の鳶口と宮勾配が鋭く取組んでゐる
かつて名城の誉れを助長した石垣だが
合点の行かぬことが一つあつた
縄だるみの中央直下に当つて少し右寄りに
はつきり四ツ目積みにしてゐる箇所がある
なぜこんな不良な積みかたをしたものか

江戸城の石垣は徳川家康威令のもとに
西国大名が各個基準によつて普請を受持つた
歴史の本にそんな風に書いてある
すると竹橋辺から見て正面の石垣は
どこの何といふ大名が受持つたか

その大名は大御所の御機嫌を損じなかつたらうか
普請奉行は屹度お叱りを受けなかつたらうか
僕はさう思つた

しかし物には裏と表がある
和漢の倫理によれば憚る精神が大事であつた
金甌無欠を念ずるは畏れ多いことであつた
だから一箇所だけ手を抜いておいたのだらうか

その後この石垣のことは忘れてゐた
大震災以来だから五十年を経過した
その間その辺を通るときも念入りに石垣を見たことはない
ところが先々月の末に神田の古本屋を訪ねた
その帰りに竹橋附近で久しぶりに石垣を見て
何とも不思議に思つた
四ツ目積みのところは一つも見つからない
つくづく見ても見つからない
石垣を修理したあとも見つからなかつた

井伏鱒二（いぶせ・ますじ）　一八九八～一九九三（明治三一～平成五）年。小説家。広島生まれ。代表作の「山椒魚」で広く知られている。戦時中はシンガポールで『昭南新聞』の編集に携わった。『ジョン萬次郎漂流記』他で直木三十五賞、『本日休診』他で読売文学賞、『漂民宇三郎』で日本芸術院賞、『黒い雨』で野間文芸賞、『早稲田の森』で読売文学賞を受賞。「石垣」は『オール讀物』一九七三年八月号に発表されている。底本は『井伏鱒二全集』第二八巻（一九九九年、筑摩書房）を使用した。石に関連する他の作品に、「御坂峠の碑」がある。

石の花びら

尾崎喜八

戦争でいろいろな物を無くしたのに、その後四年、生活が少しずつ以前の姿をとりもどすにつれて、何やかやとこまごました物が、またいつしか家の中、身のまわりにちらつくようになった。そしてこの一箱の新らしい記念もまたその一つである。

戦争のたけなわな頃には、書物だけは別として、生活の単なる惰性や古い愛著や、また大して意味もない理由や口実などによって繫がっていた家具、調度、衣類、それに少しばかりの贅沢品などの所有にたいして、私はしだいに恬淡な気持になることができ、それらの物を自分よりも早く災厄をうけた人たちの用に役立てうる機会があれば、むろん喜んで――しかし時には心中いささかの愛惜を感じながら――提供するのだった。そしてついに私にも自分の番が廻ってきて、住みなれた家は焼かれ、よもやをたのんで残して置いた家財の半ば以上が跡方もなく消えてしまった。しかしそんなことは同胞すべての上に振りかかった共通の災厄のように思われたから、無難だった人たちのとうてい味わうことのない殉難の気持と、そのために鼓舞される一種のヒロイズムと、敗戦の空の下によこたわる祖国の山河同様な清潔感とで、今はおちぶれた己れ自身をむしろ気持よく眺めたのである。そして私よりも遥かに徹底的にやられて、文字どおり着のみ着のままになった友人の上を想えば、まだ幾らかでも曳きずって歩くきずなを持っている自分が何となく面はゆく、気恥ずかしいものに感じられたことも事実であった。こうした事実とその後の苦難の生活とについては、もしも後日に到ってもなおそれを記録として残したい気持が変らずにいたならば、いつかは書く機会もあろうかと思っている。

しかし今日この高原の立秋の朝を、白樺の林に鳴く秋めいた小鳥の声や乾いた西風の音を聴きながら、身にしみじみと懐かしい日光のさしこむ窓際の机にむかって、私の書きたいと思うのはちっともそんなことではない。それはもっとたわいもない只事かも知れないが、しかし確かにもっと好ましく美しい只事であり、戦争と平和との間から私の指がつまみ上げて今こそ新らしい愛ではぐくんでゆこうとする爪の先ほどの幸福、そんな小さな幸福の純乎として透明な、永続的に堅牢な一破片である。

ベットの上でペンを走らせている七十歳のロマン・ロランと、力強い園芸小刀で夏の畑のトマトーを切っている老ヘルマン・ヘッセとの二枚の写真——私の森の書斎の棚にならんだこれら小さい額縁入りの写真のあいだに、同じように小さい硝子張りの平たい函が置いてある。そしてその函の硝子と裏から重ねた白い綿の詰物とのあいだには、幾本かの石鏃《やじり》が、石の矢尻が、二列にかっちりと納まっている。そしてこれこそ私の言う美しい只事、この世に私が見いだした小さな僅かばかりの幸福のきらきら光る実証にほかならない。

石鏃は、人も知るとおり、日本ならば新石器時代と考えられる先史時代の住民の遺物で、黒耀石や珪岩や石英のような、堅くて薄片になりやすい岩石を小指一節ほどの小さい三角形の板に欠いて、その裏と表と三方の縁とを丹念に叩いて刃をつけた物である。幾千年前の狩猟用の道具であり、ことによれば仇敵の額を射ち抜いた鋭利な武器であったかも知れない。それはともかく、植物で作られた矢の束《つか》はとうの昔に朽ち去っても、この矢尻だけは用いられた石の性質上数千年間の風化にも耐え、まったく新鮮で今作られたように美しく鋭く、今日でもなお国内各所の先住遺跡から発見される。そして私のような詩人にとっても、それはまた冥々の過去への果てしもない夢想の契機であるのだ。

私はこれらの矢尻を人から貰った時の、むしろ痛烈とも形容すべき嬉しさについて今でも鮮やかな記憶を持っている。

函の上のほうの一列はすべて埼玉県入間河畔のある高台からの出土で、その附近の町に住む一人の友人から贈られた物である。戦争が終って一年、当時私の物質生活はどんぞこに瀕していた。仕事は無く、仕事を斡旋してくれそうな有力な友だちは背中を見せた。戦災による焦土の中のわずかばかりの所有地は何物をももたらさず、いささかの公債や株券の類も紙屑にひとしかった。全くの無収入と身を削いでゆくような日毎の喪失。それを夫婦だけの秘密として唇を噛んで耐えながら、ともすれば茫然とよろめく心に鞭うった。（登山者は疲労と困憊とのために睡ってしまってはいけない。もしも悲しく甘いその昏睡の誘惑に負ければ次に来るものは死だ！）すると或る時思いもかけぬ空からの救いの手が差し伸べられて、自分のかつての著書の一つが重版されることになった。すべての門のとざされていた私のためにそれを思いついて斡旋してくれたのは古くから親しくしている或る詩人で、その出版を快く引き受けてくれたのが前記の田舎町に住む新らしい友人だった。私はこの出来事を通じてある種のユマニスト達の友情《アミチエ》の口頭禅の空しさと、素朴な人々の間の貧時交の美しさとを、今こそ身にしみじみと学んだのだった。

ともかくもこうして私たち夫婦はいくらかでも息をつくことができた。そしてある麗らかな春の日、その新らしい友人である出版者を入間川の流れに近い彼の家にたずねた時、壁に懸かった一個の大きな額縁形の函の中に私のみとめたのが、彼自身の採集になるという幾十本の見事な石鏃だった。私の書く物の古くからの愛読者でこの方面の私の趣味をもよく知っている彼は、その中から最も完全な幾本かを惜しげもなく摘まみ出しながら、「宜しいんですよ、先生、まだ探しに行けば拾えますから」という安心させる言葉と一緒に、大切な物を貰うことを気の毒がる私にそれを与えた。おりから向うの秩父の山へ沈む春の夕日が真赤な光を座敷の片隅にそそいでいた。その光線をまっすぐに受けて、私の貰った石英の矢尻が、私の手の上で強く屈折する虹を噴いた！

やがて私は今いる信州八ガ岳の青々と広い裾野に移り住み、貧しいながらも健康で自由な生活を再興してゆくようになった。高燥な土地と自然とは心にかない、人々の篤実な気質と学問を愛する気風とに喜ばされて、新らしい知友もしだいにふえていった。そしてそういう知友の一人に明媚な湖畔の小都会に住む若い考古学者がいて、その人から附近の出土だといってある日数本の黒耀石の矢尻を贈られた。いずれも空飛ぶ山鳩の咽喉笛を掻き切ることのできるほどな業物《わざもの》で、二股に深くえぐれた根もとまで鋭利な刃がついている。今、函の中の下の列になっているものがそれである。

しかしその下の列のいちばん隅にある一本、これこそは私にとって一層忘れ難い記憶につながる矢尻である。そしてそれを思うことは連日の空を圧する無数の爆撃機や戦闘機の轟音と、味方対空砲火の甲斐もない唸りと、戦争に怖れおののく田園とを背景とした、我が一篇の悲痛な朝の歌《モルゲンリート》を思うことにほかならない。

当時戦争はその末期に近づいて、私たちの避難先である東京都下のある田舎も全く死相を呈していた。附近に軍の飛行場といくつかの兵器工場とがあったため、村はたえず空襲におびやかされ、百姓は仕事も手につかず、人心は戦々兢々として村じゅうが極度に動揺していた。すでにその家屋や畑を捨てて西のほうの山間へ逃げ込んだ人々も沢山あった。昨日いた家族がもう今日は見えなかった。家畜や家財は捨て値で売られ、からになった母家や倉庫は釘づけにされた。田園というよりは戦場だった。畑地は大重量の爆弾で鋤き返され、いたるところの屋敷林で二百年のケヤキの大木が木端《こっぱ》のように引き裂かれていた。私たち夫婦はそういう村の片隅にいた。

ある日のことだった。一人の知合いの若い娘が烈しい空襲の合い間をねらって、避難先の農家へはるばると私たちの安否をたずねに来た。私たちは再会をよろこび、今日までの互いの命を祝し合った。娘は土産だといって奥多摩のわさび漬一折をくれた。防空色の上下に頑丈な登山靴を穿き、髪の毛を堅く包んで厚い大きな防空頭巾を背負っていた。これで別れればまたいつの日に会えるかもわからなかった。妻は帰って行く娘を今はすっかり荒れ果てた街道の端まで見送って、いつまでも手を振っていた。そしてその翌朝、私たちは貧しい食膳の珍味として、若い女性の志であるそのわさび漬を食った。

その時、突然カチリと私の歯に当った物、ねっとりと柔らかい酒粕に包まれて、わさびの根に食いこんでいた或る堅い尖った物。それこそ実にいま函に納められているあの一本の矢尻だった。

武蔵の国奥多摩の暗い涼しい沢のわさび、その奥多摩の山の出鼻に人がおりおり見出す矢尻。私は正三角形をして底辺だけ半円にえぐられたその矢尻を、薄赤い瑪瑙のような色をした堅い不透明な珪岩でつくられたその矢尻を、食卓の隅へ載せてつくづくと見た。無量の感慨が山の雲のように渦巻いた。妻は両眼に涙をためて咽喉をつまらせた。

私たちの古いなじみの奥多摩の山々と、この愛する国土の先史住民の生活の思い出……その幾千年をけみした記念の石鏃を丁寧に紙で包みながら、私の口からきわめて自然に「石の花びら」という一語が洩れた。

そして再び、毎朝のこととして、空襲を伝えるサイレンの沈痛な唸りを聴くのだった。

尾崎喜八（おざき・きはち）一八九二～一九七四（明治二五～昭和四九）年。詩人・エッセイスト・翻訳家。東京生まれ。自然・山岳・音楽などを主題に、『詩集 空と樹木』『山の絵本　紀行と随想』『田舎のモーツァルト　尾崎喜八詩集』などをまとめた。訳書として、ロマン・ロラン『近代音楽家評伝』や、エクトル・ベルリオ『ベートーヴェン交響楽の批判的研究』などを刊行している。

「石の花びら」は『碧い遠方』（一九五一年、角川書店）に収録された。底本は『尾崎喜八詩文集』６（一九五九年、創文社）を使用している。石に関連する他の作品に、「輝石」がある。

縁結びの石

岡本かの子

アイルランドの南の港コーク市から自動車を走らせること数哩、茫漠とした緑の牧場に取り囲まれ、鬱蒼と茂つた丘がある。見上げる許りの常盤木の梢を抜けて、荒れ果てた古城が怪物のやうに聳えてゐる。ブラーネー城と言つて今から約五百年前に建てられたものである。内部はすつかり崩れ落ちて、外郭だけが蔦の這ひ上るに任せて突つ立つてゐる。

外郭の内側面に取り附けられた、丁度、蝸牛の殻のやうな石段が螺旋を描いて城の頂上にまで達してゐる。その頂上近く、外郭に穿つた物見窓の一つに、特別に奇麗な石が上框として嵌め込まれてゐる。これをブラーネー石と呼んで、この石に接吻すると、唯一人の理想的恋人が得られ、結婚して決して夫婦別れをすることがないといふ伝説があつて、イギリス全国にまで評判となり、未だ未婚の人達は、アイルランド遊覧の途次、立ち寄つてこの石に接吻して行く。女性の過剰な英国だから、娘達がこの石に接吻するのが随分多いそうである。

　ところが、この石に接吻するのは容易な業ではない。窓下からは手も届かぬ。高さ百五六十尺もある一番頂上の縁から逆さにぶら下つて、やつと口が届くのである。私は、たゞ覗いてみただけで眩暈と身震ひがした。実行する者は、誰か連れの力ある人達に両足を握つてもらつて、自分は逆さになつて外壁に取り付けた鉄の把手を両手で握り支へながら、外壁上に身を下げて一階下の窓の上框の石に接吻するのである。途中、心に動揺を感じ手を離したら忽ち墜落惨死である。あれだけの危険を必死になつて決行する者は、きつと何事にも目的を達するであらうと思つた。よく、心中し損つて不思議と命救かつた男女が、一緒にならせて貰つて却つて直ぐ飽きが来て別れたなどゝいふ話を聞く。これは前の場合と意気込みが違ふからであらう。即ち、前者は希望と企画的意志がある。それに引き換へ、後者は惑溺性と容易に失望落胆する弱い性格である。

　古来、日本に、種々の祈願を籠めるのに、お百度参りとか水垢離をとるとか、好物を絶つことなどがある。一心凝り固まるとき、相当に精神作用を及ぼすらしいが、更に自信を強め希望を以つて専念するところよりして、自分が祈る目的に向つて常に用心と努力を怠らない。この両々相俟つて効験が現はれるものである。たゞ祈つただけで、寝転ろんでゐるのでは余り効験がないであらう。それでは迷信となつてしまふ。

しかし、何と言つても始めは、先づ形式から取りかゝるものである。思ひ立つたことは先づ手をつけてやつてみるがよい。お百度参りも水垢離も、やつてゐるうちに自然に勇気と希望が出て来て、よりよき方向に進んで行けるものである。

岡本かの子（おかもと・かのこ）　一八八九〜一九三九（明治二二〜昭和一四）年。小説家・歌人・仏教研究家。東京生まれ。歌人として出発したが、ロンドンやベルリンから帰国した後の晩年に、小説を立て続けに発表する。代表作に『鶴は病みき』や『母子叙情』、『老妓抄』や『生々流転』などがある。仏教関係のエッセイ集も少なくない。漫画家の岡本一平は夫で、美術家の岡本太郎は息子である。「縁結びの石」は『大法輪』一九三六年七月号に発表された。底本は『岡本かの子全集』第一二巻（一九七六年、冬樹社）を使用している。石に関連する他の作品に、「水晶仏」がある。

奇縁氷人石

窪田空穂

文京区湯島天神の社殿の前、左右相対して立っている大きな石燈籠の、その左の方の前に、奇縁氷人石と刻んだ石の碑が立っている。高さ五尺、幅二尺くらいのかなり大きな碑であるが、よほど年代を経ているらしく、苔がむし、もの寂びていて、ちょっと目につかない存在である。その側に梅の老樹がくねっていて、相調和して一種の風情《ふぜい》をかもし出している。

私がその碑の存在に気がついたのは、今から五十年前、日露戦争の終結につづく交番焼打事件の印象によって思い出せる遠い以前のことであった。私はそのころ、天神下の下宿屋の一室に住んでいたが、学生下宿としてはめずらしく居ごこちのいい家で、二年間ほども居ついたのであった。それというが、主人は当時基督《キリスト》教界で有名であった金森通倫氏の弟、おかみさんはこれまた有名であった矢島楫子さんの娘と知ったので、青年の気分からゆかしんだせいでもあった。

湯島天神の境内は絶好な散歩場所であった。下宿屋の玄関前を左へ向かうとすぐ天神の裏坂のだらだら坂で、登りきると社殿の右脇は無類の展望台となって、遠く下町一帯から、近く上野の森まで一望の中に収まって来るのであった。そこへ立つ毎《ごと》に私は高台と下町との交錯している東京の地形の面白さを今更のように思わせられて、飽くなき展望をたのしんだのであった。

奇縁氷人石の存在に気のついたのは、そうしたことを繰り返しているうちの或日のことであった。珍しい碑だ、何のための碑だろう、と一と目見た時には異様な感がした。しかしこの疑問は直ぐ解けた。これは縁結びの碑だ。未婚の男女が、こころに相許すものがあるが、それが果たして良縁かどうかの判断がつかず躊躇し、迷い、ひそかに当惑している時、最後の決断を、平常信仰している神に伺いを立て、神意によって付けるということで、これは耳に聞いたのか、物の本で読んだのか、それさえ記憶にないが、とにかくそのことは記憶の隅にはある。この碑はあきらかにそれにつながりのある物だ、それに相違なかろう、と思ったのであった。

それにしても、そのような事は、僻遠の山地の口碑に残っているに過ぎなかろうと思われたのに、現代の東京の、しかも繁華街に近いところに、このように儼とした形を保って存在しているということは、そのこと自体だけでもよほど珍しいことだ。そう思って私は奇縁氷人石をしみじみと見て、手を伸べて冷たい碑面にさわってみなどもした。

どんな方法で神意を伺ったのであろうか。私はそう思ってその碑とその傍らの梅の老木とを見た。多分この梅の枝に結び文をゆわえつけ、ある期間を限ってその結び文の状態を見てそれによって占ったのでもあろうか。そう思うと、私の眼には、一心に祈願をこめてその事をする江戸時代の未婚の男女の幻影が浮び出て来た。それと共に、展望台にしている所から見渡される限りもない甍《いらか》の波が浮かんでも来た。あの甍の小さく劃《くぎ》られた一つ一つの下は、かつて良縁を夢みた人、既に夢みつつある人のその夢の果である。この夢は今も昔も同じである。甍の波は夢の波でもある。どれほどの人がこの奇縁氷人石に縁を結ばれたことだろう。それを思うとこの碑は奇縁記念碑である。この碑はいつの時か奇縁を感謝する人があって、その手によって立てられたものでもあろうか。

私はそのような想像をたのしんだのであったが、やがて天神下の下宿屋を移ると、奇縁氷人石のことは忘れ去ってしまい、そのあたりは限りなくとおったが、立ち寄って見ることもなくて五十年という年月は過ぎたのである。

先日私は、湯島天神のほとりで何時間かを過ごすことがあった。老いては旧知がなつかしく、青年の日の馴染の神社境内へ、白髪の翁となって立ち入ってみた。

大震災も戦災も脱れ得た境内は、旧態をさながらに留どめていた。奇縁氷人石は記憶の隅からよみがえって来た。神前に礼拝しおわると私は第一にそちらに目を走らせると、その碑は依然として立っている。まさに故旧に逢った感である。私は人知らぬなつかしさを寄せて見た。

目を移すと、この碑より二間ほど離れて、同じく社前左側にお蔦の碑と刻した、新しく大きな碑が立っている。お蔦という女名前は私には直ぐには解せなかった。しかしそれより四、五間離れた所に、泉鏡花の筆塚の実に豪華なのが立っているのを見ると、それとの関係において、お蔦は鏡花作『婦系図《おんなけいず》』の女主人公の名であることに心付いた。お蔦の碑にも、奇縁氷人石と同じく、老木の梅が植え添えられている。そしてこの梅の枝には一めんに、驚くほど多くの結び文がゆい付けられているのであった。これはあきらかに、奇縁氷人石の遠い過去の形をお蔦の碑が奪い、それを現代に復興させている現象である。古い新しい結び文の一つ一つは、奇縁にあこがれるという人間とともにある永遠の夢を象徴しているものなのである。

時代はこれを表面的に観ると、激しく鋭く移り移って止まない。しかし人間の本質は、昔も今も変らず、微動だにしていないことを、奇縁氷人石とその後継のお蔦の碑とが如実に示している。新たにお蔦の碑の立ったことについては、新派劇の「婦系図」、場所柄、神社氏子の思わくなどの影響もあろうが、それにしても、その背後に奇縁氷人石に対する夢があればこそ成り立ったもので、もしその夢が消え失せていたら、絶対に成り立たないことであろう。その点に私は心を引かれたのであった。

窪田空穂（くぼた・うつぼ）　一八七七〜一九六七（明治一〇〜昭和四二）年。歌人・国文学者。長野生まれ。明星派のロマンティシズムから出発したが、自然主義文学から大きな影響を受けて、日常生活に取材した「境涯詠」を特徴とする。歌集に『まひる野』や『歌集 土を眺めて』など。古典研究には『評釈伊勢物語』や『枕草紙評釈』がある。登山が好きで『日本アルプスへ』『日本アルプス縦走記』をまとめた。「奇縁氷人石」は一九五七年二月に『心』に発表された。底本は『窪田空穂全集』第六巻（一九六五年、角川書店）を使用している。

6　石から物語が始まる

夜の宮殿と輝くまひるの塔

山尾悠子

夜の宮殿（と人は呼ぶ）についてわれわれはこのようなことを知っている。

宮殿には主がいる。女王は謁見の間の夜の玉座に座っている。大理石の彫像であることは誰の目にも明白だ。ヴィーナスのような立派な顔立ちで、立ち上がると優に二メートルは越すだろう堂々たる体格をしている。女王は自分が大理石の彫像であることを密かに気にしているように見える。眼球のない眼には視線がなく、その胸の鳩尾から背にむけて一本の青銅の剣が刺さっている。背中に突き抜けた刃先がつかえて邪魔になるので、女王は少し前のめりに座っている。

女王は人々にこのようなことを喋る。

「私の領土は無辺であり、叡智は私を傷つけない。それはむしろ靴拭きにも足りない冗談として私を笑わせる」

「私はかつて何度も死んだが、死を消化することで私の消化器は鍛えられた。私の排泄するものは世界の糞土であり、黄金であると同時に徒労の虚無である」

「私が不浄の双生児を産んだと、不埒な言を弄する者がいる。そのことは私も知っている。しかし問うが、私はむしろ簒奪者、殺戮者として人々に認知されているのではなかったか？　私の食欲は健やかに貪欲である。私は生産し、生産しない」

大理石の彫像の口元が動き、言葉を繰り出す過程を見極めようと、人は眼を凝らしてその顔を見つめる。ヴィーナス像によく似た立派な鼻梁、秀でた額と深い眼窩、技巧を凝らした曲線を持つ唇をじっと見つめるうちに、人々はあることに気づく。見覚えがあるのだ。

喋りながら微妙に変質していく顔、ずり下がっていく不穏な口角、あと一歩で危険な領域に踏み込む信号の小鼻のふくらみ。

人々は気づく、これは不機嫌な母だ。

女王は喋り続ける。声のなかに機械音に似た雑音が混じっている。

「空虚……空虚は私の源であり、それを埋めるために私は食べ続ける。それは……それがががががががが」

馬が嘶き声で叫んでいる。

「おれは女王の庶子の馬」

真蒼な顔をした女王の庶子が、馬に乗ったまま玉座の脇にいる。真黒い巨大な生物は、馬の眼でこちらを見ながら何度も言う。「おれは女王の庶子の馬」

女王の庶子は真蒼な顔で、眼の下の隈はほとんど頰の半ばに達するほど。瘦せた顔とは不釣り合いに、首から下を覆う甲冑は重々しく大仰だ。女王の庶子は眼を開けており、眼を閉じている。疲れ果てて、眼を開けていても深く眠っているのだ。見苦しくなる寸前ほどに、ぎざぎざの髪を短く切っているが、娘だということがわかる。

女王が喋り始めると、女王の庶子が顔の向きを変えているのを人々は見る。今度ははっきりと眼を開けている。母親が喋るのを、微かに眉を顰《ひそ》めた顔で凝視しているのだ。

「おれは女王の庶子の馬」

馬は何度も嘶き声で言う。

女王の庶子が何を考えているのか、人々にはわからない。

夜の宮殿で人々が見るものはさまざまだ。

よろめく影を産む天井取付型扇風機、鏡や棕櫚の枝、水を流したように続いていくチェス盤の黒白の盤面でできたフロア。

むやみに垂れ下がって邪魔をする紋章入りの旗や重い緞帳を見るし、眼がくらむほどどこまでも登っていく滝のような階段も見る。宮殿に窓はないと言われるが、テラスに傾く月を見た記憶がある者もいるし、床に転がる人形や砂漠探険用のヘルメット、一本の匙が世界の不思議を集めた影をつくっているのも見る。

影は夜の宮殿の属性であると言える。影は宮殿のあらゆる場所にひそむ。そこを歩む時、人は眼にうつる鏡や旗や月や幌付きヘルメットや……が、すべて自分の孤独と同じ材質で出来ていることを理解する。

人は宮殿のあちこちで黒馬に乗った女王の庶子がさまよう姿に出会う。真蒼な顔で深く眠ったまま、西の翼で出会うと同時に東の翼でも出会う。長い通廊で女王の庶子の通過に出会う時、人は柱の蔭に隠れてそれをやりすごす。列柱のつくる影の明暗をくぐって馬と女王の庶子は遠ざかっていき、しばらくの空白の後、また折り返して戻ってくるのを人々は見る。

何かを捜して求められず、深く眠ったまま宮殿をさまよう女王の庶子について、人々は同じことを考える。何かを、でなく誰かを、ではないかと。

女王はつねに夜の玉座に座っている。青銅の剣に胸を貫かれたまま、少し前のめりの姿勢で。大理石の彫像である女王が立って歩きまわるとすれば、二メートルを越す身長と体重の女王のたてる地響きや軋みはどれほど、と人々は悪い冗談のように考える。

女王の胸を貫いた青銅の剣と、女王の庶子が腰につけた青銅の鞘を結びつけて考える者は多い。高い喉当てや肩鎧や胸甲、籠手や脛当ての全部を覆うこまかい飾り彫りと同様、青銅の鞘と剣の柄もおなじ飾り彫りを持っているのだ。

しかしわれわれの知る限り、女王と剣は一体の存在であり、別々にそれを見た者は存在しない。鞘は最初から、そして永遠に空っぽだ。

ある者は夜の宮殿の物語について語る。女王の庶子の邪悪な弟についての物語だ。その物語によれば、夜の宮殿のどこかに存在する（と言われる）塔に、生まれた時から幽閉されていた邪悪な弟に心を痛め、逃がしたのは女王の庶子である。塔の螺旋階段をわれわれは夢想する。螺旋をえがきながら三百四百と続いていく石段を、その冷たい石壁を。突き当たりの狭い天井を塞ぐ床板と、そこに閉ざされたままの揚げ蓋を。

揚げ蓋は重い錠で閉ざされ、その一角にひとの片手が通るだけの穴が穿たれている（とわれわれは考える）。女王の庶子は、そこから差し出される邪悪な弟の手とたわむれる（とさらにわれわれは考える）。真黒い金属でできた錠を壊すには、青銅の剣がふさわしいと女王の庶子は思う。誘惑する唇が、女王の庶子の固い貝殻のような耳にさやさやと触れる。われわれは物語を夢想する。

（夜の底に仄光る波紋のゆくえを追っていき、音叉の響きに耳を澄ます場所。）

夜の宮殿はそこにある。

外からは見えない。中はまっくらだ。

ある者は声を聞く。声は闇の中で語っている。

《母が何故弟を邪悪な存在だと決めたのか、私にはわかりません、弟の顔も見たことはありませんでしたから。母の宮殿で私は疲れていました、用事が多いうえにいつも身につけている甲冑がひどく重いからです。無意味に嵩張る甲冑は動きをぎごちなくさせ、私の存在を重くするのですが、脱ぐことは考えられませんでした。母の命令でしたから。

私が知っているのは弟の右手だけでした。ぽっちゃりした子供の手が、しだいに指が長くなり、節が高くなって少年の手になっていくのを、私はずっと見ていました。弟の手は、見えない輪郭を確かめるように私の顔をなぞるのでした。弟が私を誘惑したわけではなく、まして母殺しを唆したわけでもありません、ただ錠とその鍵としての剣という想念が、頒ちがたいものとして私の中に生まれただけです。弟はこのようなことを私に言いました、剣の均衡《バランス》が母を生かしているのだと。その剣を引き抜いた時のことはあまりよく覚えていません。ただ私の母のことを大理石の彫像だと思っている人がいますが、それは嘘です。あの時、母の口から洩れた大音響の唸り声は、まさしく人間のそれに他なりませんでした。弟は少女の顔をして屋根裏から降りてきました。生まれてから一度も鋏を入れない髪は踝まで伸び、裾の長い白い衣を着ていましたので、ただその手だけが私の知っている手でした。その後に起きた幾つかの出来事について、人はいろいろに言いますが、実際はこうでした。まず、馬はもらっていくよ、と弟の声を聞いたこと。それから思いがけない強い力で体が押し上げられて、気づくと私は揚げ蓋の上にいたこと。苦労して叩き壊したはずの錠が、事も無く嚙み合い、蓋が固定されるのがわかったこと。私は夢中であの覗き穴から手を伸ばし、弟の髪を摑んでいました。すると生まれて初めて経験する痛みの爆発、肉と骨と神経が喰い千切られる激痛が指を嚙み砕き、それは真白に燃え上がる星の炸裂のように私の眼を眩ませ、私は気絶したようでした。》

《それから何が起きたでしょうか。私が本当に話したいのは、ここから先のことなのです。

最初のうち、私の意識はただ燃え上がる苦痛の中だけにありました。喰い千切られた小指の根元に白い骨が覗くのを見、そこから心臓の鼓動にあわせて真赤な血が噴き出すのを見ては、また意識が遠のくのでした。脇腹に押さえつけ、無意識に左手できつく握って出血を止めようとしていたようですが、そうしながら私の眼は、切れぎれの映像としてあたりの光景を映していました。明るい昼間を示す窓や室内の光景でした。私はそこに転がっていました。何度か失神と覚醒を繰り返すうちに、私の意識の一部はまだぼんやりしていましたが、一部は水が澄むように静まって、焦点を結び始めていました。あたたかい陽射しが波のように流れ込んで、私の半身を包んでいました。私は自分があまり広くない、言ってみれば農家の納屋か見張り小屋のような場所にいるのを見出していました。

農家の納屋、などというものを何故知っていたのかわかりませんが、とにかく私にはそう見えたのです。出血はまだ完全には治まらず、右手全体が痺れたようになってずきずき脈打っていましたが、その手を庇いながら私はのろのろと起き上がり、窓のところへ行きました。――ところで私の甲冑ですが、剣を抜いてから弟のところへ走るまでのあいだ、発条が次々に弾けて、順に脱げ落ちておりました。だから指を喰い千切られた時、籠手のないむき出しの手だったわけです、でもそうしたことを思い出したのは後になってからでしたが、――とにかく、私は窓に行きました。窓といっても、そこには雨風を遮るものは何も嵌まっておらず、ただぼろぼろの古びた土壁と煉瓦を四角く刳り抜いただけのようなものでしたが。その外には、遠い地平線まで眼を遮るものもない、白っぽい正午の野面《のづら》が風に靡いておりました。私の驚きは口では言えないものでしたが、ともあれ私は残る三方の窓も見てまわりました。この用途のよく判らない建物の部屋は、四方に窓が切ってあったのです。どの方角を見ても同じ、波のような起伏を持つ土地の広がり、わずかばかりの灌木、風が野面をざわめかせる音、豊かな陽射し、それだけです。一方の窓からだけ、はるか遠くの山脈らしい影が薄紫に烟っているのが見られましたが、他に目印になるものもありません。

　部屋はかなり高い位置にあるらしく、見下ろしてみると、飛び降りるには高すぎるのは明らかでした。このような場所から見下ろしたことがないので、よくはわかりませんが、私は弟のところへ行くのにいつも五百近くの階段を数えて登っていました。この塔の高さは、なるほどちょうどそのくらいの高みにあるように思われました。弟、と私は思いました。胸に痛みがありました。倒れていた間に、私はちょうど揚げ蓋のところにいましたので、見慣れた板目の肌理に頰を押し付けておりました。それは確かに、覚えのある揚げ蓋の裏側に違いありませんでしたが、でもどうした訳か、あの覗き穴はなくなっていました。まるで最初から存在しなかったかのように、継ぎ目のない板を鉄の帯が締めているばかりです。私はさらにあたりを調べました。調べるといっても、ひと眼で見渡せるほどの狭い場所でしたが、弟がここで暮らしていた痕跡は何ひとつありませんでした。低い梁にも床にも埃がぶ厚く積もり、崩れた土壁に蜘蛛の巣が光っている、それは陽晒しの塔の頂上の部屋でした。

　気づかない間に陽が翳っていました。遠い空は明るいのに、頭上の空では見る見る鉛いろの雲が形を変えながら天の光を遮っていきます。にわかに大気が緊張し、湿った風を孕んで野面をひるがえしました。何が起きるのかと思いました。窓に来た風が私の顔と全身を包み、手の甲に生あたたかい大粒の水滴がぴしゃりと落ちて潰れました。大気にするどい擦過音が充ち、視界が垂直の水で埋め尽くされ、と思う間もなく塔ははげしく泡だつ明るい水繁吹に包まれていました。私の口はおどろきの声をあげていました。雨でした。顔を濡らし、湿った土と草の噎せるような匂いを呼吸しながら、私は初めて雨を見たのです。》

《その塔で二十以上の昼と夜を数えたのを覚えています。部屋にごたごたと積まれた何かの残骸を掻き回すと、皮袋に入った水と少しばかりの古びたパンがありました。いつも弟に運んでいた袋に似ているようにも思いましたが、わかりません。傷を負った手は気味の悪い色に変わり、熱もあったようでしたが、それよりも私は自分の発見した世界にうつつを抜かしておりました。嵐が来ては去り、真珠母いろに薄光る雲がおびただしく空を流れました。野面は絶えず表情を変え、日照りが何日か続くと、白昼の大地は燃えたつ陽炎に包まれました。塔は私を乗せてその中を漂泊していく船であるように思われました。夜もここでは生き生きと豊かでした。私の知っている夜は、冷たい死んだ夜だけでしたが。熱気が去ってからも、闇は昼間の残滓で充ちていました。星が飛び、そして遠雷が地平を訪れると、電撃がはるばると夜の距離を越えて塔の私を響かせます。まるで世界の存在の谺が私に呼びかけるようでした。眠りの底にはいつも夢がありました。海を私は知りませんが、海という名の王国を白い馬に乗って駆けていく弟を私は夢見ました。邪悪な弟の少女のような顔は潮風に焼け、皮膚は固くなり、そして私の小指を胸に下げて弟は駆けていきます。飢えがしだいに私を苛み始めると、夢は昼夜を頒たず私を訪れるようになりました。弟が戻らないことはわかっていましたので、いっそ食べなければ早く楽になれたのでしょうが、乾いてぼろぼろのパンを私はできる限り引き伸ばして咀嚼しました。飢えを味わうために食べたのです。腐った水を胃が受け付けずに吐くと、私は声をたてて笑いました。飢餓は光り輝く黄金のようでした。傷口が膿んで臭いたてる自分の体を発見し、皮袋を逆さにして最後にしたたる水滴を口に受け、窓に来た鳥を手で握り潰したこと、それらのすべてが私のほんとうに生きていることでした。世界は美しく、そして窓辺ではたくさんの歌が私の口から流れ出たのです。》

「おれは女王の庶子の馬」

謁見の間で黒馬が嘶く。

「だから」

と声が続けて言う。「本当の私はあの光り輝くまひるの塔で餓死したので、ここにいる私はほんとうは死んでいるのです」

玉座にはヴィーナスの彫像が座り、真蒼な顔の女王の庶子は眼を開けたまま深く眠っている。居心地わるく、われわれは退出の潮時を考える。

扉口で振りむく時、宮殿のあるじの顔を見てわれわれははっとする。大理石の彫像は胸に剣を立て、静かな影を足元に敷いて座っている。その唇は微笑しているが、あるかないかの線の移ろい、表情の微妙すぎるほどの照り翳りが、あるものをはっきりと表現している。じぶんの母を知る者ならばそれがわかる。

彫像は憤怒の表情を浮かべているのだ。

山尾悠子（やまお・ゆうこ）　一九五五（昭和三〇）年〜。小説家・歌人。岡山生まれ。「仮面舞踏会」が『S-Fマガジン』のSF三大コンテスト小説部門の選外優秀作に選ばれて小説家としてスタート。『飛ぶ孔雀』で泉鏡花文学賞・日本SF大賞・芸術選奨文部科学大臣賞を受賞した。代表作に『山尾悠子作品集成』や『ラピスラズリ』がある。「夜の宮殿と輝くまひるの塔」は『歪み真珠』（二〇一〇年、国書刊行会）に収録されている。底本は『歪み真珠』（二〇一九年、ちくま文庫）を使用した。石に関連する他の作品に、「夜の宮殿の観光、女王との謁見つき」などがある。

石の声

辻井喬

遠い日
月の照る海に石を投げて
僕が聞こうとした声はなんであったか
黯い潮は金色に輝き
石は淋しい音をたてて波に沈む

雨が降ると　紫陽花の色は移り
小さな自負心は萎れてゆく
人生への期待は濡れた一枚の旅券
人々の心はたがいに離れて
ついに　まじわることがないので

水平線に拡がる波にまぎれて　僕は
聞くことのなかった石の声を聞こうとする

感傷を拒否する心を
物悲しさに流そうとして
人々は霧のなかを歩き
餓えた獣のように共感を求め
戦争の話や離婚の噂が
疲れた耳に囁やかれると
声はいつも星のあいだを彷徨って
旋律を思い出そうとする試みは無駄になる

僕が待っていたもの
それは声にならぬ言葉であったのか
それとも
鳴り止まぬ心の鐘であったか
未来への期待を縫って

黯い潮とともに輝く
海辺の投石の秘密であったか

死んでいった日々の上で
愛の不在を言うのはやめよう
愛とは　はじめからそんなもので
一房の葡萄ほどの確かさもなく
朝飯に焼くパンの煙りほどにも
戯れの分析に耐えないのだ

僕が歩いてきた道には
いつも蛍草が咲いていた
沈黙とは　死とかわす言葉
旅は無益な傷痕の積重ねにすぎなかった
月はどこでも暗い海に照って
孤りの獣の心だけが
爽やかな渦を巻いて犇めいている

時が僕等から奪ったものはなにか
朝がくると　小鳥は窓にきて歌うが
消えたのは石の呟き
待つ心は風のなかのキンポウゲのように
微塵に飛び散っていって
過ぎ去ったいくつかの扉を数えてみても
それは一匙のスープに及ばないのだ
待つと言うのは花のように咲くことだった
おのれを愛する醜さを拒否し
優しさの重量に耐えても
衰えたからだに鞭をあてて
もう一度海にむかう気はない
教養はすでに期限の切れた一枚の旅券
花は　明日になれば萎れる期待だ

足の下で砂が崩れ

波は遠くまで光っているが
僕の手には投げるべき石がなく
淋しい扉の奥はいつも空部屋で
ただ紫陽花の色だけが少しずつ変っている
時がたつにつれて
星はまわり　夜は深くなるが
遠い日
月の照る海に石を投げて
僕が聞こうとした声は
今では〝憧れ〟と名づけられて
煤けた霧の街で売られている
一握りの塩とともに

辻井喬（つじい・たかし）一九二七～二〇一三（昭和二～平成二五）年。詩人・小説家・実業家。東京生まれ。堤清二が本名でセゾングループの代表を務めた。詩集では『異邦人』で室生犀星詩人賞、『群青、わが黙示』で高見順賞、『わたつみ・しあわせな日日』他で藤村記念歴程賞、『鷲がいて』で読売文学賞、

『自伝詩のためのエスキース』で現代詩人賞を受賞。小説の分野でも、平林たい子文学賞や野間文芸賞を受賞している。「石の声」は、『辻井喬詩集』(一九六七年、思潮社)に収録された。底本は『辻井喬コレクション』7(二〇〇三年、河出書房新社)を使用している。

静か石

田久保英夫

夏の末の濃い木かげだった。小さな森のように木立に囲まれた神社の境内で、辰は切株形のベンチに腰かけていた。

わたしが近づいてみると、薄い帳簿へしきりに何か書きこんでいる。人名が並んだ項目に、〈正〉の字の印しがさまざまに入り、それを数字に直すらしい。日付ごとに午前と午後と分れているから、作業時間の計算のようだ。

「お母さんが呼んでるよ。お午《ひる》だってさ。」

わたしが言うと、辰はゆっくりと鈍い眼をあげた。一瞬、拒むような影を見せ、また帳簿の手もとへ視線を戻す。うす茶の作業帽の下で、この陽射しにも皮膚が生白い。鼻すじが通り、睫毛が濃くて、何かにつけ疲れたように、放心したように瞬くのが癖だ。わたしの従妹の息子だが、二十一になるのに、顔つきは十七、八にしか見えない。

わたしは仕方なくとなりの切株に坐り、辰のボールペンの先を眺めた。

「これ、違うじゃないか。」

〈正〉の字の印しをかぞえて、数字に直したのが、幾つも間違っている。

辰は重そうに睫毛をあげ、こっちを見つめたが、わたしが指した個所に眼を落し、手あらく数字を直した。

その素直な面持が、わたしは好もしく、

「これも、これも。」

とさらに指すと、辰は真剣に考えて、訂正していく。

帽子と同じ色の半袖シャツの肩に、コンクリートの細かい粒がついている。わたし自身、いま寄ってきたビルの解体現場でついたものだろう。ここは都心でも、殊に真ん中辺の高台で、大きな屋敷や割烹旅館などがあるが、まわりは高層・中層のビル群が連なっている。すぐ崖下のビルも、辰の母親が経営する解体屋の作業員たちに、とり壊されている。わたしは母親の真子《しんこ》に会いにきたのだが、そこでは話ができないと、この辰のいる裏手の場所へ追いやられてしまった。

今も静かな境内に、崖下で石壁を壊す響きが聞える。さっきその現場へ行った時、クレーン車の先に吊った大きな鉄球が、振子のように壁に打ちつけ、炎天に砂塵が舞い上るのに息をつめた。真子は息子と同じ作業用のシャツやズボンを着て、白いヘルメットをかぶり、娘婿の精三と作業員たちを指図していたが、その二十人あまりの作業員は、年齢もまちまちの上、ほとんど不馴れな時間雇いで、廃材の区分けや、トラックへの積みこみを教えるのが、たいへんだと言う。経済の高度成長と呼ばれる景気も下り坂ながら、まだ、高層ビルなどつぎつぎ建ち、人手の確保が難しいらしい。

しかし、そんな殺伐な響きが、かえってこの境内の静かさをひき立たせる。古い由緒のある神社で、拝殿も燻《くす》んで、木かげに二つ三つ石碑が立っている。辰のすぐ後にも、大人の肩ほどの自然石が見える。青みがかって、雄偉な山がたの石で、なぜか何の文字も彫ってない。あるいはわずかな文字を彫ってあったのが、長い年月に欠け消えてしまったのかも知れない。

「辰、何してるの。みな、お弁当食べてるのよ。」

真子が裏門から、慌しく入ってきて言った。

ヘルメットを脱いで、つば長の作業帽をかぶり、頸まで黒い髪がはみ出ている。陽焼けした顔は、眼じりに皺は隠せないが、皮膚に光沢があり、機敏な眼の動きと、唇の紅の色が目だつ。わたしより五つ齢下だから、たしか今は四十二で、従妹と言っても、子供のない叔父夫婦が幼い時、ひき取った養女なので、血のつながりはない。

真子がきつい眼で促すと、辰はすぐ切株を立ったが、まだ拗《す》ねたように青石に片掌をかけ、見つめ返している。その眸の黒目と白目の対比があざやかで、思わず視線をひく。

「さあ、辰。早く行って。」

　今度は真子が優しくその肩を二度三度さすり、軽く押しやると、ようやく辰は裏門の方へ歩いて行く。その前の道は、自販機を並べた煙草屋の横から狭い石段につづき、崖を曲りながら下りると、工事現場の通りへ出られる。

「ほんとに妙な子よ。こんな図体《ずうたい》の石とか木の幹が好きなんだから。」

　真子は自然石を手で叩いて言った。

「ほら、この石の肌、光ってるでしょ？　あの子が撫でるからよ。そうかと思うと、大きな木の幹に、耳をおし当ててみたり。ここの工事、半月にもなるうちに、すっかり気に入ってしまって。」

「小さい時は、もっと活発な子だったね。」

「荒れてたのよ。父親の行状に反抗して。入院してから、ひどく変ったの。」

　真子は辰について喋る時、何となく年下の異性というような甘やかな声になった。

　真子の死んだ夫は再婚で、辰はその連れ子だ。真子との間には、娘が一人いるが、すでに結婚して、婿の精三が今は工事の仕事の右腕になっている。真子の夫はずっと《解体屋》で、景気に浮き沈みがはげしく、羽振りのいい時は奔放に浪費し、女をつくったりした。辰はそれに反抗したのか、高校に入ると、仲間と単車で走り廻り、シンナーなどにも耽った。

その結果、急に躰に弱まりが見え、医者に診《み》せた時は重症のトルエン中毒で、脳神経と副腎を冒されていて、一時は命さえ危ぶまれ、七か月も入院生活をした。

「こんな現場などに、連れてきていいの？」

「家にいると、また仲間と悪い薬《やく》などやりかねないし、こうして好きなことさせてるから、外へ出た方がいいのよ。」

真子は不意に、眼をみはってこっちを見ると、口調を変えた。

「あんたこそ、いきなり現場へきて、みなの前で手形などと言わないでよ。」

「仕方がないじゃないか。」

わたしも思わず声をつよめた。

「お袋は手形なんか何も知らないのに、裏書きさせるなんて。」

「私がちゃんと説明したのよ。それがわかって、印を下さったんじゃないの。」

わたしは一瞬、黙った。確かに実印を押したのは、了承したことになる。

「しかし、俺のところへ電話してきたんだよ。裏書きって何、って。わかってない証拠じゃないか。第一、年寄りに手形の複雑なこと話したって、わかるわけないよ。」

わたしは電話を聞いて、母親のところへ行った。母親は下町で、料亭を開いている。戦災で焼けて、戦後再建するのに資本が足らず、小さな合資会社の形になっている。

わたしはただのもの書きで、約束手形のことは常識程度しか知らないが、裏書きして印を押し、他人へ廻れば、額面の支払い義務を負うことになる。不渡りなら、会社の倒産ともなる。しかし、母親に何を訊いても、額面が三百万というほか、詳しいことはわからない。わたしはそのまま抛っておけない。

「お母さんは、私を信用してくれたのよ。私も車両購入の支払いに追われてたし。説明が通る通らないの問題じゃないの。」

しかし、真子はわたしの母親に、前にも融資をうけて返していない。母親は下町気質のせいか、口さきは飾りがなく辛辣なほどだが、根は人がよく、何度か人に騙されてもいる。

真子は義理の両親もすでに世になくて、伯母に甘えているのかも知れない。女一人の荒っぽい解体屋の経営で、やりくりの苦労も多いに違いない。

「でも、信用などと言ってられないよ。手形が第三者に渡ったら、どうする。」

「第三者には渡りません。受取人はずっと懇意な人で、そう約束してます。」

真子は腹を立てたように、眼を光らせ、紅い唇を歪めて言った。そうすると、男並の服装に反して、急に中年の女臭い色つやが漂った。

「受取人は誰なんだ。」

「山倉ファイナンスよ。」

「山倉？」

その名前には聞き覚えがある。五、六年前、真子の夫が家兼事務所の新築祝いをした時、席を隣合った初老の男で、その家から地下鉄で二つ先の駅前に、金融の店を開いていると、自分を紹介した。

「じゃ、山倉に会って、確かめてみるよ。ちゃんと手形を抑えているかどうか。」

「どうぞどうぞ。お好きなように。」

真子は怒りを堪《こら》えきれぬように、邪険な眼で見あげ、急にずんずん歩いて、裏門を出て行った。


港湾の潮の臭いがするような、地下鉄の駅口だ。事実、ひろい幹線道路がその埋立地の方へ伸び、新築マンションや公団住宅が幾棟もそびえている。

わたしがその駅口を出ると、山倉ファイナンスはすぐ見つかった。商店街へ入る角で、軒上に大きな看板をかかげて、ウインドウに宝飾品やカメラ、小型の電化製品が並んでいる。扉口側のガラスには、手軽な金融、どんな品でも貸します、と黒い活字体で書いたプラスティック板が貼ってある。要は質屋なのだ。それに手形の割引など、やや大口の融資もするのだろう。

わたしはここへ来るまでに、気持が迷わなかったわけではない。ビルの現場から、地下鉄に乗るまでに、公衆電話の職業別の冊子で、山倉ファイナンスの番号を調べ、

電話をかけると、若い女の声が出た。以前に一度会った者だ、と自分を名乗ると、

「今、近くまで出かけてますが、すぐ戻ります。」

と若い女は言った。じゃ、これから伺います、とこたえたが、それでもなお、わたしは躊躇していた。何よりこんな煩雑な商務に、これ以上首を突っこむのが厭だった。事柄のあまりに現実的な面倒さもあるが、それを従妹と言葉で交渉し、主張し合い、また他人と同じことをするのに、嫌悪を感じた。真子がわたしの母親に並なみでない親しみを抱き、母親も真子に同じ親愛の気持で、裏書きしたのなら、あとの結果はどうでもいい、とさえ思った。

わたしは自分の仕事上でも、言葉に疲れていた。言葉を頼りにするしかないが、それで実体を捉えきれるだろうか。言葉を動員し、操るほど、何かしら手から潜り抜け、さらに仮構の迷宮へと踏みこませる。そう考えるような時期だった。

にもかかわらず、わたしは山倉の店へやってきた。これは一種の惰性なのか、あるいは自分でも収まりのつかない追求癖なのか。

わたしが扉をあけると、縦に長いカウンターが眼についた。カウンターの中には、髪を短く刈りあげた娘が一人、帳簿台の前に坐り、学生風の若い客に何か話しながら、伝票を渡している。青年はそれを受けとり、せかせかともう一つの扉口から出て行く。横の路地に通じているらしい。

わたしがさっき電話した者だ、と娘に言うと、相手はすぐ頷いて、隅の玉暖簾《たまのれん》のむこうへ、「お父さん。」と呼びかけた。しかし、返事がなく、娘は椅子を立って、奥へ入って行く。

古い店舗を最近改装したような、小綺麗な室内だ。カウンターの端にも、質流れの宝飾品を入れたガラス・ケースがあり、壁の棚には額に入れた資格の認定証や、招き猫などが並べてある。

「やあ。どうぞこちらへ。」

山倉は肥満気味の躰で、玉暖簾を分けて出てくると、笑顔でカウンターの撥ね戸を抜けて、正面のガラス扉をあけた。

そこは狭い応接室で、黒い革張りソファが向い合せに置いてある。

「前にお眼にかかりましたね。」

わたしがソファにかけて言うと、

「ええ。おひさしぶりで。」

山倉は縁なし眼鏡の奥で、瞼を細めたが、その表情でははっきりと覚えがないらしい。

「だいぶ前ですが、真子の家の新築祝いの時に、隣の席で。」

「ああ、あの時の。お顔は覚えてるんですが。」

山倉はたじろがずに平然と笑った。短い髪の毛はほとんど白くなったが、浅黒く血色のいい顔は変っていない。どこか遊廓の主《あるじ》といった感じの顔つきだ。

「実は私のお袋が、真子の振出しの手形に裏書きしましてね。それがこちらに来ているそうですが。」

「ええと、いつのですかね。真子には何枚も手形を割引いてるんで。」

山倉はとぼけたような眼つきで訊いた。

「最近だ、と思いますね。私がお袋から聞いたのが、四、五日前ですから。」

「待って下さい。」

山倉はソファを立ち、扉口を出て行くと、さほど間を置かずに、分厚いファイルを持ってきた。コピーでも入っているのか、何頁も繰ったあとで、

「最近じゃありませんよ。もうひと月半も前です。真子から、うち宛の振出しで。」

念のため、裏書きした母親の名を言ったので、わたしは頷いた。

なぜ母親はそんな期間を置いて、電話してきたのだろうか。真子への好意や事務的な無頓着さから、印を押したものの、あとで気になり出したのか。それとも、ふと誰かに話したら、裏書きの重要さを注意されたのか。

「それで真子は、自分が決済するまで、あなたは他人に渡さない、と言ってますが。」

わたしは訊いた。

「いや。手形の支払期日は三か月先で、まだ四十日もありますがね。」

山倉は赤黒い顔に、当惑を現わして首を振った。

「私も実は先物取引で穴をあけまして、それを知人に廻して、融通してもらってます。」

「融通?」

わたしは驚いて、相手の顔を見つめた。その一見、神妙な面持は、口実を使っているのか、本音なのか、よくわからない。

「しかし、あなたは他人に廻さないと、約束したんじゃないですか。」

「いや。真子もよく約束を破りますよ。あの解体屋の会社は、亭主の代にも不渡りを出して潰し、身内の名義で再建してます。いま真子の手形なんか、誰も受けとりませんよ。私だから、お母さんの裏書きだから、引き受けたんです。」

「お袋のだから?」

「私も事前に調べましたが、ご商売は合資会社の形をとり、土地家屋の不動産も担保に入らず、きれいです。」

わたしは急にこの相手が、縁なし眼鏡をかけた赤黒い皮膚の、化け物のような気がした。

「手形をとり戻せませんか?」

「とり戻せますよ。先方が買い付けた額と利子を払えば。」

わたしが黙ると、山倉はとりなすように言った。

「でも、無茶なことはしませんよ。私の懇意な知人ですから。」

懇意な、とは真子も山倉について使った言葉だ。わたしは〈懇意な〉裏書人から裏書人へ、手形が連鎖して、果しなく闇へつづくのか、と怯えるような気持で思った。

わずかの間、お互に無言でいたが、わたしは商行為の確実で、力学的な結果を眼の前にするようで、これ以上ここにいても仕方がない気がした。

「どうもお時間をとらせまして。」

わたしはソファから立ち上った。

「真子も苦労してるようですな。」

応接室から表の扉口まで、山倉は送ってきながら、小声で言った。

「彼女は四十すぎても、どこか色けがあるでしょう。働きのある男をつくれば、いいんですよ。私もずいぶん協力してきたけれど、身持は固い。あの夫の連れ子が、愛人みたいなものなんだな。」

わたしは地下鉄の駅口へきても、まだ胸の中に、言い知れぬ不快とも、怯えともつかないものが澱んでいた。真子への怒りもあった。

電車に乗ると、今の山倉とのことを、すぐにも真子に言わなければならない、と思い始めた。あの男のすることは、真子の言い分とは違う。手形はもうあそこにはない。よくよくの状況かも知れないが、なぜ山倉などにそれを振出し、お袋を裏書人にさせたのか……。しかし、考えてみれば、女手一つで解体屋の切り盛りに悪戦苦闘し、辰の面倒を見ている真子が、哀れにも思えた。多分こちらが文句を言っても、ちゃんと私が決済するわよ、と応えるだけだろう。

それでも再び都心の地下鉄口を出て、ビルの現場の方へ歩いた。午後の人通りの多い舗道に、陽の光は熟れたつよさで射し、橡《とち》の街路樹が風に戦《そよ》いでいる。半ば壊れた十階建のビルでは、相変らずクレーン車の振子のような鉄球が、はげしく石壁に当り、夏空に灰塵を舞い上げる。足もとのタイル片や石塊を踏んで、そこに働く作業員たちの間に、真子をさがすが、その姿はない。

ブルドーザーの前で、若い運転手と、長身の精三が大声で喋っている。わたしはそこに近づき、

「真子は？」

と訊いた。

白いヘルメットの精三は、ちょっと驚いたようにこっちを振りむくと、まっ黒に陽焼けした肉厚の顔をしかめ、

「学生のバイトの奴が、足にひどい怪我をしたんで、病院へ車で連れてってます。」

とこたえた。

「辰は？」

「さあ。さっきまで、あそこで帳簿つけてたんだけど。」

精三は路肩にとめたトラックの助手席を指したが、すぐ頤《あご》を上へしゃくった。

「どうせまた神社だろ。」

わたしは通りを、石段の登り口まで歩いた。真子が戻るまで、なぜか辰の顔でも見ていたくなった。曲りくねって狭い踏み石をあがり、煙草屋の前へくると、その自販機でジュースの缶を二本出した。わたし自身、喉が渇いていた。

神社の境内は、午よりも木かげが、さらに濃い地図を描いている。すずしい風が吹き通る。

わたしがその湿った枝下へ一歩入ると、遠くで辰が自然石の上に、細い躰をかがめているのが見えた。境内にはほかに人けがない。

「何してるんだ？」

わたしはジュースの缶を辰に渡して、訊いた。

辰はまだ自分に返らぬような、ぼんやりした眼でこっちを見た。切株の上には帳簿とボールペン、それに真子が渡したらしい生菓子が、紙に包んで投げ出されている。

「静か石」

辰はその肩ほどの大きな青石を指し、低くかすれた声で言った。

わたしはその声を聞いて、驚いた。今日初めて、辰の声を聞いたのに気づいた。わたしはいつの間にか、このトルエン中毒の後遺が残る若者を、喋らないものと錯覚していたのだ。

「この石がかい？」

わたしが青石に手をかけると、辰は頷いた。

「なぜ静か石なんだ。」

もう一度訊くと、辰はどう言っていいかわからないように、忙しなく掌で石肌を撫でた。

「ここに。こうして、耳をつけるんだ。」

辰は片耳を指でふさぎ、もう片方の耳を石肌に当てるような仕草をした。

「何が聞える？」

「何も聞えない、絶対に。」

辰のかすれた声は、初めてはっきりした響きを出した。

「だから、好きだ。ぼくは、その中へ入っちゃう。ぼくは石の身内だ。」

辰が濃い睫毛をゆっくり上下させ、やっとこれだけ言うと、わたしは思わず躰をかがめ、片耳を石につけた。辰がしたように反対の耳を指でふさぐ。

冷たい石肌の感触が、耳朶にきた。つよく押しつけると、敏感な耳の触覚に、石の質量が驚くほど、厚く重く感じられた。その奥へ、芯の方へ耳を澄ますと、しだいにひそかな衝撃が胸に拡がった。まるで洞窟の闇のように、そこからは何の音も声も響いてこない。むしろその無音、無声が、耳の彼方に満ちていた。この青石がどこかの岩壁で生れ、河原に転がり、ここへ運ばれてくるまで、おそらく悠久と思えるほどの時間に違いない。

辰は絶対に、と言ったが、そんな時間や空間を貫く無音が、ここにあった。神社の森のむこうで響く鉄球の音も、この石の奥へは入れない。わたしはそうしていると、さまざまな言葉や裏書きの文字の迷宮も、頭から消えた。

やっと自分に戻って、躰を起すと、辰は睫毛を伏せ、手の中のジュースの缶を眺めていた。それから思いきったように、細い手でその栓を、ぽんと抜いた。


田久保英夫（たくぼ・ひでお）一九二八〜二〇〇一（昭和三〜平成一三）年。小説家。東京生まれ。山川方夫と共に、第二次・第三次の『三田文学』に関わった。放送台本や舞台脚本、詩を執筆するなど、多方面で活躍したが、特に短編小説の優れた書き手として知られている。「深い河」で芥川賞、『髪の環』で毎日出版文化賞、『触媒』で芸術選奨文部大臣賞、「辻火」で川端康成文学賞、『海図』で読売文学賞、『木霊集』で野間文芸賞を受賞した。「静か石」は『群像』一九九六年一〇月号に発表されている。底本は『木霊集』(一九九七年、新潮社)を使用した。

太陽の石

手塚治虫

葦嶽山《あしたけやま》

けもの道としかいいようのない尾根伝い、笹やいばらに積った雪をかきわけて進む一行、ここは出雲の南、比婆《ひば》は庄原市のはずれに位置する葦嶽山の山腹である。山頂は一面の霧、突如として風吹き来り、またたくまに青空がひろがる。霊気のようなものに打たれ、一行はぞっとなる。

一行は、葦嶽山を越えて隣接する鬼叫山《ききょうざん》を登り切る。

ドルメンや鏡岩、石柱の数々――これが、謎の巨石遺構として一部の好事家《こうずか》に知られている奇勝である。

ほとんど学術的には無視され、自然の節理ではないかとさえ言われているこの巨石達は、人工的な匂いを残したまま人に知られず埋もれ、朽ち果てようとしている。

いったい、誰が、いつごろ、なんのために作った遺跡なのであろうか？

月貞寺

住職平松氏はこの遺跡についての資料蒐集家《しゅうしゅうか》であり、一行を迎えて、葦嶽山の歴史といきさつについて詳しく語る。

庄原《しょうばら》市公民館（夜）

町はずれの公民館、すでに日が暮れて人通りもない。山おろしの音がしきりの公民館の事務室。

何十と数える古墳群の一つ、雨降《うぶり》古墳のあたりの地所の持主、雨降氏が取材班や私に古事来歴《こじらいれき》を語っている。

雨降家は旧家で、その先祖はとおく弥生時代にさかのぼり、近在の蘇羅比古《そらひこ》神社の祭礼の祭司を勤めたこともあり、家宝として古文書も所蔵するという。それを見せて貰《もら》うのが彼と会った目的。

「――私の先祖の、さらにその祖先は、出雲の海岸へ大陸から渡来した異国の種族だったそうです。

それが南下してこの地方を訪れた時、ここに住む先住民族を平定して吉備《きび》地方へ勢力を拡げた。ここに吉備という地名さえ残っています。

彼等は文明を持ち、すぐれた種族だった。背が高くノーブルな顔立ちで、どちらかというと中近東の民族の血がまじった大陸人だったようです。彼等は足長人と呼ばれていた。なぜ日本へ渡って来たのか、そのわけはわかりません。とにかく漂着ではなく、なにか目的があったのかも知れません。リーダーに従えられ、組織を持っていたようですな」

海をわたる足長人のくり船

波をけたてて、たくさんの船が渡ってくる。リーダーの命令する声、漕手《こぎて》のかけ声、浜へついてときの声をあげ、内陸へ向って歩き出す。

公民館（夜）

夜あらしの音。雨降《うぶり》氏の話は続く。

「足長人に対して、この地方にもともと居た連中は、ずんぐりとして不格好で、手長人と呼ばれた。原始的な狩猟民族だったようです。

いっぽう足長人は、彼等のすぐれた武器である〝火矢〟や、いろいろな呪術《じゆじゆつ》やら魔法、それになによりも農耕法を知っていたということが決定的な力の差でした。

手長人は追いやられ、あの帝釈峡《たいしやくきよう》あたりに逃げこんで住んでいたようです。

これはおよそ一万年ほど昔です。この古文書は、うちが代々書き写し、書き写して伝えて来たもので、そのあたりのいきさつが書かれているらしいのですが、なにぶん、いわゆる神代文字《じんだいもじ》などよりずっと古い文字でして判読が出来ません。

ただ、『建国十二年、鬼神《きじん》は叫び地霊は怒りて死者四囲に充《み》つ。悲悼の声天に谺《こだま》す』という部分は、古来から訳されて傍書してあります。

鬼神や地霊がなにを意味するのかはわかりませんが、足長人は巫女《みこ》の使ったまじないで政治を行っていたようです。手前の山は御神山と申しますし、あの蘇羅比古《そらひこ》神社も、彦火火出見之命《ひこほほでみのみこと》を祀《まつ》り、日照《ひで》りの年には『こきりこう踊り』と称して盛大な祈りの行事が行われておったようですな」

そこへ、だしぬけに異様な老人がはいってくる。雨降《うぶり》氏は、なぜか怖れるようにおしだまる。

老人は、その古文書を読んで聞かせようと申し出る。取材班は老人の奇妙な威圧感におされて、ろくに老人の素性もきかず、彼に古文書を手渡す。
老人は読み始める――

帝釈峡《たいしやくきよう》・手長族の穴居《けつきよ》集落

阿多波《あたば》は、手長人の若者の中でも、美貌《びぼう》でりりしく、力も強く、娘たちに評判の男だった。彼は同族の者たちと、毎日足長人の労働に駆り出され、へとへとになるまで工事に従事した。

「貴様たちは、夜が明けそめる時に工事場に集まれ！　力ある者は石運び、ひ弱き者は山肌を掘り崩すのだ！　なまけ、隠れ逃れる者には重罪を与える！」

しかし、阿多波は自分たちを差別し圧迫する足長人に対し、憎しみは持っていても、それを態度には表さなかった。むしろ、彼等をもっと知り、彼等の文明を吸収することによって手長人の未来に備えたいという望みを持ち、いたずらな争いは好まなかった。

それに反し、彼の親友の伊曾《いそ》は、血の気の多い反抗的な気性の若者だった。

「阿多波、なぜおれたちに力を貸さぬ？　おれたちが力を合わせれば、足長人など一気に蹴散らし、報復をとげることができるのだ」

「伊曾《いそ》、おまえはやつらの力を知らぬ。あの〝火矢〟という武器、あるいは、さまざまな妖術の力には、おれたちは抵抗できん。それより時期を待ち、やつらの力を吸い取ることが先だ」

「おまえはそういう消極的な所が欠点だ。おれは明日から、みんなに作業放棄させる戦術に出る。やつらの思いのままにおれたちが動かぬことを思い知らせてやる」

「待て、そんなことをしたら足長人共の追及がうるさいぞ」

「阿多波《あたば》、おまえはやつらがのさばり歩いているあの豊かな平地を、とり返したくはないのか? いつまでもこんな暗い谷底にとじこめられたままでいいと考えているのか?」

たしかに、阿多波は幼い頃駆け廻った広い沃野《よくや》が懐しかった。せめて子孫達には、みじめで、くじけた心を伝えたくはなかった。彼が所謂《いわゆる》行動派に徹するには、あまりに情勢を深く読みすぎていたのである。

火出見《ほでみ》の館

「おとうさま、なぜすぐにも東の国へ兵をおすすめにならぬのです。東にてはゆたかな土地、数多い鳥獣が手に入ることを、土地の長《おさ》の言葉でご存じの筈《はず》——もし、おとうさまがお望みならばわたしがかわって東へ参ります」

と力説するのは、足長人の首長の姉娘差羅沙《さらしゃ》である。彼女はたけだけしく男まさりで、つねに前進せねば気のすまぬ性格であり、さらに傲慢《ごうまん》で気位が高かった。

しかし火出見はさとした。

「娘よ、わしたちの祖先たちが、西の果から長い旅をして来たのは、東海の島に神を祀《まつ》り仕えることを目的としたものだ。そしてこの地に至り、神示を得て都を築いた。なによりも、早く祭壇を築き、収穫をうらなうことが大事、さもなければ一族は衰えてしまうだろう。わしはここを動く気はない」

「いつからそのように弱気におなりになったのですか。倶志那陀《くしなだ》によけいなお告げの言葉などをおとうさまに語らぬように申しましょう」

「倶志那陀は神につかえる身じゃ。あれにさとしてはならぬ。わしたちは、すべて、神のおぼしめしを待たねばならぬ身じゃ」

差羅沙《さらしゃ》は、不承不承父の許を去った。妹の倶志那陀は、姉に似ずやさしく、情深く、物静かでしとやかな女性であった。巫女《みこ》だった母親は、舟の中で死ぬまで、彼女に自分の知識のすべてを教えこんだ。呪術《じゅじゅつ》、医術、そして農耕、天文の知識も。倶志那陀は今やシャーマンとして地位はゆるぎなく、だれもが彼女のお告げに従った。差羅沙も従うほかなかったのである。

「でも、妹は妹、いかに巫女とはいえ、肉親としては私が権力が上」と思っている差羅沙は、なにかにつけて倶志那陀には冷たく対した。

葦嶽山《あしたけやま》

巨石を平地からひっぱり上げて山頂に祭壇を組み立てる――これは機械力のない当時としては大変な大工事である。もう足かけ三年も葦嶽山の工事はつづいていた。工事は遅々として進まなかった。

「それは倶志那陀の気の弱さから人夫たちを甘やかしたため」とみた差羅沙は自ら工事場へのりこんだ。

その日はとくに人手が尠《すく》なかった。伊曾《いそ》が、仲間と謀《はか》って作業放棄に出たためである。山肌にほうり出された巨石は、てこでも動かない。数人の人夫にまじって、阿多《あた》波《ば》が懸命に動かそうとしているのを、差羅沙が目にとめた。二人が睨《にら》み合ったとき、差羅沙には奇妙な感情が生まれた。それが心にまといつき、彼女はむやみに腹を立てた。

「おまえが、この反抗の張本人であろう」

と、彼女はヒステリックに叫び、阿多波《あたば》を捕えさせた。

牢獄

「もし、おまえが首謀者でなければ、まことの首謀者を知っておる筈《はず》、自白すれば解放して進ぜる」

阿多波はむっつりと無言である。彼女は癇癪《かんしゃく》をおこし、

「この者を痛めつけ、吐かせよ」

はげしい拷問がくり返され、阿多波は血だらけになり呻《うめ》きもだえたが、親友伊曾《いそ》の名はついに口に出さなかった。

帝釈峡《たいしゃくきょう》

「阿多波が捕えられ、拷問を受けている」

と報告が伊曾にもたらされた。

伊曾は顔を曇らせ、

「計画をしゃべったのか」

「まだのようだ」

伊曾は、親友の危難に長い間おし黙っていたが、きっぱりと、

「ほうっておけ。死なば、死なせるがいい。もし、彼がしゃべれば、こちらは谷の入口で討手を迎え撃つだけだ。阿多波には気の毒だが、彼一人を救うために、暴挙に出るほど、おれもおろかではないぞ」

と冷たく言い切った。

牢獄

阿多波《あたば》は血まみれ、傷だらけになりながらもまだ生きていた。彼はなぜか殺されなかった。

彼に食物を与え、傷口をなおすために倶志那陀《くしなだ》が遣わされた。

倶志那陀は、母ゆずりの医法で薬草の汁を傷口につけ、土偶《どぐう》に祈って傷をいやそうとした。

彼女は、しだいに足しげく阿多波を訪れるようになった。

「なぜわたしを助けるのです」

「神のおつげだから」

「わたしは、あなたがたとは異った種族の男です」

「でも、おまえはほかの人夫たちとは違います。なぜかわからないけれど、ちがった人間に見えます。これも、おまえの運命かもしれない」

そう言いつつ、倶志那陀は、たかぶる感情を抑えることができなかった。彼女は、巫女である身分も何もかも捨てて、阿多波の胸の中へ身を埋めたいような衝動にかられるのだった。

公民館（夜）

夜が更け、山おろしの音は絶えている。

老人の解読に耳をかたむけながら、私は、ふと一昨年訪れたイースター島の伝説を思い出していた。

一千年ほど昔、イースター島には、長耳族という赤毛の種族が住んでいた。あとから漂着して住みついた短耳族という別種族に、彼らは強い差別感情を持っていた。長耳族は、短耳族を巨石像製作と運搬という過酷な労働に駆り立てた。短耳族たちは、長い年月の圧迫ののち、ついに反抗して、巨石像をうち倒し、作業を中止した。両者の間で争闘が始まり、短耳族は一人残らず殺されたということである……。

私は、イースター島の伝説と古文書の話の奇妙な暗合に、いささか驚いた。そして、他の国々の歴史に残るエピソードにも、多少ともこういった民族間、種族間のエゴと差別の確執やトラブルが絶えまがなかったことに気がつき、いささか無常感におそわれるのだった。所詮《しょせん》、文明とは、このようなおろかな歴史の中で消滅と興隆を際限なくくり返す泡のようなものなのだろうか。

火出見《ほでみ》の館

首長の火出見は、阿多波《あたば》との婚姻を願い出た倶志那陀《くしなだ》に、目を丸くして驚いた。信じられぬことだった。

「神のもとに仕えるおまえが、けだもの同然の野蛮人の男とちぎりを結ぶというのか！」

「あの男が好きなのです」

倶志那陀は、せい一ぱい、それだけをつぶやいた。

父は娘をなじり、強くいさめた。

もちろん、それまでにも足長人と手長人との間に婚姻がないわけではなかった。だが、首長の娘で、一族の祭祀《さいし》を司る地位の女ともなれば話は別である。

しかし、老いた火出見《ほでみ》には、別の思惑もあった。彼が亡きあと、差羅沙《さらしゃ》が女の身で手長族の反抗を押さえ切れるであろうか。手長族の血が足長族といりまじることで、この地方に永い平和がもたらされる可能性はないだろうか。すくなくとも彼をこの大工事の長《おさ》に据《す》えることによって、手長族の労働を容易にすることは可能ではないのか。

そして大義名分として、倶志那陀《くしなだ》に神示がおりたことにすればよい。

火出見は、すっかり傷の癒《い》えた阿多波《あたば》を呼び出して、観察した。

「倶志那陀を愛《め》で、ちぎりを結ぶには証《あか》しが要る。われら一族の神をあがめるか」

「はい」

――阿多波は、すでに親友伊曾《いそ》が自分を見捨て、死を望んでいることを聞き知っていた。この上、なんの理由で帝釈峡《たいしやくきよう》へ帰る必要があろう。

「では神を祀《まつ》る祭壇の工事を、そちがすすめ、指揮をとることを誓うか」

「一族の神に誓います」

倶志那陀と阿多波は、工事の完成と共に契りを結ぶことに決まった。

喜びに目を見交す二人を、外でじっと覗《うかが》っているのは差羅沙であった。

帝釈峡

帝釈峡の入口で、阿多波は伊曾にあった。

「おまえは火出見の娘と結ばれるそうだな。どうりで村に戻らぬ筈《はず》だ。たいした的を射とめたものよ」

伊曾《いそ》は皮肉たっぷりに言った。

「それについて、おまえの協力がほしい。おれは工事監督になった。祭壇造築は予定通り進めなければならぬのだ。作業拒否の作戦を中止してほしい」

「監督昇進とは、えらく出世したな。阿多波《あたば》もついに足長の飼犬になり下ったか」

「おれがそれなりの地位につけば、いつかきっと手長人も権利を回復して、大手をふってあの平地へ出て行ける日が来る。そのための、おれは橋渡しをしたいのだ」

「おまえに免じて人手は送ってやろう。だが、おれはおれのやり方で行く。おまえとも剣をまじえることがあるかも知れん。それだけは覚えておけよ」

葦嶽山《あしたけやま》

工事は、阿多波のリードで急ピッチで進められた。

倶志那陀《くしなだ》は、ここに祭壇とともに四季の農耕の時を告げる暦の装置を据える計画であった。春分、秋分の日には太陽は真東から出る。その朝日を受けて、反射させる、表面を鏡状にみがいた岩板が必要だった。これを対面の山肌に反射させ、その光の当るところに岩板を据える。つまり、この岩板の中央に光が当たれば春分――種を蒔《ま》く季節の始まりである。

そして、それから割り出して方位を示す石を、各山頂に据えて周囲の地理を調べる基にすることも計画のうちであった。さらに、山の中腹には、自分たちの一族が長い旅をして来たはるか西の果――そこには、おなじく巨大な神殿が造築されているという――に向けて、巨大な神の従僕の像を刻み、建てることも忘れなかった。

しかし、思わぬ事故が度重なっておこり、何十人も人夫が死んだ。

その最大のアクシデントは、火出見《ほでみ》がたまたま山腹の運搬道を検分していたときに起こった。

地震であった。

さほど激しいゆれではなかったのに、巨石をひっぱり上げていた何十人もの人夫が、恐れで一斉に綱の手をはなした。石は猛烈な勢いで山腹をすべりおち、火出見をはねとばした。即死であった。

火出見の遺骸《いがい》は、おごそかに埋められ、同時に六十人の人夫の首も斬られて埋められた。

地震を鬼神の怒りと見た人々は、その山を鬼叫山《ききようざん》と名づけた。当然、神明の怒りを鎮《しず》めるために、倶志那陀《くしなだ》が祈り、生贄《いけにえ》を捧げなければならなかった。工事監督の責任は問われずじまいで、この後始末は終った。勿論《もちろん》阿多波《あたば》が倶志那陀の婿だったからである。

遠征

父の死後、差羅沙《さらしや》はたちまち自らの野望を実行に移した。

「東へ兵を進める。東国にこそ、わが一族の安住の地が約束されよう」

「でもねえさま、この土地をはなれることは、おとうさまのご遺志に反します。お墓もあることですし」

「弱虫。ではわたしだけが行こう。そのかわり阿多波を兵の長《おさ》にして同行させるがよいか」

「それは……」

「あの男はおまえに近づきすぎる。すくなくとも巫女《みこ》としてのおまえは穢《けが》れた性に弄《もてあそ》ばれてはならぬ。たとえ契《ちぎ》りを結ぶ男といえども、当分は引き離さねば、信望も次第にうすらぐおそれがある」

差羅沙《さらしや》は冷たく言い捨て、容赦なく阿多波《あたば》を拘束した。

めぼしい若者はほとんど兵に編入され、阿多波を隊長として、差羅沙に率いられて出発して行った。

一行は、吉備《きび》の国へはいった。月の夜、はるか西のかたを望んで、思いにふける阿多波に、差羅沙のギラギラした目が光っている。

帝釈川《たいしやくがわ》のほとり

東征群が出発したあと、足長人の都はすっかり手薄になった。

これを、手長人が見逃す訳がなかった。伊曾《いそ》はたちまち反乱の火の手をあげた。

帝釈峡から、手に手にえものを持ってとび出して行く手長人達。殆《ほとん》どが婦女子の足長人達は手も足もでない。

火出見《ほでみ》の館も焼き払われ、工事場の足場は切り崩され、次々になぶり殺しにあって行く。

工事場から、倶志那陀《くしなだ》が捕えられて来た。伊曾は彼女を見ると、陰険に笑った。

野営地

吉備《きび》国へ傷ついた伝令がたどりついた。

都は殆《ほとん》ど全滅、倶志那陀《くしなだ》も行方不明と報告した。兵たちの動揺と悲嘆は大きかった。

だが差羅沙《さらしゃ》だけは、思いのほか冷静だった。

「あの地にもう未練はない」

彼女は言い放った。

「手長人どもの世話はもうたくさん。わたしたちの新しい都は、東に築くのだ。東には大きな入江、豊かな盆地、充分な水や食物があるという。みんな、未練をすてて未来をみつめるがいい」

だれかが叫んだ。

「隊長の姿が見えません」

「なんですって！」

「こっそり軍を脱けて戻られたようです」

それを聞くと、差羅沙は、はげしくとりみだした。

帝釈峡《たいしゃくきょう》

なぶられている倶志那陀。その目はうつろである。

せせら笑って、からかう伊曾《いそ》。

阿多波《あたば》が駆けつけてくる。

「その人を放せ!」

「足長人の飼犬か、戻って来ても無駄だ。おまえの主人たちは皆殺しだ。この女もそうなる。引き渡すことはできぬ」

「報いがあるぞ!　その人は神の僕《しもべ》だ」

「こいつらの神の呪《のろ》いとやらを見たいものだ」

「腕にかけても奪うぞ!」

「そいつを待っていた。来い!」

伊曾《いそ》と阿多波《あたば》は、たがいに武器をとって闘い、ついに、組み討ちとなった。

長い対決の末、伊曾は死に、阿多波も重傷を負った。

しかし、阿多波は気を失った倶志那陀《くしなだ》を抱き上げ、帝釈峡《たいしゃくきょう》を去った。

葦嶽山《あしたけやま》

とりみだした差羅沙《さらしゃ》に率いられて兵達が戻って来た。

肉親のむくろが横たわる都の跡に、兵達の悲嘆の叫びがいつまでも続いた。

差羅沙は阿多波の行方を血眼になって求めた。傷ついた阿多波が、葦嶽山のほうへ向ったと聞いた差羅沙は、ほっと胸をなでおろして、山へ駆け登って行く。


山頂の祭壇の前では、重傷に息もたえだえの阿多波が横たわり、倶志那陀が必死で介抱している。

彼女は、精魂こめて秘薬をつくっていた。彼女の医術の力だけが、彼を死から救うことができるのだ。

彼女は薬草のひとつを探しに山腹へおりて行った。


息をついて登って来た差羅沙は、ばったり倶志那陀と出遇《であ》い、発作的に殺意がめばえた。

それは女同士の敵意だった。次の瞬間、ひとことも言わずに彼女は倶志那陀《くしなだ》を刺し殺した。

山頂へたどりついた差羅沙《さらしゃ》は、瀕死《ひんし》の阿多波《あたば》を見つけ、つくりかけの薬草の壺を見て、すべてを察した。彼女は、とりかえしのつかぬ過《あやま》ちにわれを忘れ、泣きながら阿多波をかきいだいた。

しかし、彼女にはどんな権力を以てしても彼の死をとめることはできないのだ。

彼女は、阿多波を抱きしめながら、いつまでも嗚咽《おえつ》していた。

兵達が山頂へ登りつこうとしたとき、再び山が鳴動し、地震がおきた。おもだったドルメンや祭壇の部分は、地割れとともに、もろくも崩れ落ちた。樹々は倒れて転げ落ち、何十人も兵が死んだ。

帝釈峡《たいしゃくきょう》に山津波がおき、多数の溺死者《できししゃ》が出たのと同時だった。

巫女《みこ》と首長とを失った足長一族はちりぢりとなり、差羅沙と倶志那陀の二人の遺体はついに見つからなかった。

ただ、阿多波だけは山頂に放置されているのを、人々がおろして、山麓にほかの犠牲者と共に葬った。

それが雨降《うぶり》古墳だという。

公民館

長い解読のあと、老人は、名も告げずにふいと出て行ってしまい、夜の闇の中へ消える。

「あのとしよりは、いま話に出た帝釈峡の奥に住んでいる変り者でしてな。庄原《しょうばら》の者ではないし、ほとんど誰も交際《つきあ》っては居りません」

「彼が解読したというのは、彼は古代文字の研究でもしているのですか」

「四十年近く前、酒井勝軍という民間学者が葦嶽山《あしたけやま》の古代文字を解いたそうで、わたしの生まれる直前でしたが、あのとしよりがそれに関係していたとも思えんです。まあ、口から出まかせのたわごとですよ。読める筈《はず》がない」

こう言いつつ雨降《うぶり》氏はトイレへ立つ。取材班の石村記者は、やがて夜気を吸いに外へ出る。驚きの声。

「あのじいさんが死んでいるぞ!」

私が外へとび出して見ると、すぐ入口の前の暗がりに、顔面をたたき割られ、血だらけになって老人が倒れている。

私が慌《あわ》てて事務所にあった電話番号から駐在所へ急を知らせている所へ、雨降氏がトイレから戻って来た。

「死体はそのままにしておこう。たった今の犯行だ」

と石村記者。

狼狽《ろうばい》と気まずい沈黙、山おろしの音だけが劇《はげ》しい。

私は、雨降氏をじっと見つめた。彼は脂汗《あぶらあせ》を流し、落ち着かない。

駐在さんが自転車でやって来た。

「こりゃ佐伯《さえき》のじいさんじゃないか！」

「佐伯という名ですか」

「佐伯平蔵ちゅうて、うちのじいさんがずいぶんつきおうていた人だ。身代限《しんだいかぎ》りになって、倅《せがれ》もなく、あの谷の奥で暮しとったんだ。救いのない一生だったのう。だが、だれにうらまれる筈もない人が」

「すると、怨恨《えんこん》の殺人じゃないのですか」

「うらみこそすれ、うらまれる立場なんかねえよ。たしかに変人だったが、まがったことはしとらんで」

「しかし、現に殺されているんです」

「ほんとに殺されたかどうかわかんね。明日、本署から本格的な調べが来るまでうかつに噂を広めてはいけんよ」

「だいいち、この人はこの公民館へ突然現われ、いきなり古文書の解読を始めたのです。そして筋書きができているように殺されたとなると、こりゃ偶然の連続とは思えませんな。絶対に裏がある筈《はず》だ」

石村記者が断言する。

「つまり、誰かに指示されたか、招かれてここへ来たってわけですか？　それなら、もしかしたら、ここへ来て急に古文書を読み出した訳も説明がつきそうだ。つまり、それも筋書きの中だったのです。古文書を読むことが、じいさんをさそい出すエサだったのじゃないですか」

「想像をまじえた勝手な推測はやめてもらいましょ」

駐在がたしなめた。

雨降《うぶり》氏の狼狽《ろうばい》と焦燥ぶりはみぐるしいほど……。

東京郊外秩父橋立附近

それから一カ月後。

私は石村記者と、ここ奥秩父橋立の古代人の岩陰遺跡を訪れている。古代には驚くべきことにこの附近まで東京湾の海岸線が入りこんでいた。従って、この山奥からも貝塚などが発見されているのである。

雨降氏が佐伯老人を殺した容疑は、ほぼクロと断定し得る所に来ていた。根拠は怨《えん》恨《こん》関係である。つまり、雨降氏は戦後、佐伯氏の所有していた地所を抵当にとり、そのまま横領していた。ことに中国縦貫道路の建設の前後に、雨降《うぶり》氏の行なった土地ころがしは実にあくどいものであった。しかし、庄原《しょうばら》市きっての旧家である雨降氏の行動には、誰一人苦情をいうことができなかった……それほど、彼の家柄は強大な権威だったのである。

佐伯《さえき》老人が戦後、軍に没収されていた土地を返却されたとき、雨降氏はわずかな生計費を肩替わりするかわりに、佐伯氏の土地ぐるみ、家財一切を担保にとっていたのである。

従って佐伯老人は、雨降氏を生涯の仇《かたき》として心から憎んでいたという。雨降氏は、老人を怖れ、ひたすら彼を避けようとつとめた。一切を法廷にさらけ出されることをひどく怖れたのだ。その揚句の発作的な抹殺である。

「雨降氏は広大な地所を持つ名士、そして佐伯老人は、土地を奪われて谷の奥に追いやられた被害者……この図式は、ホラ、手長人と足長人の宿命的な関係に、いかにも似ていませんか。おもしろいですねえ」

と石村記者は言う。

「だけど、トイレに行くふりをして、帰りがけの老人を叩《たた》き殺すなんて、あまりに子供じみた幼稚な犯罪じゃないか。それに、いろいろつじつまのあわぬ点がある。雨降氏の衣服に血痕《けっこん》がまるでないことや、時間的にもどうも無理がある……第一彼は頑として無罪を主張しているでしょう」

「でも、ほかに老人を殺す動機を持っている者は一人もいないのですよ。衣服の血は、またトイレへ戻れば着替えられるし、あの公民館のトイレは、建物の裏へすぐ出られるのですよ」

「老人が外へ出る。それを見てトイレから老人の所へ行くとしたら、かなり時間がかかるはずですよ。しかし老人は戸口近くで倒れていた。しかも、死体をひきずった形跡はない」

「彼が老人を戸口へ連れ戻したのでは？」

「なぜそんなことをわざわざする必要があったんです？」

「じゃああなたは、老人を殺したのは誰だと思っているんですか」

同じく山腹

山笹をかきわける音。

突然、広場へ出る。そこは発掘途中の古代人の埋葬遺跡だった。重なるように数千年前の人骨群がそこに眠っている。あの帝釈峡《たいしやくきよう》の遺跡から出た人骨も一万年ほど昔のものだ。

「なぜ、あなたは、こんな遺跡なんかに興味を持ち出したのですか？」

と石村記者。

「そうですね、どんな太古の原始的な人類でも、結局われわれと同類なのだということを確認したいためかな」

「ほう」

「つまりね、ある時期——そう、ぼくたちが子どもだった頃、ある時代から昔は人間は居なかったのです。

つまり、神代《かみよ》だったわけ。そして神さまばかりの国で、神さまがのんだり食ったり踊ったりしていたとぼくらは教え込まれたのです。勿論《もちろん》、その頃には例のヤマタイ国伝説や魏志倭人伝《ぎしわじんでん》など習やしない。でも子ども心にも大へん不合理な歴史だと思いましたよ。ところが奇妙なもんですね、いまだにぼくの心の奥底に、神代というもうろうとした世界のイメージが消えないのですよ。子ども時代の印象ってのは、しつこいものですね。

あの葦嶽山《あしたけやま》の巨石文明だって、マスコミに発表されて評判になったあと、ブッツリと噂が消えてしまった。つまり、当時、軍や御用学者にとって、そのような神代以前の人類文明なんてもってのほかのタワケだったのですね。ことに古代文字の解読なんかはね。

いまでも、そういう日本人のルーツの研究や発見を拒否する人達がいるでしょう。日本は、あくまでも神国だって……」

「成程、ご自分の心の中から神代という強烈な概念を追い出したい。それでつとめて遺跡や貝塚から古代人のリアリティを見つけ出そうというわけですか」

「そういえば佐伯《さえき》老人も、戦時中、軍部にいっさいの資料を押さえられたそうですね。それが戦後開放されたとき、どんな貴重なものが揃っていたかわかりませんね。

老人はその一部を雨降《うぶり》氏に横領されたが、あるものは老人がどこかに隠匿《いんとく》して秘密にしていたのでしょう。

あれからいろいろ調べたんですが、佐伯氏は一部の学会ではその戦前の古代史研究で名を知られていた学者だったそうじゃありませんか。そして、要注意人物の槍玉《やりだま》に上っていたわけでしょう。もし、彼が日本民族のルーツについて、重大な資料を握っていたとしたら、彼はある種のグループにとって危険な存在なわけです。そんなものを発表されては一大事なわけですから」

「まさかあなたは、老人がそんなことのために、口をふさぐために殺されたのだと思っておられるのではないでしょう?」

「そういう可能性もあるということですよ。むしろ、個人的な怨恨《えんこん》で殺される場合よりその可能性のほうが大でしょうね」

「では、彼をわざわざ公民館へ呼び出したのは、そういうグループだったというのですか」

「いいえ、個人ですよ。それも多分、はじめは殺意はなかったと思いますよ。あの老人の解読がきっかけで、危険だと察した相手は口を封じたのです。そして、雨降《うぶり》氏に罪をなすりつけたのです」

「しかしどうやって殺した……」

「たぶんあらかじめ穴に石を入れておき、老人を撲殺してまた穴へかくし、土をかぶせたのです。あの公民館の近くの荒地を探せば多分石が発見されるはずです。それだけの余裕があったのです。一分あればね。そして『老人が死んでいる!』と叫べばよかった」

「………」

「あんたの経歴を調べさせて貰《もら》いましたよ。あんたが殺したんでしょう」

石村記者は、無言のまま長い間私の顔を見つめ「単なる想像だ」と言った。

「いいや、あんたしかいない」

石村は、また長い間沈黙した。

「訴えますか」

「さあ、そこまではまだ考えていません」

私は、石村が私に襲いかかって、谷底へつき落とそうとしているのに気がついた。恐怖の数分が過ぎ、石村はくすくすと笑った。

「私はバカじゃない。何一つ証拠はないんです。あなたが頭の中でデッチ上げた推理だ」

そして、二人は何事もなかったかのように峠をおりて行った。

手塚治虫（てづか・おさむ）　一九二八～八九（昭和三～平成元）年。漫画家・アニメ監督。大阪生まれ。『火の鳥』で講談社出版文化賞、『ブラック・ジャック』で日本漫画家協会賞、『陽だまりの樹』で小学館漫画賞、『アドルフに告ぐ』で講談社漫画賞を受賞した。劇場アニメ「ジャングル大帝」は、ヴェネツィア国際映画祭サンマルコ銀獅子賞を受けている。「太陽の石」は一九八〇年三月二四日に、ＮＨＫ第一ラジオで放送された。底本は『手塚治虫ＳＦ・小説の玉手箱１　ハレー伝説』（二〇一一年、樹立社）を使用している。

賽の河原の話

柳田國男

昨年の一月から五月迄、本誌に俗聖沿革史を続けて書いたが五月になつて、急に瑞西へ行くことになり、秋には帰るつもりのが、年を越えて帰つた様な訳で、非常に多忙で書くことも出来なかつた。さうして、また此五月から再び瑞西の方へ行く様になつてゐるので、今続きを書いても亦五月になると、中止せなければならぬから、それよりも今度洋行して帰つてからゆつくりと書くことにして、今度は別の話をする。

在来の歴史や伝説旧跡などを調べて見ると、色々珍しい話や面白い話、不思議な話、奇怪な話などがある。懐胎して死んだ女を埋めると、其土中から赤子の泣声が聞えたり、孕み女が斬られて、傷口から子供が生れ、その子を地蔵菩薩や、観音菩薩が救うて育てると云ふことや、或は子供の足跡や手の跡が天井や床に着いてあつたと云ふ話がいくらもある。而もさうした不思議なことが、場所を定めて現れると云ふことが往々にしてある。箱根の賽の河原などは正に其一例である。此賽の河原は街道の東西上り下りの衝に在つた為に、佐夜の中山の如くよく人に知られてゐた。但し、外国人の紀行に写真まで出た今の賽の河原は、元和の初年に蘆の湖の南を通るやうになつてから引き越して来たもので、茲にも多くの石地蔵と、小石を積み重ねる風習とはあるが、私の言はうとするのは元箱根の旧道、権現坂の辺りにあるものである。此山中には右の新旧二箇所の外に、姥子にも賽の河原があつて、六地蔵外十一の石地蔵があつたが、独元箱根の上に在つて、或は誤つて曾我兄弟の墓など謂ひ、鎌倉末頃の年号ある二三の石塔も立つて居る。所謂元賽の河原の地だけに此話はあるのである。官道が南へ遷つてから後も、毎年七月の二十三日には、近郷の人々が此へ集り来り、地蔵の供養をした。夜更けてから子供の幽霊が出ると云ふ話で、翌朝見ると必らず其足跡があつたり、或は夜更けには時々子供の足跡を見ると云ふ説もあつた。併しそれは猿の足跡だとも言つて居る。成る程参詣の人が散じて、食物などの落ち散つた処だから猿なども出ぬとは云はぬが、少くとも其足跡を見て、小児の幽霊を心附くだけの事情はあつたのである。

以上箱根の賽の河原の話であるが、日本中には、此外に噴火などの怖しさに基いたものや、高山には屢〻此世の地獄を説いてゐる。越中の立山に地獄があると云ふは随分古くから伝へられてゐるが、富士にも、白山にも同じ様な話があるが、是以外南部の宇曾利山から、南は九州の鶴見、阿蘇、雲仙等に至る迄、今ある地獄の名は多くは、新しい火山である。

さうして、此賽の河原と云ふのが、其地獄の一部分として存する位ならば、話は極めて簡単であるけれども、よく注意して観ると、さうした火山の一部分の地獄とは趣きを異にした河川の流域や、坦々たる平野地方にも散在して居るのであるから、此賽の河原は、元仏教の地獄の中に有つたものでは無いと云ふことも知られる。又、誰が作つたか知らぬが、浄土和讃の物悲しい章句の中に、

三つや五つの稚子《をさなご》が、賽の河原に集りて、昼の三時の間には大石運びて塚に築く。夜の三時の間には、小石を拾ひて塔を積む。一つ積んでは父の為め、二つ積んでは母の為め……云々

と、あるのは歴史にも経文にも、少しも拠り所を持たぬ創作だと云ふことを意味するもので、其が民心を動かし了つた今日となつては、それが創作であり、或は出鱈目であると、否とを問はず、兎に角此和製の地獄には、矢張り国産の原料がうんと入つて居ることを認めねばならぬ。

それであるから、かうした賽の河原が幾何もある。能登の波並村の海添ひの路に面して、地蔵堂の前に小石を多く積んだ賽の河原では、毎夜子供の多く啼く声がすると云ひ伝へてゐる。

又、信州飯綱山の御頂上の宮の脇に、例の粟飯の出る所を賽の河原と云ひ、笠を地

に伏せると五六歳の子供の足跡がつくと云ふ。笠を伏せると云ふのは、どう云ふ訳か分らぬが、矢張り通幻源翁の袈裟や、木曾の小子を笠で隠した類では無いかと思ふ。他の地方の賽の河原でも、岩の上に子供の足跡の永久に残つた例もある。甲州菩提山の路にある関の地蔵尊の前の大石や、又次に云ふ越後の浦浜の洞穴などは夫れであつて、元々明瞭に足跡と決定し得る程の凹みでも無いのを、言ひ合した様にどの田舎でも人が意を以つて迎へる為に、さうしたものとなるのであつて、そこには、どうしても根底に横はる古い信仰のある為で、私だけは、賽の河原と云ふ土地の人の名称が、よく此意味を物語つて居るものゝ様に思つてゐる。

越後には、殊に路傍の賽の河原が多くあるが、前に挙げた角田の洞穴などは国上山へ抜けて居ると云ふ位の深い穴で、七面明神出現の地などゝも伝へて居る。その奥深く入ると、数多の小石が誰が積むともなく、累々として而も其位置が変るとさへも伝へられてゐる。

又信州和田峠の麓にある道祖河原《さへの》なども、路の左右に小石を何箇処とも無く積重ねてあつて、旅人が是を崩しても亦夜の中に元の様に積んであるとのことである。勿論精密な実験ではないが、少くとも志して積むと云ふ人は無いのに、かうした小石塚が出来たのである。

奥州では有名な恐山の地獄谷に、拳ほどの小石を集めて、塔を造つた所を又賽の河原と呼んでゐて、幾百とも知れぬ其塔が、崩せば又何時の間にか元の様に積んであると云ふ。

更に海峡を渡つて北海道渡島《おしま》の横泊りの浦にも、石子積みと名づけて同じ様な所がある。又、後志《しりべし》の川白崎にカムイミンダラ即ち神庭と称へて、昼崩せば夜は元の如くになる積石があつて、水夫等は之を西院の河原と云うてゐたが、之は今ではもう出来ぬ様になつたと云ふ。

斯様に遠い蝦夷が島でも、尚吾々の祖先が見れば賽の河原であつた。併し、九州の果てに行くと、此話は及ばなかつたと見えて、大隅の田代村、鵜戸権現社の窟の口には時々石を積み累ねてあるのを、此神に従属するカハタロの仕業であると、信じてゐたと云ふ。カハタロとは、河童のことである。

旅をして知つてゐる各地の賽の河原の中でも、遠州奥山街道の鳥井河原通りで見たものは、一度水が出ると流されさうな河原に、成るたけ平たい石を拾つて、五段も六段も重ねてゐる。近く子を失つた父母が此路を通ると、思はず悲しくなつて、石を拾つて積んで行くと云ふことである。箱根の峠の如きは誠に浮世の衢であつたから、元和以来の新店の賽の河原にも、尚念仏を申し石を積んで通る人が極めて多かつたのである。之を今一つ前に溯つて、考へて見ると、元箱根の権現坂にあるものなどは、時を定めて、人が供養に集る風習になつてゐた。又、越後北蒲原の華報寺参詣道の賽の河原に至つては、石を積んで早世の者の菩提を弔ふ為に、毎年四五月の間は里人が群集するのであつて、此頃になると、寺の坊さんは水施餓鬼を行ふ例であつて、又、菩提追善の為に、薄板の小塔婆を書いて之を売つて、一般の人達に納めさせたと云ふ。併しどう云ふ訳で石を積むのであるか、坊さんも信者も、実はよく知らずに、而も年々欠かさずに行はれてゐたと云ふのは、民間因習の強い力であつて、或は之を先天的であるとまで呼ばれてゐた。

東北地方の人は、此賽の河原が、道祖神の祠のある所に附随してある所から、其地名の道祖神に起つたことを知つて居るものが多かつた様であるが、関西の山村には、峠の道祖《さへ》の岻《たわ》など、呼ぶものが、各郡に二つ三つも有つたに拘らず、是と、浄土和讃などに取り込んだサヒノカハラと、同じ起源であるのに心附いた人が無い様である。従つて、京都西南の佐比の里が、京都墓地である所から、之を取つて、子供の地獄の名にしたものであるとか、甚だしいのは、石を積むことが双六の賽に似て居るから戯れに呼ぶのだとも謂はれてゐる。全く、何故石を積むのであるか、又、何故地獄にさうした所があるのかと云ふことも分らぬ様である。私の考へるには支那で道祖と云つたのは、単純に道の神であつたのかも知れぬが、此漢字を宛てた日本のサヘノカミは、同時に境を護る神であつた。サヘと云ふは塞障のことで、障る遮ると云ふと同じ語源から出て居る。であるから之を祭るには村の境や、山の峠、又は橋の袂の様な人間が防衛するにしても好都合な、通路の一地点を択んだのである。

中国などでは、道祖神は石でも瓦でも多い方を悦ばれると云つて、矢張り其前を通る人たちは、其類の物を携へて往つて積み重ねる。或は初めは、神様の防禦工事の手伝の意味であつたかも知れぬが、若しさうでなくとも、仏教とは少しも関係のなかつたもの丶様である。

兎に角、此賽の河原の道祖信仰から出たことは、決して話ばかりでは無い。日本の地蔵様と道祖神とは似ぬ点の方が少い位によく似てゐる。真言一流の説明では、地蔵は道祖神の本地、道祖は地蔵の垂迹であるとしてゐる。殊に子安地蔵とか子育地蔵とか言つて、永久に人の親の憂愁を救ふ役目は、道祖神も古くから之を掌つてゐたのである。法体の地蔵には似合はしからぬ縁結びや、生れる子供の運を定める仕事などは、素より道祖の管轄する所であつた。だから、或地方の賽の河原で地蔵堂の前に小児の啼き声や、足跡があると共に、佐夜の中山や因幡の黄楊《つげ》の道祖に於て、夜啼石や塚から子の生れた話が残つて居るので、後世の人が歴史を尊び、偉人を慕ふの余り、出来るならば、誰か名の高い人のことにしようとした為に、そんなに似た話が幾つもあるものかと、軽蔑する様にはなつたが、今一つ以前に戻つて考へて見ると、何か我々の祖先が、石のごろ〳〵と有る境の神の祭場附近に於て、深夜赤子の声を聞いたり、岩の上に其可愛い足跡が留まるやうに、思はねばならぬ事情が有つたのでは無いか、茲が今一歩進めて考へるべき問題の存する所である。兎に角、是に依つて考へて見ると、死んだ子の行く遠い処とのみ思つてゐた賽の河原も、却つて子を求むる極めて近い、道祖の神の祭場と其根源の一つであると云ふことが略〻判るのである。

柳田國男（やなぎた・くにお）一八七五～一九六二（明治八～昭和三七）年。民俗学者・詩人。兵庫生まれ。松岡國男の名前で『抒情詩』の詩人として出発する。日本人とは何者かを問い続け、国内外を調査しながら資料を収集して、日本民俗学の基礎を確立した。代表的な著書に『遠野物語』『桃太郎の誕生』『故郷七十年』などがある。「賽の河原の話」は『中央仏教』一九二二年四月号に発表された。底本は『定本柳田國男集』第二七巻（一九七〇年、筑摩書房）を使用している。石に関連する他の作品に、「石の枕」「越中立山の姥石」「石占の種類」「袂石」などがある。

7　砂漠の思想への旅

砂漠の思想

安部公房

1

砂漠には、あるいは砂漠的なものには、いつもなにかしら言い知れぬ魅力があるものである。日本にはないものに対するあこがれだとも、言えなくはないが、しかし私などは半砂漠的な満洲（現在の東北）で幼少年時のほとんどをすごしたのだ。いまならノスタルジアだと説明してしまうこともできるわけだが、記憶の中でも、その半砂漠的風土のなかにいてさえ、なお砂漠にあこがれを持っていたことを思いだす。空が暗褐色にそまり、息がつまりそうな砂ぼこりの日、乾ききったまぶたの裏に、拭いてもふいてもぬぐいきれない砂がくいこむ、あのいらだたしい気分の裏には、不快感だけではなく、同時にいつも一種の浮きうきした期待がこめられていたように思うのだ。

それは、一つには、春という季節との結びつきもあっただろう。大陸の春は、永い冬のあと、砂ぼこりとともに突然やってきて、また突然いってしまう。砂塵は春の象徴でもあったわけだ。――しかし、砂漠的なものへの魅力は、単にそんな個人的な体験だけにとどまるものではあるまい。花田清輝もその「二つの世界」のなかで指摘しているとおり、それは破壊され、また創造されつつある現実のなかに、ほとんど普遍的なものとして存在している一つの傾向なのではあるまいか。砂漠というとすぐ、死や破壊や虚無だけを思いうかべるのは幸福な詩人だけの話で、一般的には、むしろ砂のもっているあのプラスチックな性質にひきつけられるのが普通なのではあるまいか。ちょうど子供たちが、砂場遊びに時を忘れ、世界を創造したような気持になるように……

あるいは、さらに、社会的な動機との結びつきもあるのかもしれない。いや、主観的にはいかに純粋な衝動であろうと、社会的な意味あいをおびない衝動などあるはずがないのだから、砂漠にたいするあこがれにだって、かならずなにかしら歴史的、社会的な理由がかくされているにちがいないのである。

たとえば、砂漠が暗示するものは、「辺境」である。プラスチックな砂の集合体である砂漠＝辺境が、同様プラスチックであるのは当然だが、しかし量はかならず質に転化するものであり、同じプラスチックなものへの関心といっても、幼稚園の砂場と、辺境とでは、まるでちがったものであるはずだ。砂場には政治はない。あってもせいぜい、町会か区会議員の取引き程度のことである。しかし、国際政治の亡霊どもは、いまやこぞって辺境のうえをさまよっているのだ。——といっても、アメリカ西部の砂漠と、アジア・アフリカの砂漠とでは、意味がぜんぜんちがってくる。アメリカの砂漠は、せいぜいホース・オペラの舞台になるか、いや世界最大の原子力工場もあったようだが、それとて単に不毛の空間を利用したにすぎず、したがって「生きている砂漠」をえがこうとしても、せいぜいディズニー程度に、動物や昆虫の生態をとらえることしかできなかった。むろんそれもけっこうな試みである。ホース・オペラだって馬鹿にはできない。たとえば、西部劇には、しばしば砂漠形成の本質を、かなりリアリスティックにとらえているものもある。リッチ・コールダーによれば、砂漠形成は単に気候風土だけが原因だったのではなく、むしろ人為的だったと考えられる場合が多いのだそうだが——つまり、砂漠化しやすいような土地は、案外耕作に適しているものなのだが、不完全な社会構造のため過度な略奪農耕がおこなわれ、そのため一部に砂漠化がおこり、するとその伝染性によって、砂漠地帯が連鎖的に拡大していったわけで、古代都市がしばしば砂漠で発見されるというのも故ないことではないというのだが——西部劇の一つのテーマであるカウボーイと農民の抗争には、そのへんの事情が読めなくもない。緑なす大草原に、農民が入りこみ、するとそこから砂漠になっていくというような映画もあったようにおぼえている。孤独なる騎馬の英雄たちが疾駆する、そのひづめのあとにもうもうと立ちこめる砂塵にも、あれでなかなか深い意味がこめられているわけだ。

しかし、インディアンたちは敗北しさった。レーニンのいう、先進アジアがもはや逆説だけでなく、現に建設されつつあるアジアやアフリカの砂漠とくらべると、そのもっているエネルギーはもはやはるかに小さいと言わなければなるまい。本当に生きている砂漠＝辺境は、今日ではアジアとアフリカにしかないらしいのである。

アンドレ・カイヤット監督の「眼には眼を」は、そうした生きている砂漠の内部をえぐりだし、さまざまな砂漠的なものへの関心に鋭い一撃をくわえた、まことに珍重すべき作品であったと思う。

2

話の筋は、しごく簡単である。ある中東のトラブロスという町――ベイルートが近くにあるというから、たぶんレバノンだろう――の病院に、ヴァルテル（クルト・ユルゲンス）という外科医がつとめている。まずその、約束の音楽会にも行けないほどの多忙さがえがかれる。それから、やっと一日の勤務をおえて、家に帰ったところに、ボルタク（フォルコ・ルソ）というアラブ人が、急病にかかった妻をつれてたずねてくる。病院に行くように言ってやったところ、その自動車が途中故障をおこし、歩かなければならなかったうえ、当直の医師（アラブ人）の誤診もあって、死んでしまった。したがって、このフランス人の医者には、なんの責任もなかったわけだ。……しかし、その後、彼はしじゅうつきまとっている、何者かの影におびやかされはじめる。窓の下に、ボルタクが乗りすてたボロ自動車がとめてあったり、夜中、誰ともしらぬ電話のベルにおこされたりする。ボルタクの仕業にちがいない。腹をたてた医者は、相手をみつけだして、話をつけようと思う。ところが、いざつかまえようとすると、なかなかうまくいかないのだ。彼は神経衰弱気味になり、毎晩酒を飲むようになる。……やっと、ボルタクが、ラヤというアラブ人の村に出掛けたことを聞きつけ、後を追う。追いついた瞬間、ボルタクの車が、溝にはまりこんでしまい、やむなく彼が、ボルタクとその娘をラヤまではこんでやらなければならなくなった。おまけに、ガソリンが切れてしまい、ボルタクの家にとまることを余儀なくされる。翌朝、ガソリンを運んできた男に、タルマというさらに奥地の部落に怪我人がでたから、診にきてくれとたのまれ、ボルタクに対する心理的負い目もあって、つい引受けてしまうのだ。……が、やっとの思いでたどりついたタルマには、異様な白人にたいする敵意がみなぎっていた。治療をことわられたうえに、自動車のタイヤまで盗まれてしまい、文句を言おうとしても、まるで言葉が通じないのだ。きたならしいレストランで、一夜を明かさなければならなくなる。このレストランの場面はなかなかよかった。むやみとコカコラの瓶をあけてすすめるおやじ、たのまれもしないのに金をふんだくっては、こわれかかった蓄音機をまわしてサービスする、その見るからに善良そうでしかも人をくった演技は、相当なすごみもあった。……以上、ここまでが、導入部である。

さて、寝苦しいベッドで、悶々としていると、誰かドアの把手をまわすものがあり、メスをつかんで、開けてみると、そこにいたのはボルタクだった。一切が、ボルタクの仕掛けた罠だったのだ。医者はボルタクをなじるが、相手はなにも答えない。間もなく、夜が明けてほっとしたものの、町に出るバスは来週にならなければ来ないという。医者はダマスクスまで歩くことにする。しばらく行って、一休みしていると、ボルタクが追いついて、自分もダマスクスまで行くと言いだし、たくみに廃坑のケーブルを利用して、医者を砂漠につれだし、それからえんえんと二人の奇妙な砂漠行がはじまるのである。荒れはてた岩石砂漠を、二人は来る日も来る日も歩きつづける。もうれつな渇きとたたかいながら、どこまでも歩きつづけるのだ。根がつきそうになったところで、あの山をこえればダマスクスだとはげまされ、行ってみればさらにはてしない砂漠がつづいている。この単調な空間の反復を、カメラはあざやかにとらえていた。また、くたびれはてた医者に対して、ゆうゆうと髯をそってみせたりする、ボルタクの演出も小気味がいい。……ついに医者は悲鳴をあげる。死んだほうがましだと叫ぶ。それを聞いてボルタクは、はじめて自分の気持をぶちまけるのだ。「その言葉が聞きたかった。自分と同じ苦しみを味わわせてやりたかったのだ。私は復讐したのだ！」と……。そして、こんどこそ本当にダマスクスは近い、あの峯をこえればもうすぐだと言う。あるいは本当だったのかもしれない。だが、怒りで夢中になった医者は、思わずボルタクの腕を切りつけ、こう言い返えすのだ。「嘘はもう沢山だ。さあ、ダマスクスへ着いたら、治療してやる。さもなけりゃ、菌が入って死ぬぞ！」これで形勢が逆転したようにみえた。ボルタクは急に弱い立場にたたされ、いまの言葉を訂正する。嘘でした、ダマスクスは本当は向うなのです。そして、別な方向にむかって、二人は助け合いながら、最後の行進をはじめるのだ。だが、ボルタクは腕の傷が悪化し、力つきた。倒れながら医者にたのむ。「早く、助けを迎えに行ってください。ダマスクスは、ここをまっすぐ行けばいいのです！」医者がよろめく足どりで立去っていく。岩かげに消えるのを待って、ボルタクはとつぜん狂ったように笑いだした。……カメラがしだいに高く、俯瞰になる。すると、岩のあいだをよろめいていく小さな医者の姿……カメラはさらに高く、その向うにはただもうはてしもない岩石砂漠が、次から次にくりだされてくるばかりである……

3

はてしもなく砂漠がせりあがってくるそのラストシーンは、まるで砂漠の内臓がむきだしにせまってくるような、強烈な迫力があった。観ればたっぷり砂漠を堪能できることを保証する。砂漠の本質を、これほどまでにほりさげた映画は、たしかに珍しい。

私ははじめ、後半のもりあがりに比較して、前半が少々あいまいだという気がしていた。後半の苛酷さにもちこむだけの、必然性に欠けているのではないかと思った。医者の行為に責任をあたえず、善玉でも悪玉でもないようにしておくことで、この全体が、見せかけは復讐劇であっても、実は一種の運命劇、カミュ流の不条理におちこむ結果になってしまうのではないかと懸念したわけである。

そう懸念した理由の一つは、チュニジアを爆撃するようなフランスに、そしてその国のインテリに、本当の意味で砂漠の内側まで入りこめるような力があるはずはないという、不信が先立っていたからだ。事実、フランスには昔から、外人部隊ものなどで、砂漠をあつかったものはかなりある。それらの砂漠は、さすがに西部劇の砂漠などとくらべると、とらえかたもずっと近代的で、たとえば「ペペルモコ」のようなただセンチメンタルが売り物のような作品にですら、ある種の自己否定的な反省がこめられていた。にもかかわらず、その砂漠は、要するに断絶したあちら側の風景にしかすぎなかったのだ。反省といっても、どのみち支配民族の、エゴイスティックな反省にしかすぎなかったのである。

だが、「眼には眼を」のやや因果を無視したやり方は、考えてみるとそうした不条理流の断絶ともすこしちがうような気がしてくる。あとで、シナリオにも協力している原作者のヴァエ・カチャがアルメニア人であることを知り、なるほどと思ったわけだ。この断絶はむしろ、レーニンが植民地の民衆の心について引用したロシア農奴の言葉、「旦那の怒りも、旦那のお慈悲も、どの悲しみよりも先に、とっとと失せてくれ」――で示されているような、あの徹底した不寛容さをこそ思いだすべきだったのだろう。本によるとレバノンは一九四一年までフランスの支配下にあり、しかもシリアとともに、アラブ民族運動の先頭をきった国だったということだ。

それにしても、その断絶と不寛容をあらわすにしては、やはり前半の整理に不充分なところがあった。やはりカイヤットがフランス人であり、またあまりにも芸術家でありすぎたための限界だったのだろうか。もしくは、砂漠をただ不条理としてしか受けとれない、西欧的伝統に忠実でありすぎたためだろう。(もしくは、まるで西部劇俳優のような医者を演じた、クルト・ユルゲンスの演技の責任だったのかもしれない。)……にもかかわらず、この映画がこれまでになかった砂漠の追求をしていることも、否定できないと思う。やはり第二次大戦が彼等の目を一変させてしまったのだろう。彼らの無反省のみならず、反省をまでもようしゃなく嚙みくだいてしまう、その砂漠の苛酷さに、いやでも気づかないわけにはいかなかったのだ。――かつて白人は、砂漠に来て涙をながし、その悲しみを訴えれば許されるものだと思いこんでいた。わがままでさえ通すことのできる主人が、絶望して涙までながすのだから、召使いがそれをみて同情しないはずがない。ところが召使いは嘲笑って、その横っ面をひっぱたいてしまったのだ。「令嬢ユリイ」の教訓は、なにも白人同志のあいだでだけのことではなかったということである。

4

砂漠の光景を、これほど生々と、またアクチュアルにえがいた作品はたしかに珍らしい。対象にせまる方法がどういうものであるかを、よく暗示していると思う。たとえば同じ砂漠でも、女狙撃兵「マリュートカ」の砂漠や、「十戒」（セシル・B・デミル監督）の砂漠などと比較してみればよく分る。「マリュートカ」の砂漠などは、むろん本物の砂漠のロケで、大変な危険をおかしまでしたらしい。しかしあまりにも舞台的演技過剰のためか、すこしも実感がなく、まるでセットの砂漠のような感じになってしまっていた。つまり、砂漠一般がえがかれていただけで、まるで具体性に欠けていたのである。

「十戒」の砂漠も同様である。私ははじめこの映画史上最大と称する、上映時間三時間五十分の超大作に、いささかの期待はかけていた。すくなくも、見世物としての面白さはあるものと考えていた。そしてそれなりの発見もあるだろうと信じていたのである。ところがこれはまったくの凡作だった。技術をつかって空想を実体化するところがこうした映画の見せどころだのに、その空想がてんで幼稚なのだからお話にならない。神様が火の玉になって燃えていたり、神の怒りが黒い毒ガスみたいな煙になって地面を匐ってきたり、思いつきの浅薄なことおびただしい。まずは土民教化用超大紙芝居といったところである。……そんなふうだから、砂漠も、せっかく三ヵ月もかけての現地ロケだというのに、スペインの砂漠で間に合わせた「眼には眼を」とくらべてまるっきり規模が小さい。いや、実際は大きいのだろうが、やはり砂漠一般があるだけで、まったく具体性がないのである。

砂漠のような、プラスチックな風景は、風景としてえがいただけでは、どうしても一般的にならざるをえないだろう。どこをうつしても、同じ砂漠の単調な反復になってしまい、したがって額縁入りの砂漠一般にならざるをえないのだ。登場人物がいくら渇えにもがいてみせても、風景に具体性がないから、その傍でカメラマンや監督たちが、コカコラの瓶を山とつんでひかえているのがすぐに分ってしまう。これでは、砂漠を描写しろと言われても、「砂、砂……見わたすばかりの砂……はてしもない砂の波……」と、数行で書きつくしてしまい、後をつづけることのできない旅行者の作文と同じことではないか。

けじめのない空間を、内部から、けじめをつけてとらえるというのは大変なことである。そこまで想像力を緊張させるには、どうしても対象に肉迫するための方法が必要なのだ。これは単に映画だけの、また砂漠だけの問題ではなく、すべての芸術ジャンルについて、またすべての対象について、同じように言えることだろう。その方法を、べつな言葉でいえば、思想ということにもなる。逆に、思想とは、そうした方法としての現実的な力を、持ちうるものでなければならないということにもなるが……

5

ベイルートから飛行機で発って、しばらく南下すると、見わたすかぎり赤い岩石砂漠がひろがっており、ただでさえ砂漠好きの私は、ほとんど戦慄にも似た感動をおぼえたものである。あの砂漠がつまり、「眼には眼を」の舞台であったわけだ。おまけに、ベイルートの飛行場の売店では、医者のヴァルテルがタルマ部落のレストランでやられたのとちょうど同じようなやりかたで、むりやり絵葉書をおしつけられ、あっさり一ドルをまきあげられてしまい、そのあざやかさには、まるで催眠術にかけられたようなぼんやりした気持にさせられたものだった。

べつにそんな経験があったからというわけではないが、私はいま、自分の中にある、砂漠にひかれる気持の内容を、あらためて検討しなければならないと感じはじめている。私の立場は、いったいヴァルテルなのだろうか、それともボルタクなのだろうか？　私はむろん有色人種であり、その点ではボルタクの立場にあり、だからこの映画をみて痛みよりもむしろ痛快さを感じ、フランスのインテリもついにここまできたかなどと感心してみたりする。……だが、はたして、そんなふうに簡単に言いきれるものだろうか？

私たち日本人は、白人にたいしてはたしかにボルタクかもしれないが、しかし同じアジア人仲間では、むしろヴァルテルの役割をはたしてきた。私たちの砂漠に対する執着には、あんがいまだ砂漠をみくびっているところがあるのかもしれないのだ。それはたとえば、私たちの戦争責任に対する追求の甘さとも共通した問題だと思う。つい先日、アルジェリアのパルチザンたちが黙々とチュニジア国境を進軍するニュース映画をみて、「眼には眼を」くらいで痛快だと感じる程度なら、白人インテリだって同じことではあるまいかと感じたものだ。この映画をみて、自分をボルタクになぞらえたとしたら、あんがい自分をいつわっていることになるのかもしれない。

たとえば、私たちは、旧満洲の荒野や、朝鮮の岩山で、ヴァルテルのような運命にあった日本人をえがいた映画を一本でも持っているのだろうか。「ビルマの竪琴」にはビルマの砂漠が出てくるが、日本人はそこで生きのびこそすれ、殺されはしなかった。あの砂漠は、フランス映画でいえば、まだせいぜい外人部隊ものの砂漠である。

さらに、もし、そういう映画ができたとしても、はたして日本人はそれをみて、痛快さを感じたりなどするであろうか？　私には信じられない。それどころか、腹をたててしまうのではないかとさえ思うのだ。もしかすると、日本人の意識水準は、ボルタクどころか、ヴァルテルであったことさえ、まだはっきりとは気づいていないのかも知れないのである。

しかも、日本人の現実は、いぜんとしてやはりボルタク的なのである。ヴァルテルのような、善玉でも悪玉でもない、しかも確信にみちたアメリカ人が町の中をうろつきまわっているではないか。それもフランスやイギリスをうろつくようにではなく、やはり彼らの東洋をうろつくようにである。だが、そうかといって、ボルタクのように、アメリカ人のドクトルを山の中につれこんで殺す計画をつくるわけでもない。日本はもっと文明国だし、砂漠といってもせいぜい内灘の砂丘くらいのものだから、さそいこむところがないといえばそれまでだが、その気になれば海の中だってかまわないはずだ。もしそういうところがあれば、廃坑の迷路なんかをつかっても、なかなか面白いものができるだろう。しかし決してつくりはしない。かつて自分がヴァルテルの運命に出遇ったのだという事実からさえ目をそむけているものに、自分がボルタクであることを認識できるはずもないわけだ。

私たちの砂漠には、なにかひどくあいまいなものがまざっている。「眼には眼を」

をみていい気持になるまえに、私たちはまず自分たちの「眼には眼を」をつくりだす必要があるだろう。こと砂漠に関するかぎり、私たちよりフランス人のほうが、まだはるかに深く東洋に足をふみこんでいるようだ。

安部公房（あべ・こうぼう）「赤い繭」で戦後文学賞、「壁—S・カルマ氏の犯罪」で芥川賞、戯曲「幽霊はここにいる」で岸田演劇賞、戯曲『友達』で谷崎潤一郎賞、『砂の女』で読売文学賞・フランス最優秀外国文学賞、『未必の故意』で芸術選奨、『緑色のストッキング』で読売文学賞を受賞した。「砂漠の思想」は『砂漠の思想』（一九六五年、講談社）に収録されている。底本は『安部公房全集』8（一九九八年、新潮社）を使用した。石に関連する他の作品に、「砂の女」「砂の女［シナリオ］」「砂の女（映画のための梗概）」「化石」などがある。→二〇六頁を参照。

月の砂漠

角田光代

　モロッコには砂漠ツアーというものがある。いろんな町から出発できるようである。私もそれに参加したくなって、砂漠ツアー発着所のひとつ、ザゴラというちいさな町に向かった。

　ザゴラはこぢんまりとした田舎町だ。毎週決まった曜日に立つ市では、生活雑貨や野菜などとともに、らくだや山羊《やぎ》などの動物も売買される。買った山羊を首に巻くように担いで帰る男の人や、馬車に乗った人を見かけると、モロッコ最大の都市カサブランカと同じ時代とはとても思えない。

　このザゴラで数日過ごした後、砂漠ツアーを申しこみにいった。もし申しこみ客が私だけだったら、ひとりで砂漠に泊まるのだろうか……と不安を抱いていたのだが、そんなことはなく、若い夫婦とひとり旅の男の子がすでに申しこんでいた。しかも運のいいことに、ひとり旅の男の子は日本人だった。新婚らしい夫婦プラス私ひとりではいかにも邪魔ものだし、ひとり旅の子がフランス語や中国語しか話せなかったら苦しいところだった。

翌日の昼過ぎ、ツアー客を乗せたジープは砂漠に向けて出発した。運転手さん、ガイドの青年、コロンビアの若い夫婦、スペインからモロッコにやってきたというひとり旅のSくん、そして私である。途中でもう一台のジープが合流した。そのジープに乗っていたイギリスの老夫婦、計六人の砂漠ツアーである。

ザゴラを出、途中、ちいさな村をいくつか通り過ぎ、やがて人工物はいっさいなくなる。フロントガラスに広がるのは、真っ茶色の大地、無秩序に散らばった大小の岩、そして乾燥した低木。砂漠というと、一面の砂を思い描いてしまうが、砂だけの砂漠の面積はそんなに広くないらしい。たしかに、岩や低木でけっこうごつごつとした砂漠が延々と続く。

途中、緑の木々がふいに出現するとそこがオアシスである。オアシスの周囲には必ず民家や天幕式住居がある。細く川が流れ、池のような水場近くにはらくだがつながれ、羊や山羊が日陰で休んでいる。この水場にシャンプーをしている欧米人の中年夫婦がいた。服を着たまま髪を泡立て、たがいに水をかけ合って泡を流している。シャンプーを終えた夫婦に、砂漠ツアーですかと訊《き》くと、なんと彼らは一カ月かけてらくだで砂漠をまわっているという。信じられないが、そういうツアーもあるらしい。少し離れた木陰には、三匹のらくだがつながれ、ガイドらしき男性が昼寝をしている。一カ月ツアーがあると聞いたときは、いったいどこのだれがそんなものに参加するのかと思ったが、まさに目の前にそんな人たちがいるのである。しかもどう見てもこの夫婦、五十代か六十代に見える。地球上にはいろんな人がいるものだ、としみじみと感動した。

オアシスを出、人工物のいっさいない砂漠をさらに進んでいく。日暮れ近くになってようやく、石も低木もない、まさに「砂漠」というイメージそのものの場所があらわれ、ジープは停まった。

なだらかな傾斜を描きながら連なる砂の大地。まるで絵画のように美しい。陽がゆっくりと落ちていき、砂漠全体に深い陰影が落ちる。いちばん高い場所まで歩いていくと、遥《はる》か下まで続く、自分の長い長い影ができる。

ガイドの青年と運転手二名はジープのわきにテントを設置し、夕飯の支度をしている。ひととおり砂漠を歩いてから彼らの元にいくと、ガイドの青年が手招きをする。何？　何か手伝うことある？　と訊くと、ジープの陰で彼は「きみの瞳《ひとみ》は美しい」と唐突に言った。はあ？　そんな大仰なせりふを吐くわりには、彼はどこかしらっとした顔つきで、ああ、この人ぜんっぜんそんなこと思ってない、とわかる。「きみの瞳は本当に美しい。ねえ、あとで二人でゆっくり話したいんだ。夕飯が終わったら二人きりの時間を作ってほしい」と、しらっとした顔つきのまま、言う。

　イスラム教は男女交際に厳しい。結婚前の男女が手をつないで歩くなんて、許されることではない。だからモロッコの、多くの若者は、女の子と自由に遊べないという鬱屈《うっくつ》を抱いている。それで彼らは外国人の女の子と見るや、ともかくだれでもなんでもいいから口説《くど》いてみる。外国人はたいていの場合イスラム教徒ではないから、彼女たちと遊んでも戒律には背かないと考えているらしい。この青年も、「ま、あわよくばいい思いができるかもしんないねー」というくらいの気持ちで、こういうことを言うのであろう。「そんなのいやだ、私は二人で話したくない」と答え、運転手たちの調理を手伝いにいった。

　ゆっくりと蓋《ふた》が閉まるように夜になり、夕飯になった。砂漠に大判の布地を広げ、タジン（肉と野菜の入ったシチュウのようなもの）とパン、サラダに水が並べられる。イギリス人夫婦、コロンビア人夫婦、Sくんと私、ガイドの青年と運転手二名での夕食になった。明かりはカンテラのみ。私たちは食事をしながら、スペイン語、英語、日本語、アラビア語の入り交じった会話をし、なぜかわからない言葉も理解できたような気になって、みんなでげらげら笑い合った。夜のなかには見渡すかぎりだれもおらず、まるで地球に取り残された数人のようであるのに、にぎやかな夕食だった。ガイドの青年の誘いなどすっかり忘れていたのだが、食事を終えるころになって、彼はまたしても私の隣にやってきて、耳打ちする。「きみみたいにきれいな人は見たことがない、ねえ、静かなところにいってお話ししようよ」と、きれいな人なんてちーっとも思っていない顔で。

「あのね、私、結婚しているの」と、当時未婚だった私は嘘をついた。「それでね、結婚している女が、夫でない男と暗がりで二人きりになったりすると、ハラキリして詫《わ》びなきゃいけないの。知ってる？　ハラキリ」そう言って、タジンを食べていたフォークで腹をかっさばくまねをしてみせた。異国の人はどういうわけだか、芸者と腹切りはたいてい知っているのである。とんでもない嘘だが、彼だって「瞳が美しい」だの「こんなきれいな人見たことない」だの、あからさまな嘘をへらへら言っているのだからおあいこなのだ。

「あ、そ、そうなんだ、ふーん、たいへんな国なんだね……」嘘を本気にしたのか、私の頭がおかしいと思ったのか、ともあれ彼はそそくさと私の隣を離れてくれた。

　さてその夜。みんなでテントで眠るのかと思ったら、そうではなかった。ひとりずつ、マットレスとシーツ、毛布を手渡され、「どこでも好きなところで寝て」と言われるのである。げっ、と思ったのは私のみらしく、みな嬉々《きき》として布団セットを受け取り、「おやすみなさーい」とてんでんばらばらな方向に向かっていく。ガイドの青年が訪問してくるのでは、とまだ不安だった私は、日本人旅行者であるSくんに、近くで眠らせてくれるよう頼んで彼についていった。

砂漠の真ん中に布団を敷き、シーツをかけ、横になる。満天の星。今まで見たどんな夜空より、大量の星が見える。星で埋め尽くされた空は、イメージでは美しいけれど、私はさほど美しいと思わない。大量のガラスが粉々に割れ、その破片が散らかっているように思えてしまうのだ。それにしても馬鹿でかい空。天の川も見える。す、と流れる星もある。夜空がそのまま布団のようである。しんとしている。地球にいるのではないみたいだった。

いつの間にか眠ったようである。目を開けると、まだ暗い空が目に入った。ああ、私、砂漠で寝ていたんだ。そう思って地平線のあたりに視線を移し、ぎょっとして目を凝らした。遥か彼方《かなた》の地平線近くの一カ所が、橙色《だいだいいろ》にまるく光っているのである。「ええっ」声にならない声をあげ、私は上半身を起こしてさらに目を凝らした。どう見たってUFOである。いや、まさか、と思いはするが、しかし橙色の強烈な光は、UFOにしか思えない。だいたいこんな何もない砂漠に、あんな強烈な光があるはずない。私は口をぽかんと開けたまま、その場に立ち上がった。どうしよう、本当の本当にUFOだ。私は今、生まれてはじめて、こんなにはっきりと未確認飛行物体を見てしまっている！　そばで眠っているSくんを起こすべきだろうか、私は布団から出て、遠くの光を見つめたままうろうろとその場を歩きまわった。裸足《はだし》の足の裏で砂がひんやりと冷たい。そうだ、起こそう、だってあんなにはっきりとＵＦＯが出現しているんだから！

　しかしＳくんを起こす直前に、光がゆっくりと動いていることに気づいた。それは月だった。見たこともないくらい巨大な、見たこともないくらいまばゆい光の月だった。月は、砂漠の端っこからゆっくりゆっくりと空に昇っているのだった。

「なーんだ、月か」つぶやいて布団に戻ったが、まだ心臓がどきどきしていた。それはＵＦＯではなく見慣れたはずの月だったが、生まれ出たばかりのような馬鹿でかい月から、目を離すことができなかった。美しいとか、神秘的とか、そんな言葉はいっさい思いつかず、私は未知なるものを見るように月を見ていた。月はあらかじめ決められた道を通るように、橙色の光を放ちながら空を這《は》い上がってきた。みんな砂漠のどこかで寝ていた。ガイドの青年も、若い夫婦も老いた夫婦も。私だけがその異様な月を、息を殺してずっと見ていた。

角田光代（かくた・みつよ）一九六七（昭和四二）年～。小説家・児童文学作家。神奈川生まれ。「幸福な遊戯」で海燕新人文学賞を受けてデビュー。『ぼくはきみのおにいさん』で坪田譲治文学賞、『キッドナップ・ツアー』で路傍の石文学賞、『対岸の彼女』で直木三十五賞、『ロック母』で川端康成文学賞、

『八日目の蝉』で中央公論文芸賞、『ツリーハウス』で伊藤整文学賞、『かなたの子』で泉鏡花文学賞、『私のなかの彼女』で河合隼雄物語賞などを受賞した。「月の砂漠」は『幾千の夜、昨日の月』（二〇一一年、角川書店）に収録されている。底本は同書を使用した。

沙漠の国の旅から

井上靖

昭和四十八年五月から六月へかけて、アフガニスタンのカブールを振出しにして、アフガニスタン、イラン、トルコと自動車で廻った。江上波夫氏がごいっしょだったので、自然に沙漠の中に散らばっている遺跡を廻ることになった。私としては初めての経験だったので、たいへん面白かった。一カ月余りに、二十近い遺跡を見た。この中には幾つかの先史遺跡も含まれている。

遺跡は例外なく沙漠地帯にばら撒かれている。もちろん草原地帯、高原地帯にもあるが、いずれも曾て沙漠であったか、半沙漠であった地帯である。従って、遺跡というものはその殆どが砂の中に埋まっているのである。すでに考古学者の手で掘り出されているものもあれば、掘り出されつつあるものもある。また全く手をつけられていないものもあった。

こうした旅で、私などに一番不思議に思われるのは、どうして往古人間が生活し、その時代時代の文化を築いた場所が沙漠地帯であったかということである。イラン一国だけに限ってみても、北方のカスピ海沿岸の樹林地帯からは一つの遺跡も発見されていない。私たちはこんどの旅で、アフガニスタンからイラン北部のメシェドの町にはいり、そこからカスピ海沿岸に出て、エルブルズ山脈を越えてテヘランに向ったが、この何日かが、私たち流の言い方をすると、ふんだんに緑に恵まれた贅沢なドライブであった。眼に触れるものは鬱蒼たる原始林であり、それに縁どられて蝶ザメの居るカスピ海が拡がっている。従って陽の光も、風の音も、イランの他の地帯とは異っている。ここが世界的な観光地であり、避暑地であり、別荘地であることは当然である。

しかし、こうした地域からは一つの遺跡も発見されていない。往古、人間はこうした地帯には住みつかなかったということになる。彼等にはおそらく、こうした樹林地帯より、南部の一木一草のない大沙漠の拡がっている地域の方が住みよかったのである。

沙漠を人間の住みにくい場所とするのは、われわれ近代人の考え方であって、今から五百年前ぐらいまでは、人間が生活を営むのには沙漠の方がいい条件を具えているという考え方が行われていたかも知れないのである。

沙漠を人間の住みにくい場所として考える私たちの考え方の根源に坐っているのは、言うまでもなく水である。沙漠は、人間が生きて行く上に最も大切な水に不自由である。水が不自由であるから樹木も育たない。樹木の育たないところにどうして人間が住めるであろう。

しかし、往古の人たちは言うだろう。——なるほど水は不自由である。しかし、水の問題を別にして考えれば、沙漠の方が、樹林地帯よりずっと、人が住む上によりよい条件を具えている。猛獣も居ないし、湿気もない。湿気がないくらいだから、それによる病気もない。城砦を造るにも、都市を造るにも、山を削ったり、森林を伐採したりする困難な仕事に携る必要はない。四方に通ずる道路も造り易いし、外敵の侵入もいち早く探知できる。

問題は水であるが、水などはどんな遠くからでも引いてくればいいではないか。実際に往古、オリエントに興ったり、亡びたりしたあらゆる民族は、そのようにして沙漠地帯に国を営み、それぞれの高い文化を生んで来たではないか。

沙漠地帯にだけ古代国家の遺跡があるということは、このようにしか考えられそうもない。往古の人たちにとっては沙漠の方が住みやすい場所であったのである。紀元前二千年に最盛期を持ったヒッタイト王国もトルコ中部の沙漠の中に宏大な城邑を営んだのであり、ペルシャのダリウス大王もまたイラン南部の沙漠の中に巨石を積み重ね、美しい浮彫を随処に嵌め込んだみごとな王城を造ったのである。もちろん、この二つの大遺跡も、どこからか水を引張って来て、それによって水路も造り、運河も造り、耕地への灌漑も施していたのである。

水を引張ってくる作業は気の遠くなるような遠大な計画によって貫かれていた筈である。今日、沙漠の上を飛行機で飛ぶと、平原の上に百メートル間隔、あるいは二百メートル間隔に深い井戸が掘られているのを見ることがある。それらは地下でつながっていて、地下水路を形成しているが、それらの点々と配されている井戸が長い直線となって沙漠の上に横たわっているのを見ると、ある感動を覚えざるを得ない。もちろん現在使われているのも、使われていないのもあるが、沙漠に生きる人々が水のために払っている労力はたいへんなものなのである。

往古沙漠の中に造られた王宮も、城邑も、おそらくこのようにして、今日考えられぬほどの遠隔の地から水を引いて来て、そして沙漠の中にオアシスを造っていたのである。

もう一つ、私はこんどの旅で、たくさんの遺跡の上に立ったが、そこに王宮や城邑が営まれ、ペルシャやヒッタイトのように、今日信じられぬほどの高い文化が、いかにして生み出されたかということになると、どのように考えていいか判らなかった。しかし、往古の、この地帯に生きた人々に言わしたら、案外簡単に結論を出すかも判らない。

――なるほど往古、沙漠の国において、高い文化が築き上げられたことは、今日考えると、不思議であるかも知れない。しかし、沙漠の国であるからこそ、それは可能であったと思う。それは今日でも同じことである。テヘラン、オアシスを造り、そして緑の地帯を造った。水がないから、水を引いて来て、オアシスを造り、そして緑の地帯を造った。どこでもいい、これらの現代都市は自然に生れた街ではない。水を引き、オアシスを造り、そしてそこに人工で造り上げた街である。街路樹も造り、噴水も造り、花壇も造った。みんな人間が造ったものである。花壇だけでは足りなくて、家の中にも花壇を造りたくなった。女たちは絨毯を織り始めたのだ。

――往古だって同じことだった筈である。石で王城を造った時代は、その石の面《おもて》に美しく、猛々しいものを彫らずには居られなかった。そして銅や金や石にも、美しい花、優しい生きものを刻まずにはいられなかったのである。沙漠には何もなかったから、人工でそれらの姿を写さずにはいられなかったのだ。時代が少し下ると、たくさん回教寺院が造られた。沙漠にはなんの色もなかったから、寺院の建物の表面を美しい色タイルで畳まなければならなかった。高い塔も造った。沙漠には高いものがなかったから、高いものを造り、それをもまた青い色タイルで包んだのである。建物と建物との間には庭を造った。花壇を造り、噴水を造り、そして通路を石で畳んだ。イスラム独特の全くの人工庭園である。

私は往古の人によって、沙漠が生み出したものがすべて人工的であり、人工的でなければ持ち得ぬ美しさを持っていることを代弁して貰ったが、沙漠の生み出したものの一番本質的な性格には触れることはできなかったようである。その性格と言うのは、どこかに現世的であり、永遠を信じないようなところがあることである。

それはともかくとして、自然に恵まれ、自然に頼り、自然に甘えて来、今も甘えているわれわれ日本人は、今や沙漠の国の人が、長い歴史を通して生きて来た姿勢に学ぶべきであるかも知れない。都会も、都会の緑も、都会の美しさも、すべて人間が自然の力で造らねばならぬものであることを知らねばならぬからである。

井上靖（いのうえ・やすし）　一九〇七～九一（明治四〇～平成三）年。小説家。北海道生まれ。「闘牛」で芥川賞、『天平の甍』で芸術選奨文部大臣賞、『敦煌』『楼蘭』で毎日芸術賞、『おろしや国酔夢譚』で日本文学大賞とポルトガル・インファンテ・ヘンリッケ勲章、『孔子』で野間文芸賞を授与されている。「沙漠の国の旅から」は一九七三年九月に『別冊文藝春秋』に発表された。底本は『井上靖全集』第二七巻（一九九七年、新潮社）を使用している。石に関連する他の作品に、「砂丘と私」「沙漠の町アシュハバード」「沙漠の町の緑」「沙漠と海」「龍安寺の石庭」などがある。

アトランティス

北園克衛

「われわれが時に嘘をつくということはだね。2つの現実を同時に経験することだ。つまりナマのままの現実と、知的に整理された現実と。むろん世の中には嘘をつかない奴だってあるさ。しかしそういう連中はこのんで単一の世界をもとめている退屈な奴らでなかったら、おそらく頭の働きのにぶい生れつきの、同情すべき人間にちがいない。自分のお粗末なおしきせの人生にも他人の人生にも何ひとつつけ加えるということのない奴らのことだ。そいつらはパリをトンブクトゥのグバリ族のように生きているのと少しもかわりがない……」と、ド・クレルモンが緑いろに塗られた薄暗い天井をみつめながら言った。私たちは今日でちょうど3日間、このサハラ沙漠を横断するタネズラフト道路のビドン・サンタの救急避難キャンプに釘づけになっていたのである。ド・クレルモンが1人のトゥアレグにたいする社交上のエチケットから口にした1杯の強烈なヤシ酒のために、猛烈な腸カタル症状をおこしてしまったのである。

しかし幸いに彼の恢復は早かった。まるでキャッフェ・ドゥ・マゴの、あの汚いテェブルでキャッフェ・ノワァルかなにかを前にしているように、彼が彼の嘘哲学の復習をはじめたのが何よりの証拠である。私は、ひどく衰えてしまったコント・ド・クレルモンの端麗なプロフィルをながめながらホッと安堵の溜息をもらさないわけにはいかなかった。たしかに、あのトゥアレグのヤシ酒がどうかしていたのにちがいない。サハラ沙漠の中心といわれているビドン・サンクに1キロというところで、私たちは1人の男が道路から500メェタァほど外れたところに倒れているのを発見した。3匹の駱駝がその傍に少しばかりの荷物をつけて、じっとしていた。私たちはジイプをそばにとめて、その男にアスピリン錠を飲ませてやったが、その男は1時間後には元気をとりもどした。たちあがった彼は黒い面衣をなおし、ド・クレルモンに手をさしのべて感謝した。沙漠の作法通りに彼の水筒の辛い酒を飲みあったわけである。トゥアレグ族は、このサハラの中央部に住む不覊独立を信条とする自由の遊牧民である。ド・クレルモンは、その男の服装は典型的なトゥアレグ族のものであるが、ベルベル語とはかなりちがった、むしろ古代アラビア語に近い言葉で話したのは意外であると言った。私はそのトゥアレグの胸に重なりあってペンダントのように垂れている数冊の美しい経典や祈禱書の細い金銀の鎖が光るのを見ていた。やがて、彼は身軽に駱駝の背にまたがると、その長い槍を高くかざして私たちに何か数語を叫んだが、しかし、私たちはその言葉の意味をききとることができなかった。

私たちは再びジィプにギヤをいれた。このジィプは *LA DAME DE TOMBOUCTOU* という白い文字のほかは真紅に塗ってあった。それはアルジェでも、コロンブ・ベシャァルの町でも、すごい注目をあびたものである。トンブクトゥというのは、私たちが沙漠をこえて、最初に到着するはずの町の名である。私たちはビドン・サンクのキャンプにはいってから6日目の早朝に出発した。暁のトワイライトのなかに、果てしもなく伸びているタネズラフト道路を時速80キロで飛ばしていた。30分ほど走ったかと思われる頃であった。はるか前方の砂丘のあたりからタネズラフト道路に向かって矢のように馳け下ってくる1匹の駱駝があった。ド・クレルモンが、もう数秒間、ブレェキをかけることを躊躇していたならば、完全にその駱駝を轢き倒してしまったにちがいない。私たちのジィプはタイアから煙を吹いて方解石のように停車した。「アタンシォン！」ド・クレルモンもさすがに腹にすえかねて、彼の狼狽ぶりを見おろして笑っている面衣の男に鋭い叫びをあげた。しかし、その男は一向に気にかける様子もなく、彼に話しかけた。ド・クレルモンが説明するところによると、5日ほど前の日にアスピリンを投薬して下さったドクトルの一行に対し深甚なる敬意をあらわすその1つの手段として、最近われわれが発見した古代の遺蹟を見物していただくことに興味をもたれるならば、われわれはよろこんで御案内の役目を果す義務を負うことをアラアの神にかけて誓う者です、とのことであった。おそらく、その男の言葉によれば、その古代の遺蹟はヨーロッパ人には未知のものにちがいない。かてて加えて、私たちはすでに5日間をこの沙漠の真只中で無駄にしているのである。あと2、3日を惜しんでみたところで仕方がないではないか。という気持ちになっていた。私たちは、結局、彼らのアラアへの誓いをはたさせるために、沙漠のなかへはいっていった。

その男は、素晴しい騎手であった。砂のために40キロほどのはやさではあったが、私たちのジィプがやっと彼の姿を見失なわないというほどのスピィドで、みるみる砂の谷や丘のいくつかを越えていった。そしてほとんど正午にちかい頃、私たちは、はるかな谷間に彼らの一群のテントを見た。トゥアレグ族はアハガル山地からニジェェル川附近にひろがっているが、その社会は、個人——家族——氏族——テント・グルゥプ——氏族グルゥプ——部族——部族グルゥプの線にそって組織され、その秩序は厳しく確立されている。私たちが偶然にアスピリンを与えた男は、氏族グルゥプの頭目の1人であった。彼は私たちを迎えて、極めて紳士的に待遇したばかりでなく、1張りの清潔なテントを与え、滞在中は自由に召使うようにと青年アシムを選んでよこした。氏族グルゥプというのは、30張のテントを標準とする一群が10グルゥプ集まったものである。氏族グルゥプの頭目の格式がどんなものであるかは、これだけでも想像することができるであろう。私たちは、アラビア式の食事のあとで、満月の沙漠に出ていった。駱駝のスピィドで約3時間ほど東南に進むと、眼のくらむような深い谷間の縁に到着する。私はその瞬間に見た壮大な、ミスティリアスな眺望ほどに強いショックを心にうけたことがない。ド・クレルモンもさすがに日頃の饒舌をわすれて「これこそチマイオスに書かれたアトランティスにちがいない」とつぶやいた。その古代都市は壮大な谷間の底に、青い月の光りをあびて静かにひろがっていた。私たちはその一瞥に満足してその夜はテントにかえった。

翌日、私が眼をさますと、ド・クレルモンが彼のブロォニングに装弾していた。そして朝の祈りの時刻を告げる回教僧のさびた声が、朝の天幕の上をながれていた。——アラアの御名に栄光あれ。そは万有の主、大慈大悲の御神、審判の日の王たるべきものなり、われら汝に仕え、救いを汝にねがう。かたじけなくもわれらを正しきものに、汝の恩寵を垂れたまいしものの道にみちびきて、汝の怒りに触れ、また迷えるものの道へと導き給うことなかれ……朝の太陽が、砂の上に固い影をつくっていた。

私たちがふたたび谷底の縁に到着したとき、その古代都市は遥か谷底の一角に石花石膏の華麗な王冠のように輝いていた。しかし、私たちがそこにいくためには、ながい間、危険な岩にみちた斜面をジグザグにくだっていかなければならなかったのである。そしてついに、私たちはその美しいモザイクの街路に立ってそれを見た。大理石の軽快なバルコンをもった家並が幻影のようなパァスペクティヴをもって続いていた。

「このようなフォルムの原型は、僕たちの伝統のなかには全くうけつがれなかったものだ。しかし何という繊細で確かさをもった構造を、彼らは考えだしたものだろう」

ド・クレルモンは一つの微妙な曲線をもったアァチを見あげながら、私に言った。大理石の巨大なメムノンの像を見たのは、ちょうどその時であった。そこにはカルナックの神殿よりも軽快で洗練された純白の神殿があった。ド・クレルモンと私は、青年アシムと私たちの駱駝をそこにのこして、その美しい階段をのぼっていった。暗い多柱室をよぎって、小さな部屋にはいっていったときに、私はふと、女の声をきいたように思った。その声は正方形の小さな内窓の方向から、はっきりときこえてきた。

「ユゥセフ。その男たちを斬っておしまい」

その声はベルベル語で、誰かに鋭く叫んでいた。私たちは、窓に走りよって、その広間を見下した。2人の頑丈な男が、モザイクの床に引きだされてきた。私たちは、ユゥセフと呼ばれた男が半月刀を振って、その首を斬り落すのを見た。それは、ほんの一瞬のできごとであった。血がさっとしぶき、2つの首はにぶい音をたててモザイクの床を転がっていった。そのとき、1人の美しい女が私たちの視野にはいってきたのだ。ド・クレルモンがさっと身を引いて、入口の方をふりかえるのを見た。しかしその時はすでに入口はなかった。それは、どこにもなかった。

「僕たちは永久にここにとじこめられてしまったのかもしれないぞ」とつぶやきながら、ブロォニングをサックからひき抜いて窓のそばに用心ぶかく寄っていた。

「僕たちをここに封じこめたのはお前だな。僕を殺そうとしても、そうはさせないぞ!」と、ド・クレルモンはその女の胸のあたりにネライをつけながら叫んだ。その声は遠く反響をよび、やがて死のような静寂にかえっていった。その女は、血にぬれたモザイクの床の上に象牙の鞭をもってダイアナの像のようにすっきりと立って、ド・クレルモンに不敵なニガ笑いを浮べていた。

「後の壁を押せば出られるかもしれないわ」と言った。私はいそいでその壁を押してみた。すると壁は手ごたえもなく軽く開いた。眼のくらむような真昼がそこにあった。

　私たちはまもなくアシムと駱駝をメムノンのそばに見つけた。

「あの女は、すべての清浄を穢す悪魔だ」と、ド・クレルモンが叫んで、彼の駱駝にまたがったとき、階段の上に、その女が2人の男ともつれあいながら、あわただしく現われた。そしてド・クレルモンに向かってその女が叫んだ。

「ルネ、はやく逃げて……」だがそのとき、アシムのモォゼル銃がやつぎばやに火を吐いていた。その女と2人の男は糸を失った。マリオネットのようにあっけなく折り重って倒れた。

「凄いネライだ」と、3人の傷あとを眺めながらド・クレルモンが言った。その傷口からはわずかばかりの血が静かに流れつづけていた。アシムは1人のアラビア人と2人のフランス人の死体を冷たく見おろしながら、この者らは3週間ほど前からこの神殿を荒していた盗賊の主領たちで、トゥアレグの間では見つけしだい射殺することになっていたものであると語った。私はその女の腰のあたりに結びつけてあった深紅のモロッコ革の美しい巾着を何気なくはずして手にしながら、このサハラの幻影のような廃墟のなかに消えてしまった1人の美しいフランスの女の生命を思った。しかもその女がド・クレルモンを知っていたのだ。

「あの女は」と、私たちが谷間の縁をうかいしていたとき、もの問いたげな私の眼に答えてド・クレルモンが言った。「あの女はかって僕の親友の恋人だった。アベ・プレヴォはたしかに魅力のある女を創造したが、彼らの悲劇はマノンが現実に生きていたということだ。その男はミシェルといったが、今は古ぼけた貨物船に乗っている。いつかキャサブランカであの女を見かけたといっていたが、沙漠の真只中にきて、あの女の死に出逢おうとは思いもよらなかった。しかしあの乱倫な女にも一片の真実がのこっていて僕たちを救おうとしたとすれば、むしろ哀れと言っていいのかもしれない」

そのとき私たちは1羽のコンドルが巨大なブゥメラングのように、はるか谷底にむかって飛び去るのを見た。
「出発の前日にパスツゥル研究所のメリエ博士にあったが、トンブクトゥのモスクの塔には鳥をとまらせるためのトマリ木が沢山ついているそうだ」
「そうだ」と私は言った。「僕たちはトンブクトゥへいそごう」

翌日の朝の10時には、僕たちのジィプはタネズラフト道路をフルスピィドで下っていった。

トンブクトゥの町にむかって。

(その後、私たちは、赤いモロッコ革の巾着をミシェルに渡してやったが、そのなかにはいっていた1個の石塊が、ほとんど700カラットにちかいダイヤモンドの原石であることを彼が発見した。)

北園克衛（きたその・かつえ）　一九〇二～七八（明治三五～昭和五三）年。詩人・写真家・デザイナー。三重生まれ。一九二〇年代から三〇年代のモダニズム詩をリードした詩人の一人。代表的な詩集に『白のアルバム』『若いコロニイ』『サボテン島』、評論集に『天の手袋』『ハイブラウの噴水』、翻訳にポール・エリュアール『Les Petites Justes』などがある。「アトランティス」は

『黒い招待券』（一九六四年、Mira Center）に収録された。底本は『北園克衛全詩集』（一九八六年、沖積舎）を使用している。石に関連する他の作品に「青ダイヤ」「探索の砂漠」がある。

編者エッセイ　石が内包する時間

和田博文

1　石が蘇らせる記憶、石に語らせる物語

一九三〇年代後半にジョルジュ・バタイユの社会学研究会に参加した、フランスの文芸批評家で哲学者のロジェ・カイヨワは、第二次世界大戦が始まると、アルゼンチンで反ナチズムの活動に従事する。戦後はユネスコの仕事をしながら世界中を旅した。ヨーロッパや南北アメリカでカイヨワは、自分のための石のコレクションを作っている。「馴染み深い石、私がしばしば眺め、愛撫し、とりあつかった石」を撮影し、石のエッセイと併せて、カイヨワは『石が書く』（一九七五年、新潮社）という書物をまとめた。彼にとって石は、「ゆるぎない、ゆきつくところまでゆきついたといった趣き、不滅の、或いはすでに滅び果てたというような趣き」を持つ存在である。

石がもたらす「ゆるぎない」という感覚なら、一九世紀後半から二〇世紀前半にヨーロッパを訪れた多くの日本人が抱いている。第一次世界大戦中の一九一七年に、英

文学者の佐藤清は、欧州航路でロンドンに向かう。ドイツ潜航艇の攻撃を回避するため、航路はスエズ運河経由から、喜望峰迂回航路に変更されていた。「ホンコン、シンガポール、コロンボ、ダアバン、——こういったイギリス植民地を順々にめぐって来たわたしは、その都度それらの都会の建築のすばらしいこと、ペーヴメントの完全に敷かれてあることを、非常な羨望の眼をもって見ないではいられなかった」と、佐藤は「石の都——ロンドンにて」(『六合雑誌』一九一九年八月)に書いている。建築や舗道は、大英帝国が植民地にもたらした西欧的な都市景観で、日本近代の後進性を意識させる偉観だった。

ロンドン到着後に、その思いは深くなる。一七世紀後半のロンドン大火後に、建築家のクリストファー・レンが再建したセント・ポール大聖堂。ギリシャ神殿のような、大英博物館の正面の石柱。それらを眺めながら、佐藤は「力と生命」を実感した。日本の都市を顧みると、建築美が非常に乏しいのではないか。ただロンドンで一ヵ月間暮らすうちに、心境の変化が訪れる。都市空間を構成する石に、「たえがたき苦悩」を感じ始めたのである。石ではなく土を、靴ではなく素足を——石の「ゆるぎない」文化に対する生理的な違和感が、その願望の源だった。

一冊の書物にしなくても、石に魅力を感じて、石を手元に置いた文学者は、日本にも少なからずいる。「ひろひ来て佐渡のなぎさの赤き石われは愛《あい》しき空襲のした」

（『つきかげ』一九五四年、岩波書店）と歌った斎藤茂吉は、その一人である。「石」（『東京新聞』一九四八年四月一五日）によれば、波の力で丸くなった歌中の赤い石は、佐渡島で購入している。斎藤はそれを撫でながら、空襲下の自分の心を慰めた。彼が手に入れた石は、一つだけではない。一九二五年にミュンヘン留学から戻るときは、イーザル川の小石を持ち帰った。パリの河畔の石は、「セーヌ」と名付けて大切にしている。藤原宮跡で拾った小石は、柿本人麻呂の時代に思いを馳せるときに、通路の役割を果たしてくれた。

水上滝太郎は自発的に石を収集したわけではない。「土産の石」（『時事新報』一九三六年八月二二・二三日）によると、一九一二年にアメリカに留学するとき、「行く先々で、石を拾つて、お土産に持つて来ておくれ」と母に頼まれた。ハーバード大学のキャンパスや、ボストン美術館の生垣付近で、水上は石を物色している。第一次世界大戦開戦後は、約二年間をヨーロッパで過ごした。ロンドンやパリで、また帰国の船が寄港したダーバンやシンガポールや上海でも、彼は忘れずに石を拾っている。母に見せるために、石には場所と年月日を記した。結果的にそれらの石は、水上自身のための貴重な土産になる。石を見ていると、記憶の底から、ナイヤガラの花火や、ハイド・パークで日光浴を楽しむ恋人たち、ケープタウンで夏に咲く桃の花が浮かんでくる。

石がさまざまな記憶を蘇らせる一方で、人々はさまざまな物語を石に語らせてきた。田久保英夫「静か石」（本書二八二頁）に登場する、青石（青みを帯びた凝灰岩）の物語はその一つである。重症のトルエン中毒で脳神経を冒された青年が、青石に耳を当てている。石の中に青年は、「身内」のように入っていくという。青年の真似をして、石の芯に耳を澄ませたときに、「わたし」の胸中に衝撃が拡がった。耳の彼方には「無音」が満ちていたのである。「どこかの岩壁で生れ、河原に転がり、ここへ運ばれてくる」までの、悠久の時間を貫くような「無音」が、そこには存在していた。ロジェ・カイヨワが語る「ゆきつくところまでゆきついた」「不滅の、或いはすでに滅び果てた」石のイメージと、この物語は響き合っている。

物語の類型という観点から見ると、石に耳を当てて聴くという行為は、他の言語表現にも見出すことができる。「石に霊魂が宿るといふ考へ方は、まだ人間の信仰が系統立つた宗教にならぬ前から、多くの民族に共通して」いたと、柳田國男は「石の枕」（『女性と民間伝承』一九三二年、岡書院）で指摘している。霊媒役の人物は、石に腰掛けて、「神の言葉」を伝える。それでは「石の枕」という言い方が、なぜ日本各地に残っているのだろうか。「横になつて頭を其石に附け、耳を其穴ある箇処に接して、霊のさゝやきを聴く習はし」が、名称の由来かもしれないと、柳田は推測している。

時代が隔たっていても、石の物語は共通性を持つことがある。村上春樹「日々移動する腎臓のかたちをした石」（『東京奇譚集』二〇〇五年、新潮社）に、登場人物の淳平が執筆する小説内小説が出てくる。三〇代前半の内科医の女性は、サイズや色や厚みが本物とそっくりな「腎臓石」を、河原で見つけて拾う。病院の部屋で文鎮の代用品にするが、翌日に出勤すると、石の位置が変わっている。恋人の外科医とホテルで過ごすとき、相手の体に埋め込んだ空想の「腎臓石」を確認するように、女性は恋人の背中を指でなぞった。恋人と別れたときに、女性は東京湾フェリーのデッキから、「腎臓石」を海に捨ててしまう。ところが次の朝に出勤すると、石はデスクの所定の位置に戻っていた。

海に捨てた石が、翌朝に戻るという話は、柳田國男「袂石」（『日本神話伝説集』一九二九年、アルス）にも採録されている。備後のある信心深い百姓は、安芸の宮島（厳島）に毎年参詣していた。しかし高齢になったので、今年がおそらく最後になるでしょうと、神前で語りかける。帰りの船中で百姓は、袂に小さい石が入っていることに気付いた。同船者の悪戯だろうと思い、小石を海に捨ててから就寝する。ところが翌朝に目覚めると、その小石は再び袂に入っていた。もっとも「袂石」に採録された諸話の共通点は、石が戻ってくることではない。村に帰ってから、祠を建てて小石を祀ると、石はだんだん大きくなる。同じように石が成長する物語が、「袂石」には集められている。

2　隕石の時間、化石の時間、砂の魔力

石に対して人間はなぜ、畏敬の念を抱くのだろうか。その一因は、人間と比べようもない悠久の時間を、石が内包しているからだろう。金子光晴は「石」（未刊詩集『大腐爛頌』、『金子光晴全集』第一巻、一九六〇年、ユリイカ）の最終連を、次のように結んだ。「君がみてゐるのは、どつちの方角だ？／石は答へない。だが、私は知つてゐる。／この地上からがらくたいつさいが亡びた一番あとまで、／のこつてゐるのが君だといふことを」。石は「いつさいが亡びた」後まで、残っているだけではない。人間が誕生する遥か前から、石は存在していた。人間が文字を所有した結果、文献で歴史を検証できる有史時代は、六〇〇〇年間である。それは四六億年という地球年齢の、わずか七七万分の一にすぎない。現生人類に進化した二〇万年前から数えても、地球年齢の二万三〇〇〇分の一しかない。

地質学者の蟹澤聰史は、『石と人間の歴史』（二〇一〇年、中公新書）の第Ⅴ部のタイトルを、「天から降ってきた石と地の底から昇ってきた石」とつけた。地球の半径は六三七〇キロ。このうち地表から四〇〇キロまでの地殻と上部マントルは、岩石で成り立っている。さらに深い下部マントルも、岩石と推定される。蟹澤によると、「地球のコア（核）は鉄とニッケルの合金」で、一部は融解しているから、岩石から外す

方がいいという。岩石は、火成岩・堆積岩・変成岩・マントル物質に分類される。地表で量が多い火成岩は、地球内部のマグマが上昇し固まってできた。これが「地の底から昇ってきた石」。それに対して宇宙空間から、地球の引力に引き寄せられた隕石は、「天から降ってきた石」になる。

隕石かどうかの判定は、専門家でないと難しい。また南極を除くと、稀にしか発見されていない。そのような隕石の特徴に着目して、新田次郎は「三つの石の物語」(『講談倶楽部』一九五八年三月)を執筆した。小説の冒頭には、「惑星の破片は、一年間に数十個の割合で地球に落下するが、隕石として発見されるのは年平均数個に過ぎない」と記されている。自然科学博物館員の利根崎は、隕石所持者の情報が入ると調査に赴く。実際に石を見せてもらうと、第一話ではただの黒曜石で、第二話では翡翠の粒が入った青い石にすぎなかった。第三話「かかあの漬物石」でようやく、溶融皮質を持つ隕石と巡り合い、東京の博物館に持ち帰っている。

放射性同位体で測定すると、隕石の多くは四五億年前にできている。地球が誕生して間もない頃の物体である。隕石が内包する宇宙の時間と比べると、化石が内包する生物の時間は短い。バクテリアなら数十億年の時間を遡れるが、多細胞生物の出現は六億年前まで待たなければならない。三葉虫時代と言われる、古生代カンブリア紀が始まるのは、五億四一〇〇万年前。最古の陸上植物は、四億四三四〇万年前以降の古生代シルル紀に登場する。両生類やシダ植物になると、四億一九二〇万年前以降の古生代デボン紀から。日本では一九六〇年代に、野尻湖で化石の発掘が始まり注目を集めた。五万年〜三万年前の氷河時代のナウマンゾウの化石や、象牙の加工物が、湖底で発見されている。

祖母の家が野尻湖の近くだったこともあり、上橋菜穂子は小学生の頃から、化石に関心を抱くようになった。「毎夏、野尻湖で過ごしていた私にとって、考古学は、憧れであると同時に身近な学問でした」と、「洞窟に眠るもの」（『物語ること、生きること』二〇一三年、講談社）は始まっている。「私」は神奈川県に住んでいたが、石灰質の岩壁を掘ると化石が出ると聞いて、「巨大な洞窟」のような防空壕に遊びに行く。岩壁からは、貝殻や虫の化石が出てきた。ある日、入口付近で掘っていると、奥の方から「コツーン、コツーン」という音が聞こえてくる。足を引きずって歩くおじいさんの姿が浮かび、「私」は恐怖のあまり逃げ出した。『月の森に、カミよ眠れ』（一九九一年、偕成社）を執筆する前に、祖母山の伝説に惹かれて、上橋はその山の岩穴を訪ねている。しかし闇の中で「圧倒的な畏怖の念」に襲われて、上橋は奥まで入れなかった。岩穴は「いまここと異世界をつなぐ扉」として、想像力を掻き立てるスポットである。

岩と石はどのように分けられるのか。どこで線引きするのかは難しいが、基本的には大きさだろう。二見浦の夫婦岩のような大きい岩は、神霊が宿るスポットとして、しばしば信仰の対象になる。熊野の獅子岩のように、形状が獅子の頭部に似ていると、観光の目玉の一つになる。巨石建造物は世界中に分布しているが、元の場所から石を切り出して移動させ、再配置したものが多い。石と砂の違いも大きさである。地質学と土壌学では下限が異なっているが、上限二ミリ以下のものを砂と呼ぶ。砂は小さいので、無数に集合すると均質化して見える。砂の本質に迫ろうとした安部公房と、異域の砂漠に関心を示した井上靖は、砂に惹き寄せられた代表的な文学者である。

安部公房は「砂のなかの現実」（『映画「砂の女」パンフレット』一九六四年、東宝事業部）に、砂の形態学の研究書から感銘を受けたと書いている。内容はあまり面白くなかったらしい。ヨーロッパ人の著者は、貿易商か銀行家をしていたが、海岸で砂浜の紋様を眺めているうちに、砂の形態に魅力を感じ、生涯をかけて解明したいと考える。職業を捨てても、究明せずにはいられない、砂の「魔力」。捉えがたいが故に、捉えずにはいられない本を、自分も書きたいと考えて、『砂の女』に取り組んだと安部は述べている。砂の世界から脱出しようともがきながら、砂の世界にはまりこみ、機会が訪れても脱出しなくなる不条理は、安部にとって「現代のすべて」の喩だった。

井上靖が砂漠に強い関心を抱くのは、毎日新聞社に勤めていた一九三〇年代である。「砂丘と私」（『砂丘の幻想』一九七〇年、淡交社）で井上は、当時は「満州、蒙古、西域関係の旅行記や探険記」が次々に出版され、大学の研究室や新聞社の調査室で、読むことができたと回想している。大谷光瑞は自らの探検も含めて、一九〇二年から一九一四年の間に、中央アジアに探検隊を三回派遣した。第一次はタクラマカン砂漠で、第二次はトルファンや楼蘭、第三次はトルファン・楼蘭・敦煌で調査を行っている。その記録は一九三七年に、上原芳太郎編『新西域記』上下（有光社）として出版された。また東亜考古学会蒙古調査班編『蒙古高原横断記』（東京朝日新聞社）も、同じ年に刊行されている。これはゴビ砂漠を含むモンゴル高原の調査報告である。後に騎馬民族征服王朝説で有名になる江上波夫は、探険隊の一員として執筆している。

一九五九年に講談社から刊行された『敦煌』と『楼蘭』は、井上靖の西域小説を代表する作品である。前者の舞台となったのは、チベット高原の北に位置する、シルクロードのオアシス都市。後者の舞台は、タクラマカン砂漠の北東部にかつて存在した古代都市だが、砂漠に呑み込まれて消滅してしまった。楼蘭の遺跡は一九〇〇年に、スウェーデンの探検家スヴェン・ヘディンが発見する。その八年後に第二次大谷探検隊も調査を行った。小説の『楼蘭』で印象的なのは、ラクダも馬も人も埋まっていく砂嵐だろう。「砂丘と私」によれば、砂嵐の場面は想像しながら執筆した。執筆後に井上はタシケントで、数分間の砂嵐に遭遇している。それが砂漠で数日間続いたら、「人馬も埋まり、城郭も埋まり、砂漠の形はまるで違ったものになってしまうであろう」と井上は感想を述べた。個を呑み込んで無化してしまう――それが均質化された砂の「魔力」かもしれない。

3　不滅の鉱物、魔除けの宝石

鉱物は岩石に含まれるが、岩石とは区別される。鉱物は組成が単一で単結晶。それに対して岩石は組成が非均質な、鉱物の集合体である。尾崎喜八は「輝石」(『碧い遠方』一九五一年、角川書店)で、ハンス・カロッサの小説「案内者と随行者」の、次のような一節を紹介している。カロッサが九歳の息子に花崗岩の生成について説明した。すると息子は岩壁の一片をハンマーで割り、これは「地球と同じくらい古」くて、しかも「僕がこれを目で見た一番初めの人なんだ!」と、満足そうに叫んだという。尾崎は諏訪湖畔の山道で自ら採集した黒銅色の輝石も、それと同じだと書いている。確かに古さと、最初に見た人物という点は同じかもしれない。しかし花崗岩と輝石は異質である。前者は石英や雲母などが集合した岩石だが、後者は珪酸塩鉱物である。

澁澤龍彦は「鉱物愛と滅亡愛」(『幻想文学』一九八五年三月)で、鉱物愛はSF的幻想とタオイズムに結び付くと指摘している。「石は、いや、鉱物一般は、すでに生命の発生する以前から地球上に存在していたのであり、また将来、かりに地球上の全生命が絶滅してしまったとしても、やはり依然として存在しつづけるにちがいない」というのが、ＳＦ的幻想にリンクする理由である。タオイズムについては、「神仙思想の窮極的理想というのは、みずからを石に化せしめること」と記した。エッセイの夕イトル中の「鉱物」という言葉は、石とほぼ同義だろう。カロッサの息子が叫んだ、「地球と同じくらい古」いことに焦点を当てているからである。

澁澤龍彦について、「鉱物嗜好癖を云々するならこの人を措いて何かを語ることは考えられない」と、種村季弘は「鉱物」（『太陽』一九九一年四月）に書いている。「鉱物、とりわけ石のなかでも、わけても「石の中の石」が大のお気に入りだった。石のなかにまた石がある。石の入れ子である」という一節から判断すると、澁澤は鉱物と石を、同じカテゴリーで愛好していたのだろう。実は私も「石の中の石」を持っている。イギリスのリゾート地として知られる、ブライトンの海岸にたくさん転がっていた。「入れ子」という石の形態は面白いが、結晶の光沢は見られない。

鉱物や宝石に深い関心を寄せる種村季弘も、「ただの石」が好きだった。「何でもない石の話」（『ＣＲＥＡ』一九九七年三月）で種村は、「海岸や川原で拾ってきた小石を掌のなかで握りしめると気持ちが楽になる」（『銀ヤンマ、匂いガラス』一九九六年、毎日新聞社）という、松山巌の言葉に共感を寄せている。種村自身も、「何の変哲もない、道端に転がっているただの石にシンパシーが働いて、無意識のうちに拾って」しまうという。固有名詞を与えられた、特権的な宝石や名石は、握りしめるものではない。

握りしめたくなるのは普通名詞の石、つまりどこにでも存在する石である。

　地質学的作用によって形成される鉱物は、地中から地表に現れてくる。その鉱物を研磨加工して、宝石は作られる。「あなたの薬指に光るダイヤの。貴婦人よ。／あなたの瞳よりも美しくかがやく。その。／結晶プリズムの。／林檎の皮をむくナイフにキラッと映る一ミリの虹の。貴婦人よ。／その実体はなんですか」と、草野心平は「ダイヤモンド幻想」（『歴程』一九六七年五月）に記した。「貴婦人」にとってダイヤは装身具である。しかし「その実体はなんですか」と問いかける草野は、ダイヤが「貴婦人」の指にはめられる以前の、長い旅を幻視している。「暗い地軸のなかで。／ダイヤは自らが稀代の錬金術師。／このミクロコスモスの代表選手は。／岩漿《マグマ》と一緒におどりでたのだ」という四行が、草野が用意した答えである。

　宝石はいつの時代でも、女性の装身具だったわけではない。種村季弘は「宝飾の歴史と文化」（『The 宝石　PART II』一九七六年、読売新聞社）で、「宝石を装身具に使う習慣を女性が独占」したのは、ヨーロッパ文化圏ではここ二〇〇年足らずにすぎないと述べている。まずピューリタン革命が、「有閑階級の贅沢」より「実務家の禁欲」を要請した。次に産業革命が、「自然美」よりも「能率と機能」に価値を見出す。最後にフランス革命が、「貴族階級の消滅」と「ブルジョア階級の勝利」を宣言した。こうして宝飾物は、王や貴族のステイタス・シンボルという役目を終え、ブルジョワジーの財産目録に加えられる。さらに男性の手を離れて、「性象徴」の一つになった。

歴史的に見ると、宝石の用途は装身だけではない。高橋新吉は「勾玉」（『残像』一九七六年、青土社）に、「瑪瑙の勾玉《まがたま》が一つ／ころがつていた／翡翠の耳輪が二つ／揺れていた／埴輪は唄いながら踊つていた／それから何千年かたつた／勾玉は元の位置に埋まつていた／この世はさまざまに変転し／人は死に人は生まれた／勾玉は知らなかつた／時間の経過の外にあつた」と書いている。「翡翠の耳輪」とセットで考えれば、「瑪瑙の勾玉」は装身具に見える。しかしそれは古代の祭祀のアイテムだった可能性もある。東洋と西洋では伝統的に、宝石の嗜好が異なっている。瑪瑙や翡翠は東洋で好まれてきた。それに対して西洋ではダイヤモンドのような、光輝く宝石が珍重されている。

宝石の嗜好は異なるが、装身以外の用途が存在することは、西洋でも変わらない。「宝飾の歴史と文化」で種村季弘は、西洋でのダイヤモンドの「救済力」を、「暗黒の恐怖を追い払って、持主に晴れやかな気分をもたらし、結婚の幸福を授け、悪い魔法や業病の感染から身を護ってくれる」と説明している。美しい輝きと、硬度の高さを備える宝石には、特別な力が宿ると信じられてきた。中世のヨーロッパでは、宝石は魔除けや護符として使用されている。宝石はまた、医学とも深い関わりがあった。「宝飾の歴史と文化」によればサファイアは、「口に入れると内臓疾患が治る」だけでなく、赤痢に効き、血止めの効用もあると考えられている。エメラルドは「胎児出産を早めたり遅らせたりする」だけでなく、抗毒作用を持つと信じられてきた。

椿實に「黒いエメラルド」（『幻想文学』一九八三年四月）という小説がある。大学院で地学の研究をしている遠縁の青年から、「私」は黒いエメラルド、正確に言えばクリソ・ベリル（緑柱石）をもらう。北海道水産試験所の依頼で、大沼湖の透明度の検査中に、深さ一三一メートルの湖底の噴火口壁で、青年はクリソ・ベリルを発見した。ドレッジにより、長さ四センチほどの破片を採集している。水深五〇メートルを超えると、光が届かなくなるので湖底は見えない。しかし一年のうちほんの数分間、旧火口全体が凸レンズの働きをして、一三一メートルの水深に焦点が結ばれる。幸運なことに青年はそのとき、エメラルドを見つけた。だが潜水服を着用しても、一〇〇メートル以上の深さに潜ることはできない。つまりエメラルドの全体には触れられない。入手が不可能だからこそ、小説のエメラルドは、絶対性の象徴として輝いている。

4　石の文化——道具、石造物、遺跡

イギリスの考古学者のマイラ・シャックリーは『石の文化史』（一九八二年、岩波書店）で、「人類の歴史の始まりから今日に至るまで、岩石こそが、常に一貫して人類に利用されてきた唯一の素材だった」と指摘している。シャックリーはヨーロッパを

中心に記述しているが、石の利用は日本でも変わらない。もちろん特定のエリアに限定された、石の道具も存在する。その一つが硯である。加藤楸邨が大切にしていたのは洮河緑石硯。北宋（九六〇—一一二七）中期に、甘粛省の洮河で採集された石の硯である。だが河の氾濫によって採石場所が不明となり、現存するものはほとんどない。「硯」（『達谷往来』一九七八年、花神社）によると、宋の文人も憧れたこの硯を、加藤は九州で入手することができた。硯が彼の手元に届くまで、およそ一〇〇〇年が経過している。黄緑の硯に水を与えると、奥行きが生まれて、幻の「青い山河」が開けるという。

近代以前はもちろん、明治に入ってからも、硯と筆は、文学者の大切な執筆道具の一つだった。「子規の硯」（『子規全集』第四巻「月報四」一九七五年、講談社）に加藤楸邨は、硯は「最もその人らしい心のさまをみつめていた証人」と書いている。正岡子規は亡くなる三ヵ月前に、河東碧梧桐から硯を借りた。子規には「墨汁のかわく芭蕉の巻葉かな」という句がある。子規の死後は、ある俳人がその硯を所持していたが、都合で手離すことになる。楸邨が見せてもらうと、桐の硯匣の裏側に、碧梧桐の文が記されていた。硯石には子規の句の通り、芭蕉の葉が彫られている。懐具合が潤沢でなかった楸邨は、残念ながらこの硯を購入できなかった。硯は後に日本近代文学館に寄贈されている。

洮河緑石硯のような幻の逸品ではないが、広東省爛柯山沿いの渓谷の石で作られる、端渓硯も有名である。小林勇は「硯」（『随筆書画一如』一九七二年、求龍堂）で、端渓硯の興味深いエピソードを紹介している。岩波茂雄はこの硯に関心を抱いていた。一九四〇年頃のある日、瑞芝堂に入ると、老夫婦が硯を見ながら、ひそひそと言葉を交わしている。二人が店を出た後、硯を手に取った岩波は、色合いと肌触りが気に入って購入した。その直後に老夫婦が戻ってきて、店員に硯を注文したが、後の祭りである。店の番頭は岩波に、老人は漫画家の北沢楽天だと教えてくれた。岩波が亡くなったとき、この硯は形見分けで小林に贈られる。同じタイトルだが、別のエッセイの「硯」（『小閑』一九六〇年、東京創元社）に、小林は硯を十数個持っていると記した。幸田露伴・斎藤茂吉・柳瀬正夢の遺硯が、そこには含まれている。

石の道具は数多く存在するが、石造物も種類は多い。ヨーロッパの都市のように「石の都」でなくても、石垣・石瓦・石畳・石段・石灯籠・石橋・石塀・石室・石窟・石像・石塔・石仏・石門・墓石など、日本でもさまざまな石造物がすぐに思い浮かぶ。石庭はそのうちの一つである。最も有名なのは、京都にある龍安寺の石庭だろう。一五の石を配置して、白砂で波を表現した、枯山水のこの庭は、五〇〇年以上前に作庭されたと言われている。亀井勝一郎は「龍安寺の石庭」（『主婦の友』一九五六年一二月）で、「古来様々の解釈があるが、私は石のもつ絶対の沈黙、いはば沈黙の教へとして禅僧が相対したのではないかと思つてゐる。庭自身が見る人に沈黙の質問を投げかけてゐるやうだ」と述べている。

龍安寺の石庭は、小津安二郎監督映画「晩春」のロケで使われた。妻がすでに亡くなった父（笠智衆）と、迷いながら結婚話を受け入れる娘（原節子）が、京都に旅行するシーンである。シナリオの「晩春」（『小津安二郎作品集Ⅲ』一九八四年、立風書房）と映画を比べると、石庭の場面で大きく異なることがある。親友から「よく紀ちゃんやる気になったね」と言われた父は、「うむ……」と曖昧な返事をする。シナリオには会話の後に、「──石庭のたたずまい」というト書きしかない。しかし実際の映画では、無言の映像が四〇秒と、異様に長く続いている。それは父が石庭と向き合い、自分の心と対話を交わす時間だった。庭が問うことと、人が問うことは、別々の行為ではない。亀井と小津に共通するのは、石庭＝対話の場所という認識である。

日本古代の石の遺跡として、よく知られているのは、奈良の明日香村にある石舞台。遠くから見ると、巨石で構成された不思議なオブジェのように見える。これは七世紀初頭に作られた古墳の横穴式石室で、蘇我馬子の墓と言われている。かつて地中にあった花崗岩の石組みが、地上に露出しているので、オブジェではないかと錯覚する。「石舞台」（『神奈川新聞』一九六四年七月一四日）で大佛次郎は、晩春の日のことを回想している。バスで遠足にきた小学校の生徒は、石舞台など見向きもしない。弁当を食べて遊び回っている。「古い昔をさぐるような気持」で来たけれども、「無生物の石の舞台」が子供たちのおかげで、「飛鳥の春を呼吸し始めた」ように、大佛は感じた。

世界的に見れば巨石記念物は、長い歴史を有しているから、七世紀の建造物は新しい。エジプトのギーザには、クフ王・カフラー王・メンカウラー王の、三大ピラミッドがある。最も大きいクフ王のピラミッドは、高さが約一三七メートルで、紀元前二五五〇年頃に築かれた。平均して二・五トンの重量の石灰岩を、二七〇万個以上積み上げている。巨石を積んだ内部に、大回廊や王の間があると聞いて、人々は嘆声を発する。イギリス南部にあるストーンヘンジは、紀元前三〇五〇年〜紀元前一五〇〇年頃に作られたという。環状列石のうち、最も大きい珪質砂岩の石柱の重さは四五トン。ここを訪れる人たちも、数十キロも離れた丘陵から、どうやって巨石を運び、直立させたのだろうと訝しく思う。だが私が最も衝撃を受けた遺跡は、石舞台でもストーンヘンジでもピラミッドでもなく、カンボジアにあるアンコール・ワットだった。

クメール王朝のスールヤヴァルマン二世が、新しい都の中心として、ヒンドゥー教の巨大寺院アンコール・ワットを建設したのは一二世紀前半である。王朝が衰退する一五世紀前半に都は放棄され、一六世紀には仏教寺院に変わった。一八六〇年にフランスの博物学者アンリ・ムオが寺院を見出して、アンコール・ワットは世界の注目を集める。一九〇七年にこの地が植民地化され、フランス領インドシナになると、サイゴンのフランス極東学院が遺跡保存事務所を設置して、保存や修復を行った。日仏交換教授として仏印に赴いた木下杢太郎は、一九四一年六月にアンコール・ワットを訪れている。「アンコオルの古蹟」（『早稲田大学新聞』一九四二年一月一四日・二一日）に木下は、「九月には我軍のカムボヂヤ進駐が有り、アンコオルも段々と我国民の常識」になってきたと記す。一九四〇年九月に日本軍は北部仏印に進駐を開始し、翌年七月に南部仏印に進駐したのである。

石舞台もストーンヘンジもピラミッドも、時間を遡行して、人間の事蹟を顕彰するために保存されている。しかし紀元前数千年まで遡ったとしても、人間の事蹟が内包する時間など大したことはないだろう。私はピラミッドの近くで、化石の入った石灰岩を拾ったことがある。化石を通り過ぎていった時間は、ピラミッドが建設されて以降の時間よりも、はるかに長いに違いない。

アンコール・ワットの観光を終えて、迎えの車が来るまで、私は池の手前の草地に腰を下ろして休んでいた。ゆっくりと暮れていく遺跡を背景に、蛙が鳴いている。それは時間が停止した、一枚のキャンバスのように見えた。「あゝ、これは持っていかれるかもしれないな」と、私はこのときにふと思った。かつて勤務した大学で、東洋思想を学びながら、インドや東南アジアに出かけたまま、戻ってこない学生がいると聞いたことがある。この一枚のキャンバスは、時間を無化してしまう。密林の奥に作られた遺跡は、かつての目的を失い、石積みされる前の、砂岩という本質に戻っていくのだろう。このキャンバスに、個体史という時間で対抗することは難しい。それは悠久の時間という、無数の砂のような集合体に呑み込まれていくだろう。夕方の蛙の声を聞きながら、私はぼんやりと、石の遺跡をいつまでも眺めていた。

ちくま文庫

石《いし》の文学館《ぶんがくかん》　鉱物《こうぶつ》の眠《ねむ》り、砂《すな》の思考《しこう》

二〇二一年四月十日　第一刷発行

編　者　和田博文（わだ・ひろふみ）
発行者　喜入冬子
発行所　株式会社　筑摩書房
東京都台東区蔵前二―五―三　〒一一一―八七五五
電話番号　〇三―五六八七―二六〇一（代表）
装幀者　安野光雅
印刷所　明和印刷株式会社
製本所　株式会社積信堂

ISBN978-4-480-43729-7 C0193